Diogenes Taschenbuch 24193

de
te
be

Doris Dörrie

Alles inklusive

Roman

Diogenes

Die Erstausgabe
erschien 2011 im Diogenes Verlag
Das Gedicht *Nicht müde werden*
von Hilde Domin, das auf Seite 171
zitiert wird, stammt aus: Hilde Domin,
Gesammelte Gedichte, S. Fischer,
Frankfurt a. M. 1987
Umschlagfoto:

Für Patchicha,
Lieselotte, Carlchen

Veröffentlicht als Diogenes Taschenbuch, 2013

www.diogenes.ch
400/13/44/1
ISBN 978 3 257 24193 8

Danke für Ihren Besuch

Apple

Ich habe ein paar Dinge gesehen. Ich sollte am Pool bleiben mit dem fremden Jungen. Seinen Namen hatte mir meine Mutter vorher gesagt, aber ich hatte nicht zugehört. Jetzt traute ich mich nicht mehr, ihn danach zu fragen.

Apple, bleib doch am Pool, sagte meine Mutter. Wann hast du schon mal die Gelegenheit, in einem Pool zu schwimmen? Bleibt ihr beide hier und spielt ein bisschen. Karl zeigt mir kurz mal das Haus.

Sie hob ihre dicken Haare im Nacken an, wedelte sich darunter Luft zu und stöhnte über die Hitze. Die war jeden Tag dieselbe, und ich verstand nicht, warum sie sie auf einmal erwähnte.

Sie winkte mir noch einmal zu, was sie sonst auch nie tat, und ging mit Karl, dem Vater des Jungen, ins Haus. Ich hörte sie kichern, dann war es still.

Der fremde Junge zeigte mir den Unterschied zwischen seinem braunen Bauch und der weißen Haut unter seiner Badehose. Ich zeigte ihm meinen Unterschied, der besser war als seiner. Wenn ich mich nach vorn beugte, wurde mein Bauch schwarz, und die Haut unter meiner Bikinihose war so weiß wie die von Schneewittchen. Wir tranken pipigelbe, lauwarme Limo und schubsten uns abwechselnd in den Pool, und dann gab es plötzlich nichts mehr zu tun.

Der Hund, ein Irish Setter, war am Rand des Pools auf und ab gelaufen, jetzt gähnte er, rollte sich im Schatten zusammen, legte den Kopf auf seine Pfoten und schloss die Augen. Ich verstand ihn. Er wollte seine Ruhe haben, mit niemandem spielen, mit niemandem sprechen.

Der fremde Junge las ein Micky-Maus-Heft. Ich sah in den blauen Himmel, bis schwarze Flecken vor meinen Augen tanzten wie Mücken. Ich warf rote Bougainvillea-Blüten ins Wasser, und niemand sagte: Lass das. Ich ging ins Haus. Der Steinboden war angenehm kühl unter meinen Füßen, mein feuchter Bikini klebte an meiner Haut, und dann sah ich die nackten Beine meiner Mutter über der Sofalehne. Ich stand da, die Kälte schoss durch meine Fußsohlen hoch bis in meinen Bauch. Die Beine meiner Mutter zuckten und tanzten in der Luft, hinter der Lehne beugte sich der Vater des fremden Jungen tief über sie.

Spanische Stimmen riefen laut aus dem Fernseher. Es kümmerte die beiden nicht.

Der Hund kam ins Zimmer und stieß seine nasse Schnauze in meine Hand. Ich ging mit ihm zurück an den Pool und legte mich auf den heißen Beton, der meine Haut aufheizte, aber das kalte Gefühl im Bauch blieb. Der Hund legte sich neben mich und sah mich ruhig an.

Seine Augen glänzten braun wie Malzbonbons. Er sagte zu mir: Du hast nichts gesehen. Alles ist gut. Ich verliebte mich in diesen Hund. Meine Mutter mochte keine Hunde.

Meine Mutter war die Strandkönigin von Torremolinos. Ihr nackter Busen war der schönste von allen, das konnte jeder sehen. Er war kugelrund und fest, mit einem leichten

Schwuppdich nach oben. Ich betete, dass ich einen Busen bekäme wie sie, aber bisher war von vorne nichts zu sehen, nur von der Seite eine winzige Vorwölbung, und auch nur, wenn ich den Bauch einzog. Ich trug immer meinen Bikini, blau mit rot-weißen Streifen, ich war die Einzige, die nicht nackt war an unserem Strand. Auf der anderen Seite der Bucht sind die Spießer, sagte meine Mutter. Mit ihren bunten Badeanzügen lagen sie dort wie Smarties in der Sonne. Ich wäre gern dort auf der anderen Seite gewesen. Dort waren auch Karl und seine Frau, sein Sohn und der Hund. Meine Mutter hätte von mir aus den Vater und den Sohn haben können, wenn ich den Hund bekäme. Und meinetwegen auch die Frau. Sie war nett und trug einen schönen Badeanzug.

Vielleicht hatte meine Mutter ähnliche Träume. Vielleicht träumte auch sie manchmal von einem Haus mit richtigen Betten und kühlen, weißen, glattgebügelten Laken, von einem Badezimmer mit Klo und Dusche und Süßwasser, das aus allen Hähnen sprudelte.

Wir schliefen in stinkenden Schlafsäcken in einem Zelt unter Kiefernbäumen, gleich hinter dem Strand. Die Kiefernnadeln stachen in die Füße, und es roch nach verfaulten Bananen.

Ich war einsam, meine Mutter war einsam, und wir wussten es voneinander, das war das Schlimmste.

Unser Zelt war gelb, und wenn ich morgens vor meiner Mutter aufwachte und die Sonne schon am Himmel stand, waren wir beide gelb im Gesicht. Auf der Zeltwand bewegten sich die Schatten der Kiefernzweige im Wind. Die anderen Kinder saßen in Ferienhäusern und durften Zeichentrickfilme im Fernsehen schauen. Meine Mutter schnarchte leise, und manchmal seufzte sie im Schlaf.

Wir waren hier nicht in den Ferien, sondern um Geld zu verdienen. Zu Hause, in Göttingen, arbeitete meine Mutter in einer Studentenkneipe und roch abends, wenn sie nach Hause kam, nach Bier und Toast Hawaii. Dort hatte sie gehört, man könne in Spanien im Sommer tonnenweise Geld mit Schmuck verdienen.

Ich half ihr, Perlenketten aufzuziehen, und klaute Gabeln aus Restaurants, die sie in den heißen Sand legte, bis sie ein wenig weich geworden waren, und dann mit einer Kneifzange zu Armreifen verbog. Das war ihre Erfindung, und im Sommer zuvor waren sie ein Riesenhit gewesen, aber dieses Jahr wollte sie bereits niemand mehr haben.

Deshalb durfte ich diesen Sommer in der Strandbar von Gustavo keine *bocadillos* mehr essen, die waren zu teuer. Wir kauften Brot und Wurst in einem Supermarkt, die Wurst färbte die Finger und das Brot orangerot. Gustavo gab mir ab und zu eine Limo umsonst und Kartoffelchips, dafür räumte ich die Tische ab und sammelte die zerknüllten Servietten aus dem Sand, auf denen in dünner blauer Schrift stand: *Gracias por su visita*. Danke für Ihren Besuch, so viel Spanisch hatte ich inzwischen aufgeschnappt.

Meine Mutter breitete jeden Tag ein Tuch für ihren Schmuck beim großen Felsen aus, in dessen Schatten ich am Nachmittag oft ein Nickerchen hielt. Auf der anderen Seite der Bucht gab es Sonnenschirme und Liegen. Meine Mutter war immer nackt bis auf die bunten Ketten, die sie um den Hals trug, und die vielen gebogenen Gabeln bis hinauf zum Oberarm.

Die Männer grüßten sie mit Küsschen, die Frauen übersahen sie gern, strichen dafür mir durchs Haar und steckten mir alte, klebrige Bonbons zu. Wir blieben bis nach Sonnenuntergang am Strand. Kurz bevor die Sonne ins Meer tauchte – lange Zeit dachte ich, sie leuchte unter Wasser weiter und die Fische bekämen nachts Licht, so wie wir am Tag –, kamen Leute mit Bongotrommeln und Kisten voller Bier und trommelten, bis die Sonne verschwunden war und alle applaudierten, als habe die Sonne es wieder besonders gut gemacht. Die Frauen und meine Mutter tanzten, und ich bewachte den Schmuck, denn abends gab es manchmal noch ein ganz gutes Geschäft. Ich sah meine Mutter nicht gerne tanzen, sie wirkte dann so, als vergesse sie alles um sich herum, auch mich.

Nachts im Zelt weinte sie oft und versuchte, es vor mir zu verbergen, aber ich hörte es immer. In Spanien durfte ich nicht Mutti zu ihr sagen, sondern Ingrid. Als Ingrid fühlte sie sich nicht richtig an wie meine Mutter.

Am Wochenende fuhren wir auf einen staubigen Hippiemarkt und verbrachten dort den ganzen Tag in glühender Hitze auf unserer Decke. Es kamen Busladungen voller Touristen, die manchmal einen Gabelarmreif in die Hand nahmen, sich auf Deutsch nach dem Preis erkundigten. Wenn meine Mutter ihnen den Preis nannte, legten sie ihn meist wieder hin. Manche fragten mich, ob ich nicht in die Schule müsse und wann ich mir denn mal die Haare wüsche. Andere fanden meine Rastalocken süß. Ich mochte sie nicht, meine Haare verfilzten im Meerwasser immer mehr, und ich hätte sie gern abgeschnitten, aber das erlaubte meine Mutter nicht. Manchmal schüttete ich mir heimlich teures

Mineralwasser aus der Flasche über die Haare, aber das half nur kurz. Ich sehnte mich nach Süßwasser so sehr wie nach meinen Freunden und kühlen Regentagen in Göttingen. Ich hasste die spanische Hitze, die mir morgens schon wie ein Hammer auf den Kopf schlug, wenn ich aus dem Zelt kroch, mir den ganzen Tag Durst machte, mir in die Augen stach, mich platt und müde und schwitzig werden ließ.

Ich versuchte, so viel wie möglich zu dösen, mich nach Hause zu träumen, zusammengerollt lag ich auf der Decke, inmitten des Schmucks meiner Mutter, wie ein Hundchen.

Apple, sagte meine Mutter, wach auf, und hilf mir zusammenräumen.

Sie zählte seufzend das wenige Geld, das sie eingenommen hatte. Und obwohl ich sehen konnte, dass sie müde, staubig und verschwitzt war und das alles nur tat, um uns beide durchzubringen, hasste ich sie, weil sie mir meinen deutschen Sommer wegnahm.

Zu Hause laufe ich barfuß am Morgen über die Wiese, da ist das Gras noch nass und kalt, die Nacktschnecken kommen langsam über die Wege gekrochen, und wenn ich sie mit dem Finger antitsche, ziehen sie erschrocken die Fühler ein. Ich klaube sie auf, sie fühlen sich feucht und glitschig an wie die eigene Zunge, wenn man versucht, sie sich aus dem Mund zu ziehen, nur kälter. Ich setze sie mir aufs Bein und warte, bis sie denken, dass die Luft rein ist, ihre Fühler nacheinander wieder ausfahren und weiterkriechen. Ihre Schleimspur trocknet silbrig in der Sonne und schimmert wie Schmuck auf meiner Haut. Hintereinander, in einer geraden Schlange wie brave Kindergartenkinder, ziehen sie mein Bein herauf, man darf nicht schreien, nicht kichern, sie nicht abschütteln, sonst hat man verloren.

Im Blumengarten werfe ich mich ins Gras und schaue dem Klatschmohn von unten zu, wie er von fetten Hummeln besucht wird, die zitternd vor Gier in ihn hinabtauchen und seine roten Blütenblätter zum Beben bringen.

Die Hummeln sehen aus, als trügen sie ein Hummelkostüm wie zu Fasching, und ich stelle mir vor, dass sie es abends ausziehen und an den Nagel hängen, sich nackt, dünn und grau an einen winzigen Tisch setzen und Honig löffeln, bis sie nicht mehr können.

Ich gehe durch die Himbeerhecken wie durch einen hohen Wald, die Früchte hängen rechts und links von mir in Augenhöhe, ich stopfe sie in mich hinein und werde nicht satt. Man kann sie auf jeden Finger setzen wie kleine Hüte und sie nacheinander mit den Lippen abzupfen, manchmal windet sich eine kleine weiße Made im Inneren der Beere, ich esse sie ohne Abscheu mit und versuche, sie herauszuschmecken, aber Maden schmecken einfach nach gar nichts.

Ich bin so klein, dass ich im Himbeerwald verschwinde und niemand mich finden kann. Ich schlage mich hindurch wie ein Krieger durch den Dschungel, auf der anderen Seite wachsen die Stachelbeeren. Es gibt gelbe und schwarze, die schwarzen haben eine dickere Haut, und das Glück ist vollkommen, wenn man eine erwischt, die wirklich reif ist. Dann explodiert die Süße betörend im Mund. Die gelben haben einen weichen Pelz, den reibe ich an meiner Backe wie ein kleines Tier. Die Stachelbeerbüsche zerkratzen mir Arme und Beine, die Stacheln bleiben stecken im Fleisch, mutig muss ich sie herausziehen und bin danach ganz stolz.

Johannisbeeren sind immer ein wenig enttäuschend, weil sie nie süß sind und ihre Kerne bitter, aber man kann sie so schön vom Stengel abstreifen und die roten Beeren in der hohlen Hand tragen wie Glasperlenschmuck. Keine einzige darf man zerquetschen, man muss den Schatz nach Hause tragen, bis unter die Rotbuche, deren Äste bis zum Boden hängen und einen verbergen. Dort wohne ich, dort hause ich, jeden Tag wieder. Wenn es regnet, wird man hier nicht nass, wenn es dunkel wird, lasse ich alle nach mir rufen, bis sie aufgeben und ins Haus zurückgehen, dann bin ich beleidigt, dass sie nicht mehr weitersuchen, und komme heraus und trinke Himbeersirup in der großen Küche, deren Steinfußboden so kalt ist, dass einem die Füße weh tun.

Abends werden die Kühe von der Weide zurück in den Stall getrieben, ihre schwarzen Hufe sind zu klein für ihren Körper, wie zu enge Stöckelschuhe, vorsichtig tappen sie über den Asphalt, sie haben es nicht eilig, sehen sich neugierig um, stupsen mich mit ihren grauen, feuchten Mäulern an, schlecken meine Hand mit ihren kratzigen Zungen und atmen langsam aus, als würden sie seufzen. Mit beiden Füßen springe ich in einen frischen, warm dampfenden Kuhklack hinein und schaue zu, wie der grünbraune Brei zwischen den Zehen hervorquillt, dazu muss man schreien und kreischen, so laut man kann, dass sich die Kühe noch einmal nach einem umdrehen und milde lächeln über das große Sommerglück.

Auf dem Hippiemarkt sah ich Karls Frau zum ersten Mal, da war ich schon in ihrem Haus gewesen, war in ihrem Pool geschwommen, hatte auf ihrem Stuhl gesessen, an ihrem

Tisch gegessen. Ich wusste nur, wer sie war, weil ihr Sohn dabei war, dessen Namen ich mir nicht merken konnte.

Sie blieb vor unserer Decke stehen. Sie trug ein weißes, enges Kleid und einen passenden Sonnenhut, ihre Haare hingen nicht einfach nur glatt herunter wie bei allen anderen Frauen, die ich kannte, sondern waren kompliziert frisiert, ihr Lippenstift war rosa und ihre Handtasche mit weißen Blüten verziert. Sie ging elegant in die Hocke, nahm einen Armreif und sagte zu ihrem Sohn, der ein deutsches Fußballhemd trug und gelangweilt neben ihr stand und so tat, als kenne er mich nicht: Guck mal, das ist doch wirklich originell!

Der Junge hatte den schönen Hund an seiner Seite, der mich ebenfalls nicht erkennen wollte, was mich schmerzte, als sei es ein Verrat. Der Junge zuckte mit den Schultern und sah weg.

Cuánto cuesta?, wandte sie sich an mich, und als ich ihr auf Deutsch den Preis nannte, lächelte sie und fragte: Lässt du mit dir handeln?

Darf ich nicht, sagte ich. Meine Mutter kommt aber gleich wieder.

Wenn's mehr kostet, muss ich meinen Mann fragen.

Sie richtete sich auf und sah sich suchend um, und nur wenige Sekunden später trafen Karl und meine Mutter zeitgleich aus verschiedenen Richtungen ein, und ich sah ihnen dabei zu, wie sie aufeinander zuflogen. Jeder konnte es sehen, dachte ich. Wieso sieht es denn keiner?

Aber seine Frau lächelte meine Mutter freundlich an, und meine Mutter lächelte zurück. Meine wilde, zottelige, schöne Mutter im Batikfetzen, und auf der anderen Seite dieser gutaussehende Mann mit seinem strahlend weißen, gebügelten Hemd und den akkurat geschnittenen braunen Haaren. Er sah so anders aus als die zugewachsenen Freunde meiner Mutter, die mit ihren langen Haaren und dichten Bärten für mich manchmal schwer auseinanderzuhalten waren. Perfekt und fremd standen Karl, seine Frau, sein Sohn und sein Hund meiner Mutter und mir gegenüber. Neid stieg in mir auf und fühlte sich an wie Übelkeit.

Wie heißt du denn?, fragte mich Karls Frau.

Karl und ihr Sohn schwiegen eisern, und ich antwortete nicht, weil ich mich meines dämlichen Namens schämte.

Meine Mutter sagte: Apple, wie der Apfel.

Wie hübsch, sagte die Frau zu mir. Ich liebe Äpfel.

Karl kaufte seiner Frau den Armreif, legte seine Hand auf ihre Schulter, als sie gingen, und dann sah er sich noch einmal um. Sein Blick traf mich ebenso wie meine Mutter, für die er bestimmt war.

Am nächsten Tag besuchte er meine Mutter wieder an unserem Strand. Er trug immer eine blaue Badehose, und so war ich nicht mehr die Einzige, die nicht nackt war. Er schüttelte mir die Hand. Na?, sagte er. Wie geht's dem Apfel?

Ich schwieg verlegen. Meine Mutter strahlte.

Sie warteten, dass ich ins Wasser gehen würde, deshalb ging ich nicht, bis meine Mutter mich wegschicken musste und ich sie vorwurfsvoll ansehen konnte. Unter Wasser tat ich so, als gäbe es die Welt über Wasser nicht. Ich hielt mich in der Strömung an einem Felsen fest, die Wellen bewegten meinen Körper, ich hörte meinem lauten Atem im Schnorchel zu. Durchsichtige Krabben wanderten über den Meeresboden, blaue Fischchen zupften zaghaft an meinen Armen. Ich wollte unter Wasser leben wie der kleine Wassermann aus meinem Lieblingskinderbuch, nie mehr an die Oberfläche kommen, aber meine Finger wurden weiß und wellig, als sei ich bereits tot. Ich weinte versuchsweise unter Wasser in meine Taucherbrille und probierte den Schrecken aus, der plötzlich auftauchen würde, da war ich sicher, so wie man im warmen Meer tief unten mit den Füßen eine eiskalte Strömung spüren kann.

Wenn ich an den Strand zurückkam, waren sie fort. Meine Lippen waren taub, mein Mund schmeckte nach Gummi, meine Zähne schmerzten vom Zusammenbeißen des Schnorchels. Die Decke mit dem Schmuck war ordentlich zusammengefaltet und mit einem Stein beschwert. Gustavo gab mir eine Limo und manchmal auch ein *bocadillo* und sah mich mitleidig an. *Gracias por su visita.*

Ich buddelte im Sand, baute Burgen und wusste, dass ich zu groß dafür war. Es funktionierte nicht mehr wie früher, es blieben bescheuerte Sandburgen, in denen keine Prinzessinnen mit Fröschen im Bett lagen.

Immer kam sie allein zurück und tat so, als hätte sie etwas Wichtiges zu erledigen gehabt.

Diesmal erkannte der Hund mich wieder. Er lag vorm Supermarkt und stand auf, als er mich sah. Mein Herz klopfte vor Freude. Meine Mutter war schon hineingegangen, und die Frau von Karl kam mit Tüten bepackt heraus. Auch sie erkannte mich.

Hat es dir gefallen bei uns?, fragte sie. Timmie hat mir erzählt, du hast ihn neulich besucht.

Ich war verwirrt, denn ich dachte, es wäre ein Geheimnis gewesen. Der Pool ist schön, sagte ich, und meine Stimme klang piepsig wie von einem Kleinkind.

Möchtest du mit uns an den Strand fahren? Tim würde sich bestimmt freuen. Er langweilt sich, weil er hier keine anderen Kinder kennt. Ich frage deine Mutter, ob du darfst.

Sie ging wieder hinein. Mir wurde schwindlig, ich wusste nicht, wen ich warnen sollte, sie oder meine Mutter.

Der Hund schleckte meine Hand, und ich fing an zu weinen vor Angst.

Die beiden Frauen kamen zusammen heraus wie Freundinnen.

Meine Mutter küsste mich auf den Kopf. Warum heulst du denn?

Ich heule nicht, sagte ich. Ich hab entzündete Augen vom Meerwasser.

Sie lebt praktisch unter Wasser, lachte meine Mutter, sie ist der kleine Wassermann, bald bekommt sie Schwimmhäute. Sei nett zu Frau Birker. Tschüss und viel Spaß!

Sie winkte, als wir an ihr vorbeifuhren. Ich saß auf dem Beifahrersitz, und der Hund schnupperte an meinem Nacken. Das Verdeck war offen, Frau Birker trug ihren weißen Sonnenhut und eine weiße Sonnenbrille, meine Haare wehten mir ins Gesicht, über mir flog der Himmel immer schneller. Warum fuhren Frau Birker, der Hund und ich nicht einfach davon?

Ich brauche noch schnell einen Espresso, sagte sie.

Wir setzten uns in ein Café am Straßenrand, sie kaufte mir ein Eis. Jeder denkt, sie ist meine Mutter, dachte ich stolz und schleckte das Eis so langsam wie möglich. Frau Birker trug den Gabelarmreif, der so hell in der Sonne blinkte, dass er mich blendete.

Apple, sagte sie, und so, wie sie meinen Namen aussprach, klang er nicht so schlimm wie sonst. Was macht eigentlich dein Vater?

Ich log schneller, als ich denken konnte. Er muss arbeiten, er ist Arzt.

Ach, wirklich?, sagte sie und nahm ihre Brille ab. Das ist ja traurig für euch, dass er gar nicht mit in die Ferien kommen kann.

Ja, schon, aber er bekommt sowieso immer Sonnenbrand, plapperte ich, erst ist er schneeweiß und dann puterrot. Ich muss ihm immerzu den Rücken eincremen, aber das hilft nichts.

Da geht es ihm ja wie mir, sagte Frau Birker. Aber seine Haut hast du zum Glück nicht geerbt.

Das Meer kann er auch nicht ausstehen, fügte ich schnell hinzu.

Ich mag's auch nicht besonders, sagte sie. Ich habe Angst vorm Meer. Wenn ich schwimme, denke ich, unter mir sind riesige Fische, die mich von unten anschauen und mich fressen wollen. Ich fühle mich beobachtet, und plötzlich kann ich gar nicht mehr richtig schwimmen und bekomme Todesangst. Weißt du, was ich meine?

Ich nickte und verstand kein Wort.

Mein Mann lacht mich aus, sagte sie. Er findet mich lächerlich. Er findet mich durch und durch lächerlich. Er sagt, ich bilde mir Dinge ein. Ich halluziniere, ich bin hysterisch.

Danke für das Eis, Frau Birker, sagte ich.

Du kannst mich ruhig Heike nennen, sagte sie, aber das tat ich dann nie. Nur in Gedanken. In Gedanken nannte ich sie noch oft so.

Tim und Karl, den ich jetzt brav Herrn Birker nannte, warteten bereits am Strand. Sie hatten zwei Strandliegen gemietet und einen Sonnenschirm, sie tranken kalte Cola, und Herr Birker las ein Buch. Ich sah jetzt von der anderen Seite auf unseren Strand, wo es keine bunten Punkte gab, weil alle dort nackt waren, nur weiße, hellbraune und dunkelbraune Flecken, die mit dem Sand verschmolzen, und wo meine Mutter wahrscheinlich wie immer auf ihrem Tuch mit ihrem Schmuck saß.

Lass deine Mutter auf die Liege, sagte Herr Birker, ohne von seinem Buch aufzublicken. Tim stand auf und warf sich in den Sand. Der Hund legte sich in den Schatten, und ich kraulte sein warmes Fell. Frau Birker zog ihr Kleid aus und hängte es sorgfältig über die Innenstäbe des Sonnenschirms. Sie trug einen weißen Bikini mit roten Mohnblüten. Ihre Haut war tatsächlich schneeweiß und hob sich kaum von ihrem Bikini ab.

Warum spielt ihr nichts?, fragte sie Tim.

Tim sah mich nicht an. Er ließ Sand auf die Beine seines Vaters rieseln. Gehst du mit ins Wasser?, fragte er. Gehst du mit ins Wasser? Gehst du mit ins Wasser? Herr Birker hielt sich sein Buch weiter vors Gesicht.

Jetzt komm schon, Karl, sagte Frau Birker. Und nimm beide Kinder mit.

Er seufzte, stand auf, ging zum Meer und zog eine blaue Luftmatratze hinter sich her.

Geh nur, sagte Frau Birker freundlich zu mir.

Ich legte mich mit Tim auf die Luftmatratze, und Herr Birker spielte den Wal, der unter der Matratze hindurchtauchte und sie umwarf. Wir kreischten, so laut wir konnten. Beim dritten oder vierten Mal begann es mir Spaß zu machen. Ich krallte mich an Tim fest und er sich an mir, und wir warfen uns auf den Rücken des Wals. Er schnaufte und spritzte, schüttelte uns ab, und kaum lagen wir wieder auf der Matte, griff er von neuem an. Ich schlang meine Arme um Karls Hals und ließ nicht mehr los. Ich ritt auf seinem breiten Rücken und spürte seine nasse Haut. Er klaubte mich von seinem Rücken und hielt mich einen Moment lang in den Armen. Ich legte mein Gesicht an seine Brust. Er warf mich hoch und ins Wasser, ich ging unter, wurde durchsichtig wie eine Krabbe, ich sah seine behaarten Beine und seine blaue Badehose. Ich wollte unter Wasser bleiben, denn über Wasser war alles nur kompliziert. Als ich wieder auftauchte, war Karl schon auf dem Weg zurück an den Strand. Er zog seine Badehose hoch und schüttelte das Wasser aus seinen Haaren. Allein wussten Tim und ich nicht, was wir miteinander anfangen sollten. Wir liefen Karl hinterher.

Frau Birker reichte Karl ein Handtuch.

Ach, Heike, sagte er barsch, das ist ja voller Sand!

Entschuldigung, der Herr, sagte sie.

Ich wälzte mich nass im Sand. Paniertes Schnitzel, nannte meine Mutter das. Ich schloss die brennenden Augen, und der Hund legte sich wie ein großes haariges Kissen an meine Seite.

Ich geh mal ne Zeitung holen, sagte Herr Birker.

Ich öffnete die Augen. Er trug sein weißes Hemd und streckte die Hand aus.

Frau Birker holte die Autoschlüssel aus ihrer Handtasche. Aber bleib nicht wieder endlos weg, sagte sie, ich verdorre hier sonst wie eine Primel. Sie lachte nach einer kleinen Pause kurz, als habe sie vergessen, rechtzeitig zu lachen.

Er griff nach den Schlüsseln, aber sie behielt sie noch in der Hand. Sie reckte ihm ihr Gesicht entgegen.

Kuss, sagte sie.

Er küsste sie flüchtig und ging davon. Wir sahen ihm hinterher.

Gracias por su visita, murmelte ich.

Herr Hase

Tim

Immer noch rufe ich im Traum nach ihr: Mama! Wo bist du? Mama!

Ich habe sie damals gefunden, und ich finde sie immer noch, obwohl es mehr als dreißig Jahre her ist. Ich laufe durchs Haus, die kühlen Fliesen unter den Füßen, draußen zittert das Wasser im Pool und wirft wacklige Sonnenkringel an die weißen Wände. An unseren Hund erinnere ich mich nicht. Er ist wie gelöscht. Wo war denn damals unser Hund? Warum lief er nicht aufgeregt herum, warum hat er nicht gebellt, mich nicht gewarnt?

Oft liegt sie im Schlafzimmer, bei zugezogenen Vorhängen, sie nennt es Migräne, aber ich weiß, was es ist. Ich finde sie nicht im Schlafzimmer, nicht im Wohnzimmer, nicht in meinem Zimmer. Sie legt sich manchmal in mein Bett, es riecht so glücklich, sagt sie. Ich mag es nicht, wenn sie so etwas sagt. Ich mag es noch weniger, wenn sie weint und mich so fest an sich drückt, dass ich kaum Luft bekomme. Ich spüre ihren Schmerz wie eine Brandwunde, die nichts kühlen kann. Verzeih mir, verzeih mir, weint sie, ich bin so dumm. Stumm wie ein Stein werde ich, wenn sie so weint, ich möchte sie trösten, aber ich weiß nicht, wie. Sie lässt mich los, wirft sich auf mein Bett und drückt mein Schlaftier auf ihr Gesicht, Herrn Hase, er kann sie besser trösten als ich. Ihr zuliebe lasse ich ihn in meinem Bett liegen, er ist mir peinlich, der Herr Hase, ich bin doch schon zwölf. Er hat keine Ohren mehr und sieht aus wie ein alter, brauner Waschlappen. Er erinnert mich an Zeiten, als ich noch so klein und doof war, dass ich glaubte, alles ist gut und nichts wird sich je verändern in meinem Leben.

In der Nacht, wenn ich sie mit ganz hoher Stimme mit meinem Vater streiten höre – meinen Vater höre ich dabei fast nie, deshalb denke ich, nur sie streitet, sie ist an allem schuld –, hole ich Herrn Hase dann doch unter dem Kissen hervor und kaue an seinen kaputten Ohren. Aber Herr Hase kann nicht mehr helfen. Er spricht nicht mehr mit mir wie früher, oder ich kann ihn nicht mehr hören. Er ist stumm geworden und lässt mich mutterseelenallein.

Ich rufe sie im Traum: Mama! Wo bist du denn? Ich laufe in meinen Träumen durch dieses Haus, als wäre keine Zeit vergangen. Wenn ich aufwache, bin ich immer noch zwölf, mein Inneres ist verschlungen und verknotet und schmerzt, dann sehe ich meinen alten Arm mit seiner knittrigen Haut auf dem Kissen und staune, dass ich überlebt habe.

Ich laufe durchs Haus, und als ich keine Antwort bekomme, rufe ich sie wie mein Vater: Heike! Heikchen! Herrgottnochmal! Alles immer hintereinander. Heike, Heikchen, Herrgottnochmal. Sie hat sich versteckt, manchmal spielen wir Verstecken, uns ist langweilig in diesem Haus. Mein Vater ist so oft nicht da. Wir wissen nicht, wo er ist, was er macht. Ohne ihn können wir noch nicht einmal an unseren Lieblingsstrand fahren, denn er hat das Auto. Wir sitzen in dem Haus wie in einem Gefängnis, auf das die Sonne scheint. Ich schwimme so lange im Pool, bis ich das Chlor auf meiner Zunge schmecke, meine Augen brennen, die Haut sich von meinen Fingerkuppen löst. Dann gehe ich ins Haus und langweile mich. Sie liegt nicht in meinem Bett. Vielleicht ist sie im Schrank. Dort hängen die Hemden meines Vaters wie weiße Segel. Jeden Tag zieht er ein frisches weißes Hemd an. Wenn ich mich im Schrank verstecke, bewegen sie sich über mir und streichen mir leicht übers Gesicht. Ich rieche die Wäschestärke. Wenn sie zu Hause in Hannover seine Hemden bügelt, mache ich am Tisch daneben meine Schulaufgaben. Das Bügeleisen zischt, Dampfwölkchen steigen auf wie Drachenatem. Tief atme ich den Geruch ein, er beruhigt mich, solange meine Mutter seine Hemden bügelt, ist alles in Ordnung. An ihrem Unterarm prangt ein dunkles Dreieck, dort hat sie sich mit dem Bügeleisen verbrannt. Scheiße, hat sie laut gerufen, diese Scheißhemden! Was bin ich für eine Idiotin, dass ich seine Scheißhemden bügle! Sie wurde ganz rot im Gesicht und legte den Kopf auf das Bügelbrett. Ich sah, wie sich ihr Rücken hob und senkte, und hielt den Atem an. Das Bügeleisen fauchte leise vor sich hin. Schließlich hob sie den Kopf und sah mich ruhig an. Manchmal muss man Scheiße sagen, sagte sie. Mach dir keine Sorgen, alles ist wieder gut.

Ich nickte, und sie bügelte weiter.

Ich laufe durchs Haus, öffne alle Türen. Mein Zimmer, das Schlafzimmer, das Gästezimmer, in dem nie ein Gast übernachtet hat. Meine Eltern haben keine Freunde. Ich laufe die Treppe hinauf auf die Terrasse, dort ist der Boden so heiß, dass ich mir die Fußsohlen verbrenne. Von hier aus sieht man das Meer. Deshalb sagt mein Vater in Deutschland, unser Haus in Spanien liegt am Meer. Ich laufe zurück in mein Zimmer und lege mich in mein Bett. Der Sonnenbrand auf meinem Rücken kratzt auf dem Laken. Die Luft ist schwül und stickig, es ist dunkel, die Fensterläden in der Mittagshitze geschlossen. Es hat nichts zu essen gegeben an diesem Tag, das bin ich inzwischen gewohnt. Sie will abnehmen und isst nur noch Ananas. Nimm dir in der Küche, was du willst, sagt sie zu mir, ich darf gar nicht in die Küche gehen, sonst fange ich an zu fressen. Vielleicht bin ich eingeschlafen, ich weiß es nicht mehr. Ich hätte sie doch sehen müssen, ich war doch gerade noch im Pool.

Als ich vom Bett aufstehe, benommen von der Hitze und vielleicht auch vom Schlaf, gehe ich zum Fenster und öffne die Läden, von hier aus sehe ich auf unseren Pool, und da schwimmt sie ja. Sie trägt ihren weißen Bikini mit den Mohnblüten, sie liegt auf dem Rücken, dünne, rote Bänder an den Handgelenken, die sich im Wasser auflösen, hübsch sieht das aus, denke ich. Der Moment, in dem man dann versteht, ist der Moment, den man nie mehr vergisst. Der Körper versteht lang vor dem Gehirn.

Die Sanitäter holten sie aus dem Wasser. Auf ihren roten Jacken stand in weißen Buchstaben das Wort *Ambulancia*. Ihre Bikinihose war ein wenig heruntergerutscht, und als sie auf der Trage lag, sah ich den schwachen Unterschied zwischen ihrer spanischen, leicht gebräunten und ihrer deutschen, weißen Haut. Ich werde nicht braun, jammerte sie immer, ich werde einfach nicht braun. Sei froh, dass du die Haut deines Vaters geerbt hast. Sie gab sich alle Mühe, legte sich beharrlich jeden Tag in die Sonne, wurde rosa, rot, nie richtig braun.

Aber darum ging es doch: schön braun zu werden. So braun wie unter deutscher Sonne niemals.

Zeigt euren Unterschied, rief sie am Frühstückstisch neben dem Pool. Am Morgen war die Sonne schon so stark, dass man der Butter zuschauen konnte, wie sie schmolz. Wir frühstückten in der Badehose. Zeigt euren Unterschied! Und dann zogen mein Vater und ich unsere Hosen ein Stückchen herunter, und sie ihren Bikinislip. Mein Vater und ich lachten sie aus, weil sie immer noch so blass war, während wir dunkelbraun waren, fast schwarz, sagte mein Vater, wie die Kalmücken, Ich verstand nicht, warum er uns mit Mücken verglich. Sie lächelte und sagte: Ich bin eben vornehmer als ihr.

Oh ja, sagte mein Vater, und sein Ton veränderte sich, das ist mir wohl bewusst. Das brauchst du mir nicht jedes Mal wieder reinzureiben.

Ach, Karl, sagte sie, das war ein Spaß. Verstehst du denn gar keinen Spaß?

Ich sah von einem zum anderen wie bei einem Pingpongspiel und wartete darauf, dass der Ball vom Tisch fiel.

Ich verstehe sehr viel Spaß, sagte mein Vater, nur vielleicht nicht das, was du für Spaß hältst. Er stand vom Frühstückstisch auf und sprang in den Pool. Wie ein Motorboot pflügte er durchs Wasser. Ich wollte kraulen lernen wie er.

Sie räumte den Tisch ab und ging in die Küche, auf ihrer Bikinihose blühte ein roter Klatschmohn. Ihre Lieblingsblume. Hat sie in Spanien nie gesehen, im Frühling die Mohnfelder unter den Olivenbäumen.

Herrlich!, hätte sie gerufen. Wir kamen nur im Sommer. Drei Sommer lang. Und dann war schon alles vorbei.

Herrlich!, rief sie immer, wenn ihr etwas sehr gefiel. Mein Vater nannte sie deshalb Heike Herrlich. Herrlich!, rief sie jeden Morgen, wenn die Sonne schien.

In Spanien war der Sommer zuverlässig Sommer.

In Hannover fuhren wir bei Nieselwetter los, drei Tage später verbrannte mir die Sonne die Schultern, die Nase und die Ohren, obwohl meine Mutter mich mit Piz-Buin-Sonnencreme aus einer braunen Tube einrieb. Die Creme war gelb, stank und ließ sich schlecht verreiben. Sie fuhrwerkte mir damit im Gesicht herum und stampfte ungeduldig mit dem Fuß auf, wenn ich nicht stillhielt.

Sie konnte jähzornig sein. Das hab ich von ihr geerbt, diese wild aufflackernde Wut, die niemand bei ihr vermutet hätte, sie war doch sonst so schüchtern und zurückhaltend. Ich hörte sie nachts schreien und mit Gegenständen nach meinem Vater werfen. Geschirr zerbrach, dumpf knallte etwas an die Wand wie ein Fußball. Am nächsten Morgen fand ich nie Spuren, als hätte ich nur geträumt. Es schien wieder die Sonne. Herrlich!, rief sie.

Sie lernte auf der langen Fahrt von Hannover nach Torremolinos Spanisch aus einem gelben Langenscheidt-Büchlein. *Buenos días, buenas noches, gracias, dónde están los servicios.* Jedes Jahr wieder. Ich saß mit dem Hund, der aus dem Maul stank, auf dem Rücksitz und starrte drei endlose Tage lang auf die Hinterköpfe meiner Eltern. Meine Mutter trug ein Haarteil in ihrer Hochsteckfrisur, ein kleines Nest aus braunem Haar, sie nannte es Beppi. Wenn ich ihren Beppi klaute, mir verkehrt herum auf den Kopf setzte, dass ich aussah wie ein Hirtenhund, und damit in der Wohnung herumlief, brachte ich sie zum Lachen. Ich konnte sie sehr viel besser zum Lachen bringen als ihr Mann. Mein Vater war oft düster, in seiner Anwesenheit fühlte man sich schnell albern.

Als er selbst albern wurde, war das ein schlechtes Zeichen. Er ließ sein Hemd aus der Hose hängen und rasierte sich nicht mehr.

Karl, sagte mein Mutter, das sieht albern aus. Du bist doch kein Hippie.

Heute wirkt mein Vater unsicher und erstaunt, als habe ihn das eigene Alter überrascht. Er sieht immer noch gut aus. Er ist der Star im Altersheim von Torremolinos. Er wollte raus aus dem Haus, er meinte, er werde schrullig darin, so ganz allein. Ich habe ihn dort nie besucht, nie mehr wollte ich dorthin zurück. Jetzt sehe ich ihn regelmäßig im Altersheim, wenn ich da arbeite. Ich verbringe Zeit mit ihm, aber frage mich manchmal, ob ich ihn überhaupt mag. Er scheint keine Gedanken an damals zu verschwenden. Mich verlassen sie keinen Tag.

Was hast du dir damals gedacht?, habe ich ihn erst vor kurzem gefragt. Er wusste sofort, wovon ich sprach.

Ich habe nichts gedacht, das war es doch gerade, antwortete er.

Du musst dir doch irgendwas dabei gedacht haben.

Nein, sagte er. Das war es doch gerade. Man dachte sich nichts. Man durfte nicht nachdenken, dann war man spießig. Das kannte ich alles doch nicht. Ich hatte schon als junger Mann eine Ehe, eine Familie, eine Rentenversicherung.

Er hat jetzt ganz helle, immer leicht tränende Augen. Früher waren seine Augen dunkler. Sie werden immer nordischer, sie vertragen das gleißende Licht Spaniens nicht mehr. Er sieht aus, als weine er, aber er weint nicht. Hat er nie.

Spanien war ihr Traum, nicht seiner. In den Süden! Wir fahren in den Süden!, sang sie laut. Ist das nicht herrlich?

Mein Vater und ich verdrehten die Augen. Heike Herrlich war uns beiden ein bisschen peinlich. Er trug auf der Fahrt immer seine blöde Kapitänsmütze, um bei geöffnetem Verdeck keinen Hitzschlag zu erleiden. Wenn die Sonne schien, wurde sofort das Verdeck aufgemacht. Wozu hatte man es sonst? Ich bekam auf dem Rücksitz Ohrensausen vom Fahrtwind, aber das kümmerte sie nicht.

Die Kapitänsmütze und die Hochsteckfrisur wandten sich einander zu, sprachen miteinander. Was sie sagten, verstand ich nicht, manchmal lachte meine Mutter laut auf. Je weiter wir nach Süden kamen, umso öfter lachte sie. Ich mochte es nicht, wenn sie mit meinem Vater lachte und ich nicht wusste, worüber.

In der Sonne blühe ich förmlich auf, sagte sie. Ich stellte sie mir als rote Tulpe vor. In der Schule nahmen wir gerade die Tulpe durch, wir malten mit Buntstiften die Blütenblätter, den Stempel und die Pollen. Bei den Schularbeiten setzte sie sich oft neben mich. Sie roch gut, und ich konnte ihren Lidstrich sehen, den sie sich morgens sorgfältig malte.

Ist er gerade?, fragte sie mich oft. Manchmal war er ein bisschen krakelig, und das sagte ich ihr, und dann malte sie ihn neu. Mein Schönheitsberater, so nannte sie mich. Sie trug immer Lidstrich, jeden Tag, auch in Spanien. Sie rief mich ins Bad, sie hatte ihren Bikini schon am Morgen an und schminkte sich. Unter ihrer weißen Haut schimmerten bedrohlich blaue Adern. Sie bat mich, ihr den Rücken einzucremen. Dazu stieg ich auf den Badewannenrand, war mit einem Mal größer als sie und sah sie so, wie mein Vater sie sah. Klein und zerbrechlich. Ihre Haut war so zart und durchsichtig, meine dagegen dunkel und derb. Ich wäre ihr so gern ähnlicher gewesen. Wenn ich uns beide im Spiegel betrachtete, sah ich nicht aus wie ihr Sohn.

Ich liebe den Süden, aber ich gehöre nicht hierher, seufzte meine Mutter. Meine Haut sagt mir: Du gehörst einfach nicht hierher. Was soll ich machen? Ich finde den Süden so herrlich!

Heike Unverbesserlich, sagte mein Vater.

Wir hatten einen waldgrünen Simca. Die Sitze waren mit hellbraunem, klein gelochtem Kunstleder bezogen. In die Löcher steckte ich spitze Zweiglein und Tannennadeln, die ich auf den Parkplätzen in den Pinkelpausen sammelte. Im Unterholz lagen Klopapier und zerfetzte Comichefte, die ich nicht aufheben durfte. Im Süden stanken die Parkplätze, und man musste sich Schuhe anziehen, wenn man aus dem Auto stieg, weil der Asphalt so heiß war. Der Hund jaulte und fing in der Hitze an zu keuchen wie eine alte Frau. Er war ihr Hund, er hieß Salamanca, sie hatte ihn so getauft.

Meine Mutter ging nicht hinter die Büsche. Ich habe eine Blase wie ein Pferd, sagte sie.

Sie blieb am Auto stehen, und wenn mein Vater und ich zurückkamen, sahen wir sie aus der Entfernung und waren beide stolz auf sie, weil sie so hübsch war. Sie trug enge Kleider in hellen Farben, um ihre Hochfrisur hatte sie ein Tuch geschlungen, das im Wind wehte wie ein Wimpel. Hinter ihr rasten beängstigend schnell die Autos vorbei, um sie herum wimmelten die Reisenden, nur sie stand ganz ruhig da, wie zu unserer Orientierung. Hier bin ich, hier gehört ihr hin. Und sicher fanden wir den Weg aus dem Unterholz zurück.

An ihrem Todestag miete ich ein Auto. Ich lade meinen Vater ein wie ein Möbelstück. Wir fahren in die Siedlung, unser Haus heißt nicht mehr CASA HEIKE, die neuen Besitzer haben es umgetauft in CASA DEL SOL. Mit kleinen Muscheln hatte ich die Buchstaben damals in den weichen Putz gedrückt. Das K war mir schief geraten, und ich war darüber so unglücklich, dass ich geweint habe.

Hör auf zu flennen, sagte mein Vater. Ich ging ihm auf die Nerven mit meiner Wehleidigkeit, wie er es nannte.

Lass ihn doch, sagte meine Mutter, nicht jeder ist so ein harter Knochen wie du.

Der alte Mann sitzt neben mir und hält sich mit beiden Händen am Sitz fest, als fürchte er, sonst herausgeschleudert zu werden. Er gibt sich gern schwach, wenn es ihm gelegen kommt. Im nächsten Augenblick brüstet er sich vor den anderen Alten im Heim damit, wie gut er noch in Form ist.

Wir halten nicht an. Wir fahren an den Strand, ich lade ihn wieder aus, wir gehen in ein Fischrestaurant, das jedes Jahr den Besitzer wechselt und immer schlechter wird. Er kann kaum etwas essen, seitdem sie ihm zwei Drittel seines Magens entfernt haben. Der Strand ist voll, die Menschen liegen in ihren bunten Badesachen wie verstreutes Konfetti herum.

Wenn er seinen *café solo* trinkt, von dem er dann später Sodbrennen bekommen wird, stehe ich auf und suche eine Muschel. Jedes Jahr eine Muschel für meine Mutter. Diese Muschel nimmt er mit in sein Zimmer im Altersheim und legt sie auf die Fensterbank. Wir sprechen nie über sie, auch nicht an ihrem Todestag.

Seinetwegen veränderte sie ihre Kleidung, ihren Lidstrich, ihre Frisur. Warf den Beppi weg, schminkte sich die Augen blau. Ich holte den Beppi aus dem Müll, setzte ihn auf, lief damit durchs Haus, aber sie lachte nicht wie sonst. Sie trug ihr Haar mit einem Mal offen. Lang herunterhängend wie eine Gardine, die man bei Bedarf von beiden Seiten zuziehen konnte. Keine engen Kleider mehr, sondern kurze gebatikte Fähnchen in den Farben des Sonnenaufgangs. Am Oberarm einen komischen Armreif aus einer alten Gabel, den mein Vater ihr auf dem Hippiemarkt gekauft hatte.

Selbst als Kind konnte ich sehen, dass sie für diesen Aufzug bereits zu alt war.

Auf der anderen Seite der Bucht und in den schmalen Straßen des Dorfes trugen die jungen Frauen diese Kleider und diesen Schmuck, aber sie taten es anders. Lässiger, selbstverständlicher. Meine Mutter nahm mich mit ins Dorf wie einen Schutzschild. Sie kaufte mir ein Eis. Wir taten so, als interessierten sie uns nicht, und studierten sie aus sicherer Entfernung. Die Männer hatten lange Haare und lange Bärte und ähnelten sich sehr, aber die Frauen waren bunt und einzigartig, gleichzeitig wirkten sie auf mich wie ein einziges, vielgliedriges Wesen mit schimmernder, braungebrannter Haut und wildem Haar, weißen Zähnen und leuchtenden Augen, das sich unaufhörlich bewegte, laut lachte und in verschiedenen Sprachen sprach, seine vielen Köpfe auf nackte Männerbrust legte, die langen braunen Beine um Männerkörper schlang, und diese Männer so lange auf den Mund küsste, bis mir vom Zusehen ganz schwindlig wurde.

Meine Mutter zog mich mit sich fort, als habe sie etwas Wichtiges zu erledigen, und dann fuhren wir mit dem Bus zurück in unser Haus und langweilten uns weiter.

Ohne meinen Vater war es da seltsam leer und still. Meine Mutter teilte in ihrer Qual ihren Kummer mit mir, und ich genoss ihn wie Pralinen, die man als Kind nicht oft angeboten bekommt. Es adelte mich. Machte mich größer. Sie stand im Pool und weinte. Ich schwamm um sie herum, denn ich konnte dort nicht stehen.

Ich fragte nicht, wo mein Vater war. Stundenlang telefonierte sie mit einer Freundin in Deutschland, aber ich durfte nie meine Freunde zu Hause anrufen, weil es zu viel kostete.

Er macht sich lächerlich, weinte sie ins Telefon. Mit dieser Hippiekuh!

Ich ging in ihr Schlafzimmer, stellte mich vor den Spiegel und betrachtete meinen mageren Jungenkörper wie den eines Fremden. Ich strich über meine glatte braune Brust und wollte keine Brusthaare bekommen. Ich probierte ihre engen Kleider an, die sie nun nicht mehr trug. Zog ihre Schuhe an. Die goldenen Sandalen zum goldfarbenen Abendkleid, die weißen Pumps, passend zum weißen Kleid, die grünen zum flaschengrünen Seidenkleid. All ihre schönen Kleider hatte sie aus Hannover mitgebracht, denn abends ging sie doch so gern mit meinem Vater und mir auf die Strandpromenade. Ich schaute den spanischen Kindern zu, die fremde Spiele spielten und immer zu mehreren waren. Manchmal ließen sie mich mitspielen, und ich versuchte begeisterter zu wirken, als ich war, weil es meine Mutter so freute, wenn ich Anschluss bekam, wie sie es nannte.

Zurück zu Hause, machten wir Jagd auf die Mücken, die trotz aller Vorsichtsmaßnahmen ins Haus gedrungen waren. Meine Mutter wollte nicht, dass wir sie an den Wänden zermalmten, aber richtig Spaß machte es nur dann, wenn man sie mit der flachen Hand erwischte und das Blut auf die weiße Wand spritzte. Mein Vater und ich waren die Jäger und meine Mutter die ängstliche Frau, die wir beide so gut beschützten.

In dem letzten Jahr gingen wir nur am Anfang auf die Promenade und dann überhaupt nicht mehr.

Sie stand im Bikini vor mir und sagte: Timmie, schau mich an, und sag mir die Wahrheit. Bin ich fett?

Nein, sagte ich.

Doch, sagte sie.

Sie aß erst nur noch Karotten und Joghurt, dann nur noch Ananas. Es gab nichts mehr im Haus zu essen außer Ananas. Die Fruchtsäure machte meine Zähne stumpf, und wenn mein Vater endlich heimkam, beschwerte ich mich.

Wieso gibst du dem Jungen nichts zu essen?

Sie starrte ihn wütend und verletzt an. Warum gibst du ihm denn nichts zu essen?, schrie sie. Warum nimmst du ihn nicht mit? Oder stört er dich vielleicht?

Hör auf, mich zu erpressen, sagte er.

Ich erpresse dich? Ich? Du bist so gemein! Sie fing an zu weinen.

Ich legte mich auf die Steine am Pool, die vom Tag aufgeheizt waren. Mauersegler rasten im Sturzflug kreischend über das Wasser. Die Zikaden sägten so laut, dass es sich anfühlte, als vibriere mein Gehirn.

Sie kam aus dem Haus und zerrte mich am Arm. Dein Vater will mit dir essen gehen, sagte sie, und du ziehst jetzt ein anständiges Hemd an.

Halt Timmie da raus, sagte mein Vater. Lass ihn in Ruhe! Es sind seine Ferien.

Es sind auch meine Ferien, schrie sie. Ihr weißer Hals bekam rote Flecken.

Hör auf, dich aufzuführen, sagte er und steckte sich eine Zigarette an.

Ich ging in mein Zimmer und zog das verhasste hellblaue Hemd mit dem weißen Kragen an, das in den Augen meiner Mutter ein anständiges Hemd war.

Sie saß am Pool und blätterte laut in einer Illustrierten, als wir gingen. Ich wusste, sie würde in dem leeren Haus weinen.

Es bedrückte mich, aber es bedrückte mich nicht genug, um nicht mit meinem Vater mitzugehen. Ich war froh, aus dem Haus zu kommen. Der Hund musste bei ihr bleiben und sah uns sehnsüchtig nach.

Mein Vater führte mich in eine helle *cervecería*, in der die Spanier an der Bar standen und ihre Zigarettenstummel direkt in das Sägemehl zu ihren Füßen warfen. Ein paar Touristen hockten an wackligen Tischen und versuchten unsicher, etwas zu bestellen.

Mein Vater dagegen kannte den Kellner und bestellte in flüssig klingendem Spanisch gebratene *chorizos* für mich und ein Glas *vino tinto* für sich selbst. Ich war beeindruckt. Er sprach nicht mit mir, blickte immer wieder zum Eingang, und mit einem Mal fuhr er sich mit der Hand durch die Haare, verwuschelte sie, zog sich mit der anderen das weiße Hemd aus der Hose und knöpfte es weit auf, dass man seine braune Brust sehen konnte. Ich war so fasziniert von dieser Verwandlung meines ordentlichen Vaters in jemanden, den ich nicht kannte, dass ich kaum bemerkte, wie sich eine ganze Gruppe von Leuten an unseren Tisch setzte. Die Frau vom Hippiemarkt war dabei, ihre Tochter war bei uns im Haus gewesen, und einmal auch am Strand. Sie hieß Apple, was meine Mutter schön und mein Vater idiotisch fand. Wir haben dich ja auch nicht Banane getauft, sagte er.

Die Mutter von Apple setzte sich neben meinen Vater und begrüßte ihn mit zwei Wangenküssen. Ich wurde rot und sah auf meine Füße im Sägemehl.

Timmie, sag anständig guten Tag, sagte mein Vater.

Sie hielt mir die Hand hin, zögernd ergriff ich sie. Sie schüttelte sie lange, gleichzeitig sagte sie zu meinem Vater: Wieso zwingst du ihn, so ein blödes Hemd zu tragen?

Mein Vater und ich sahen uns an und sagten beide kein Wort.

Hinter mir küsste sich ein Paar. Ich hörte es keuchen und schmatzen.

Du hast irre schöne Augen, weißt du das?, fragte sie mich. Sie hatte sonnengebleichte, wilde Haare, ihre Augen waren grün, ihre Nase klein, wie bei einem Kind, ihr Mund und ihr Lächeln groß. Sie hatte selbst für mich mit meinen zwölf

Jahren etwas sehr Anziehendes. Sie war ständig in Bewegung, man konnte nicht von ihr wegschauen, sie redete schnell und brachte alle zum Lachen. Mein Vater warf den Kopf in den Nacken und riss den Mund auf. So lachte er zu Hause nie. Ich lachte mit, obwohl ich nicht begriff, worüber sie sprachen.

Er bestellte für alle und fragte: Und du, Ingrid, was möchtest du?

Plötzlich hatte sie einen Namen. Ich sah Heike im Dunkeln am Pool sitzen und Ingrid neben meinem Vater, eine Sekunde lang verstand ich alles, und in der nächsten schon nicht mehr. Ich wollte nicht an meine Mutter denken, und das gelang mir auch. Ingrid spielte mit mir Mühle, mit Zigarettenstummeln im Sägemehl, ich gewann und fühlte mich stolz und großartig.

Als wir nach Hause kamen, war sie schon ins Bett gegangen. Es brannte nur noch das Poollicht. Dunkelgrün und unheimlich schmatzte das Wasser über die Ränder des Beckens.

Ich kann mich auf dich verlassen, oder?, fragte mein Vater.

Ich nickte, und er ging ins Haus. Noch nie zuvor war ich nachts allein am Pool gewesen. Ich versuchte mir das Leben meiner Eltern ohne mich vorzustellen, und es kam mir einfacher und harmonischer vor. Dieser Gedanke machte mir unangenehmes Herzklopfen, ich fühlte mich allein und verwaist unter dem schwarzen Himmel mit den unnatürlich hellen Sternen, die in Hannover so viel weicher und freundlicher aussahen. Sie ängstigten mich, und ich rannte ins Haus, die Treppe hinauf. Ihre Schlafzimmertür war geschlossen, es war still, ganz still im Haus.

Ich legte mich in mein Bett, drückte Herrn Hase auf mein Gesicht, sog seinen vertrauten, müffeligen Geruch ein in der Hoffnung, dass er mich trösten würde, obwohl ich doch wusste, dass er nicht mehr die Kraft dazu hatte.

Schöne Hände

Susi

Apple öffnet die Tür, und Susi mag sie auf Anhieb. Ein Strahlen geht von Apple aus, Herzlichkeit. Sie trägt ein leuchtend rotes Herrenhemd, ist ungeschminkt, ein wenig füllig. Ihr Alter schätzt Susi auf Ende dreißig, Anfang vierzig ein, etwas jünger als sie selbst. Apple streckt Susi eine überraschend kleine Hand entgegen, zieht sie in die Wohnung, nicht ahnend, dass sie einen Vampir hereinlässt. Susi hängt ihre Jacke auf und bemüht sich, das teure Designerlabel nach innen zu wenden.

Apple lächelt Susi an, als müsse sie sich von ihrer besten Seite zeigen, dabei wird Susi sich von ihrem Unglück ernähren, das ist ihr Auftrag.

Wo wollen wir uns hinsetzen?, fragt Apple mit einer Handbewegung, die Susi jeden möglichen Platz in ihrer kleinen, makellos aufgeräumten Zweizimmerwohnung anbietet.

Susi setzt sich auf eine rote Couch, so rot wie Apples Hemd, anscheinend ihre Lieblingsfarbe, und packt ihr Aufnahmegerät aus.

Ach, sagt Apple und beugt sich darüber, Sie nehmen mit dem iPhone auf?

Ja, sagt Susi, mit 'nem Apple. Sie lacht lauter, als sie vorhatte. Die Arme muss sich bestimmt ständig blöde Witze über ihren Vornamen anhören.

Die Aufnahmen haben aber keine Sendequalität, sagt Apple streng.

Ich will unser Gespräch ja auch nicht senden, sagt Susi. Nur aufschreiben.

Apple schweigt, wirft sich die halblangen, hellbraunen Haare aus dem Gesicht, lacht auf, als koste es sie größte Mühe.

Möchten Sie was trinken?

Nein danke, sagt Susi. Schießen Sie los.

Ich war die größte Idiotin unter der Sonne, sagt Apple.

Das ist gut, ermuntert Susi sie, das ist sehr gut. Genau das, was wir für unsere Reihe suchen. Deshalb bin ich ja schließlich hier.

Ich lese Ihre Zeitschrift leider nicht, sagt Apple entschuldigend.

Macht nichts. Ich auch nicht. Ich lese grundsätzlich keine Frauenzeitschriften, sie deprimieren mich.

Apple nickt. Geht mir ähnlich. Danach möchte ich mich jedes Mal aufhängen.

Ich nehme auf, sagt Susi und schiebt das Telefon in ihre Richtung.

Apple starrt es an wie ein gefährliches Insekt, atmet tief durch.

Wie kann man nur so bescheuert sein?, bricht es aus ihr heraus. Niemand auf der ganzen Welt kann so doof sein wie ich. Und das gleich zwei Mal hintereinander! Sie schüttelt den Kopf, reibt sich kurz die Augen. Am Ende bin ich zu einer Therapeutin gegangen, aber die hat mir auch nicht geholfen.

Aber jetzt bekommen Sie fünfhundert Euro dafür, dass

Sie mir davon erzählen, sagt Susi nüchtern. Sie hofft, dass diese Apple schnell zur Sache kommt, denn der Job lohnt sich nur, wenn sie nicht zu viel Zeit dafür aufwenden muss.

Es geht mir nicht ums Geld, sagt Apple, es ging mir nie ums Geld. Ich bin ein warmer Mensch. Sie zuckt die Schultern und sieht Susi an, als wäre ihr gerade eine kleine Ungeschicklichkeit passiert, als hätte sie ein volles Glas umgeworfen.

Das ist jetzt fast zehn Jahre her. Simon hat damals auch beim Bayerischen Rundfunk gearbeitet, als Sprecher, er sah so gut aus. Groß und blond und blaue Augen. Seine Haut habe ich gemocht, und er hat gut gerochen. Und seine Stimme. So eine schöne Stimme! Ich hab damals die Nachrichten nur seinetwegen gehört. Immer zur vollen Stunde das Radio angemacht. Alle Frauen wollten ihn haben. Alle. Als er aus seiner Wohnung flog, hab ich ihm sofort ein Zimmer bei mir angeboten. Hab alles bezahlt. Ich wusste, dass er finanzielle Probleme hatte. Aber für mich ist Geld nur Papier.

Apple lächelt sanft. Ich bin nun mal kein Materialist, was soll ich machen?

Sie seufzt. Verstummt. Zupft an ihrem Hemd. Hinter ihrem Sessel hängt ein Bild, auf dem ein roter Hut über eine Wüstenlandschaft segelt.

Sex gab es kaum zwischen uns, fährt sie fort, aber das lag an mir, ich war verklemmt mit ihm, schüchtern. Wie Bruder und Schwester haben wir zusammengelebt. Ich habe geschuftet, Tag und Nacht. Tagsüber beim Funk, abends als Kellnerin. Hab die Miete bezahlt, den Unterhalt für uns beide. Eines Tages, auf einem Waldspaziergang, fragt mich Simon:

Willst du mich heiraten? Wir gehören doch zusammen. Wir kennen uns so gut, und mit niemand anders möchte ich leben. Hören Sie sich diesen Satz an.

Sie wiederholt ihn: Mit niemand anders möchte ich leben.

Schön, sagt Susi. Man könnte ihn singen. Sie weiß, sie darf so etwas nicht sagen, und jetzt ist der Satz auch noch auf Band. Sie hat sich angewöhnt, ironisch zu sein, hart zu sich selbst, weil sie sonst verzweifeln würde, aber wegen ihres Sarkasmus kriegt sie regelmäßig Ärger mit der Chefredakteurin, die die neuen Rocklängen für ein wichtiges Ereignis hält und weint, wenn sie sich in der Teeküche in den Finger schneidet.

Apple lächelt. Ja, ich bin anfällig für solche Sätze. Ich konnte mein Glück kaum fassen. Ich hatte es geschafft! Alle wollten ihn haben, und ich bekam ihn! Dieser Moment im Wald war sehr romantisch. Ich erinnere mich an das Licht, das durch die Bäume fiel, das Vogelzwitschern, die Blaubeeren waren reif, ich hab ein paar gepflückt und ihn gefüttert, es war wie ein Zauber, Hänsel und Gretel allein im Wald. Ich habe mich immer danach gesehnt. Diese Vorstellung: Zu zweit wird alles gut.

Apple sieht immer noch ganz glücklich aus. Dann merkt sie es selbst und wischt sich mit den Händen übers Gesicht, wischt den Ausdruck energisch weg. Schüttelt den Kopf über sich. Das wird sie jetzt noch oft tun.

Ich habe ihn sofort aufs Standesamt geschleppt, die Hochzeit organisiert und bezahlt. 7000 Euro. Mit allem Drum und Dran. Ein weißer Bentley stand vor der kleinen Kirche. Draußen auf dem Land, die schönste Kirche weit und breit hatte ich gefunden, alles war perfekt. Meine Mutter hat mich ausgelacht: Was hab ich falsch gemacht, dass du so ein Kitschknödel geworden bist! Meine Mutter hält die Ehe für ein bürgerliches Gefängnis, aber sie war gekommen und hatte sich sogar ein normales Kleid angezogen. Es war ein gelungener, glücklicher Tag, und trotzdem – in meinem Kopf ist eine kleine rote Lampe angegangen: Vorsicht! Ich habe Simon aus der Entfernung bei den Hochzeitsgästen stehen sehen, er sah so unverschämt gut aus, sein Lachen war so laut, seine Gesten so groß, seine Stimme so wohlklingend, ich höre noch seine Stimme, ich habe gedacht: Warum produzierst du dich für andere, du hast doch jetzt mich? Meine Mutter hat mich gewarnt. Der ist hübsch und weiß es auch, hat sie gesagt. Hoffentlich muss er seine Wirkung nicht dauernd ausprobieren.

Wie meinst du das?, hab ich sie gefragt wie ein Schaf.

Ach, Äpfelchen, hat sie geseufzt, mach, was du willst. Es ist dein Leben.

Äpfelchen, wiederholt Susi grinsend.

So nennt mich meine Mutter immer dann, wenn sie mich für besonders bescheuert hält. Später habe ich erfahren, dass er schon am Tag unserer Hochzeit eine andere hatte. Eine Filmkritikerin aus der Kulturabteilung, so eine kleine, schicke blonde Trullala im Schneiderkostüm. Das wussten alle im Funk, nur ich nicht. Die war doppelt so alt wie ich, fast so alt wie meine Mutter! Er stand auf ältere Frauen. Er hatte die Filmtante zu unserer Hochzeit eingeladen. Ich kannte sie nicht, hatte sie nie gesehen, die war ja in der Kulturabteilung. Ich hatte keine Ahnung. Möchten Sie was trinken?

Susi schreckt auf wie aus einem Traum. Sie hat sich Apple vorgestellt in einem etwas zu engen Brautkleid mit großem Dekolleté, der Schleier schon leicht verrutscht, das Make-up ein wenig verschmiert an diesem heißen Tag, Erschöpfung in den Knochen, das große Glück, auf das man gehofft hat, wie Muskelkater im Körper. Sie weiß, wie sich das anfühlt, sie hat erst vor einem halben Jahr geheiratet, um für Ralf im Krankenhaus Entscheidungen treffen zu können. Sein Leben im Notfall so zu beenden, wie er sich das wünscht.

Nur Wasser bitte, sagt Susi.

Ich hätte auch einen Prosecco, bietet Apple an.

Danke, nein.

Apple lacht. Soll ich Ihnen was sagen? Ich hasse Prosecco. Ich dachte nur, dass man das in den Redaktionen von Frauenzeitschriften trinkt.

Richtig, grinst Susi. Diese Modekatzen schlabbern das Zeug die ganze Zeit. Und deshalb kann ich es nicht ausstehen.

Apple schenkt in ihrer kleinen Küche Wasser in zwei Gläser, Susi sieht ihr dabei durch die Durchreiche zu. Kaum eine Viertelstunde ist verstrichen, und es kommt ihr bereits so vor, als seien sie befreundet, als sitze Susi schon seit Jahren auf dieser Couch und labe sich an Apples Unglück, das so viel unterhaltsamer scheint als das ihre.

Und waren Sie dann auf Hochzeitsreise?, fragt Susi scheinheilig und hofft auf ein hübsches Debakel. Dass sie und Ralf nicht in die Flitterwochen fahren würden, war von vornherein klar. Ralf musste noch am Nachmittag ihrer Eheschließung zur nächsten Blutwäsche.

Ja, sagt Apple, aber ich musste ihn mühsam überreden.

Kuba. Habe natürlich auch ich bezahlt. Ein Touristenghetto, in dem es alles zu Euro-Preisen gab, draußen in Havanna gibt es nichts, da müssen die Leute mit Lebensmittelscheinen einkaufen, und in den Geschäften sieht man nur leere Regale. Aber ich wusste das nicht, hatte nur dieses Bild im Kopf von türkisblauem Wasser und Drinks, die am Strand serviert werden. In zwei Wochen habe ich dort allein 1000 Euro ausgegeben für Alkohol. Nur für Alkohol!

Am ersten Abend wollte Simon bereits meine Kreditkarte haben. Hab ich ihm gegeben. Damit hat er dann mit dieser alten Trullala in Deutschland telefoniert. Habe ich erst viel später rausgefunden, aber ich hab gewusst, dass da was faul ist. Dass es ein Fehler war. Gleichzeitig wollte ich es nicht wissen, habe mich gefürchtet, es zuzugeben. Wie erkläre ich das den anderen? Und das Schlimmste: Meine Mutter bekäme recht!

Susi nickt verständnisvoll. Apple macht eine lange Pause. Ihre patente Art legt sie immer mehr ab wie eine Karnevalsverkleidung. Sie wirkt jetzt traurig, und Susi hat das Gefühl, ihr etwas anbieten zu müssen.

Ich habe mich in einen kranken Mann verliebt, sagt sie. Meine Mutter hat mich zur Seite genommen und gesagt: Kind! Möchtest du denn jetzt schon Krankenschwester sein? Später im Leben wirst du es sowieso. Susi lacht, um Apple aufzufordern, ebenfalls zu lachen.

Aber sie sagt nur leise: Ich wollte bloß, dass er mich liebt. Ich habe Simon Vollmachten für mein Konto gegeben. Ich wollte, dass meins auch seins ist. Ich wollte mir seine Liebe nicht erkaufen, ganz bestimmt nicht. Jetzt schäme ich mich fast dafür. Mit meinem Geld hat er der alten Kuh ein Peugeot Cabrio gekauft. Das Auto hatte ich mir immer gewünscht, dann bekam sie es. In Metallicblau. Selbst die Farbe hat gestimmt. Von meinem Geld! Ich habe ewig nichts gemerkt, weil ich nie zur Bank gegangen bin. Ich hatte immer genug Bargeld vom Kellnern in der Tasche. Irgendwann rief mich die Bank an, da war ich bereits tief, tief im Keller. Fast jeden Tag hatte er hundert Euro von meinem Konto abgehoben!

Wofür brauchst du so viel Geld?, habe ich ihn gefragt.

Brauche ich halt. Mehr hat er nie gesagt. Wurde dann auch immer gleich ablehnend und kalt, und davor habe ich mich gefürchtet.

In einer Nacht im Juni lag ich schlaflos im Bett, Simon war wohl gerade bei der Alten. Es wurde langsam hell, die Vögel fingen an zu zwitschern, eine Amsel hat sich schier die Seele aus dem Leib gesungen, so laut und verzweifelt, ich habe ihr zugehört und gedacht, du armes Schwein, du musst singen und singen, bis dich endlich jemand erhört, und plötzlich hat es einfach Klick bei mir gemacht. Als würde ein Schalter umgelegt. Ich habe den Schlüsseldienst angerufen, morgens um fünf, habe das Wohnungsschloss austauschen lassen, ihm seine Sachen vor die Tür gestellt, die Scheidung eingereicht.

Respekt, sagt Susi.

Apple lehnt sich zufrieden zurück. Hab gelitten wie ein Tier. Mir die Augen aus dem Kopf geheult. Bin nicht mehr aus dem Haus gegangen. Dass er mich so benutzt hat! Ich hatte das Gefühl, ich blute aus allen Knopflöchern. 26000 Euro Schulden hat er mir hinterlassen, und beim Scheidungstermin wollte er noch den Rentenausgleich! Die Richterin hat ihn angesehen wie eine Schlange, kurz bevor sie zubeißt. Da hat er selbst gemerkt, dass er vielleicht ein bisschen zu weit gegangen ist, und hat dann ganz gnädig gesagt: Na ja, dann will ich mal drauf verzichten. Diesen Satz habe ich noch genau im Ohr.

Sie beugt sich ein wenig vor, spricht ihn deutlich ins Mikrofon, betont jedes Wort: Na ja, dann will ich mal drauf verzichten.

Sie lachen jetzt beide, der Vampir und sein Opfer, das so bereitwillig sein Blut gibt, als ginge es um eine Blutspende. Susi geht es auch schon viel besser, sie vergisst ihren Kummer, sie lacht, wie sie zu Hause mit Ralf schon lange nicht mehr lacht.

Apple schüttelt sich wie ein Hund, der aus dem Wasser kommt. Die Schulden habe ich in nur vier Jahren abgearbeitet. Ganz allein. Ich war zu stolz, um Hilfe anzunehmen. Ich war am Ende nicht gebrochen. Ich bin ein fröhlicher Mensch, sagt sie entschlossen, und dann wiederholt sie auch diesen Satz noch einmal, sieht dabei aber nicht besonders fröhlich aus.

Mich wundert, dass ich überhaupt noch ab und zu fröhlich sein kann, sagt Susi.

Was hat denn Ihr Mann?, fragt Apple leise.

Ach, winkt Susi ab, nichts Interessantes. Eine langweilige, doofe Krankheit.

Es ist nicht fair, Apple nichts Genaueres zu erzählen, sich nicht zu revanchieren für ihre Offenheit, aber wenn Susi anfinge, von sich zu reden, müsste sie heulen.

Und weiter?, fragt sie stattdessen. Sie hatten mir doch zwei Geschichten versprochen.

Apple knetet ihre Hände und ringt mit sich. Susi versteht sofort. Es ist das alte Spiel des Journalisten. Sie muss einen Zuckerwürfel auf ihre Handfläche legen und ihn Apple geduldig entgegenhalten wie einem misstrauischen Pony. Entschuldigung, sagt Susi, wenn ich jetzt streng geklungen habe, aber ich hatte Ihnen ja bereits erzählt, dass wir für unsere Reihe der dummen Liebesgeschichten Frauen suchen, die mehrmals denselben Fehler begangen haben. So wie ich anscheinend tatsächlich die ewige Krankenschwester bin. Mein erster Freund war Epileptiker, mein zweiter hatte ein amputiertes Bein, mein Mann leidet unter einer Nierenschwäche.

Apple sieht sie nachdenklich an, spricht aber nicht weiter.

Susi fragt sie, ob sie ihr Klo benutzen darf. Apple steht wortlos auf und weist ihr den Weg.

Es ist blitzblank geputzt, die Kosmetika billig und nicht besonders zahlreich. Im Badezimmerschrank befindet sich dafür eine ausgesprochen umfangreiche homöopathische Hausapotheke. Susi schnauft. Sie hasst inzwischen die Homöopathie. Sie hat Ralf nicht die Bohne geholfen. An der Innenseite des Schranks hängt eine lange, etwas vergilbte Liste:

1. Eiweiße und Kohlenhydrate niemals mischen!
2. nur Obst bis 12 Uhr!
3. kein Essen nach 21 Uhr!
4. zwei Liter Wasser pro Tag!
5. kein Alkohol!
6. nicht zu jung anziehen!
7. jeden Tag einen Plan!

8. 4x am Tag aus der Puste kommen!
9. nicht zu gutmütig sein!
10. neue Unterwäsche kaufen!
11. nicht zu viel über sich reden!
12. nicht grell, nicht schrill, nicht zu laut sein!
13. nicht mehr so viel in die Sonne gehen!
14. sich nicht beklagen!
15. dankbar sein.
16. immer abschminken!

Susi nimmt sich vor, später noch einmal mit dem Handy aufs Klo zu gehen und die Liste zu fotografieren.

Als sie sich wieder aufs Sofa setzt, sieht Apple sie ausdruckslos an. Denkt sie gerade an Punkt 11 auf ihrer Liste? Susi lächelt ihr freundlich zu.

Apple lächelt nicht zurück. Lange Pause. Und als sie wieder zu reden beginnt, klingt sie atemlos, als habe sie nicht viel Zeit: Danach wollte ich erst einmal nichts mehr mit Männern zu tun haben. Jahre später bin ich Ski fahren gewesen, und da war ein Mann in einem knallroten Skianzug. Peter.

Apple haut mit der Faust auf die Sessellehne und ruft laut: So bescheuert! So unglaublich bescheuert! Wie kann man nur so bescheuert sein!

Hilfesuchend sieht sie Susi an, die aufmunternd nickt.

Er hatte so schöne große Hände, sagt Apple leise. Er war auch groß und schmal und blauäugig, aber dunkelblond. Nicht hellblond wie Simon. Er war ganz anders, fügt sie grinsend hinzu.

Ganz anders, sagt Susi und grinst ebenfalls. Ich habe sie zurück, meine Blutspenderin, denkt sie.

Alle schütten mir immer ihr Herz aus, sagt Apple. Er hat mir schon am ersten Abend an der Après-Ski-Bar erzählt, er sei unglücklich verliebt. Er erzählte mir auch, er sei Hausmeister. In Wirklichkeit war er schwerreich, aber das habe ich erst sehr viel später erfahren. Wir betranken uns mit Red-Bull-Wodka, ich gab ihm Tipps, wie er mit seiner unglücklichen Liebe umgehen solle. Ich, die Spezialistin. Gib ihr alles, was du hast, riet ich ihm. Spiel keine Spiele. Halt nichts zurück. Sei kein Frosch. Verschenk dich!

Er nahm meine Hände in seine und küsste mich zum Dank. Du bist eine so warme Frau, sagte er, so was kenne ich nicht. Man will dich nie mehr loslassen.

Das waren so schöne Sätze. In deiner Nähe friert man nicht, das hat er auch gesagt. Die Drinks habe ich bezahlt. Jeden Abend. Habe ich gar nicht gemerkt.

Ein paar Wochen später hat er mir eine SMS geschickt: Komm zu mir.

Apple kichert wie ein Teenager nach dem ersten Joint. Komm zu mir! Und was mache ich?

Come to me, singt Susi leise, *come to me, come to me.*

Am nächsten Tag hab ich beim Bayerischen Rundfunk gekündigt und bin zu ihm nach Berlin gezogen.

Apple sieht Susi an, als erwarte sie, dass sie über Apple den Kopf schüttelt, und als sie das nicht tut, schüttelt sie ihn selbst umso heftiger.

Peter hat sofort gesagt: Du musst dir jetzt aber ganz schnell einen neuen Job suchen. Er wollte nicht, dass ich wusste, dass er Geld hatte. Er war Parkhausmillionär. Fast alle Parkhäuser der Stadt gehören ihm. Seine Wohnung fand ich furchtbar, so kalt und unpersönlich. Alles nur vom

Feinsten, aber nicht mein Geschmack. Doch ändern durfte ich nichts. Und eine Putzfrau wollte er auch nicht bezahlen, in einer 180-qm-Wohnung. Schickstes Charlottenburg. Also habe ich sie geputzt. Jeden Tag. Ich bin abends wieder kellnern gegangen, in einer ziemlichen Spelunke im Wedding, und tagsüber habe ich geputzt. Aus Liebe. Ich dachte, dass ich diesen Mann liebe. Nach zwei Jahren fragt er mich eines Abends in einem Restaurant aus heiterem Himmel: Willst du mich heiraten? Er hat geweint. Ich musste deshalb auch heulen und habe am nächsten Morgen ja gesagt. Meine Mutter meinte: Willst du das wirklich?

Ja, hab ich gesagt.

Und warum?

Weil ich ihn liebe.

Und was bekommst du von ihm?

Apple sieht fast kindlich aus, als sie erklärt: Ich hab ihre Frage gar nicht verstanden. Das habe ich mich nie gefragt – was ich bekomme. Ich wollte lieben. Mit aller Kraft lieben. Einen sechsunddreißigseitigen Ehevertrag hat er aufgesetzt, zu dem mein Anwalt gesagt hat: Wenn Sie das unterschreiben, haben Sie die Arschkarte. Ich habe geantwortet: Ich liebe diesen Mann. Ich habe niemandem, auch meiner Mutter nicht, von diesem Vertrag erzählt.

Am Abend nach der Unterschrift wollte ich mit ihm feiern gehen. Richtig schön. Im Adlon. Das hatte ich mir ausgesucht. Wir haben uns an den reservierten Tisch gesetzt, er hat auf die Menükarte geguckt und gesagt: Das ist mir zu teuer. Ist aufgestanden und gegangen. Einfach so. Ich saß dort und dachte erst noch, er kommt zurück. Der Kellner hat es gleich kapiert und mich ganz mitleidig angesehen. Seinen

Blick werde ich nie vergessen. Arme Trutschka, so hat er geguckt. Aber für die Hochzeit hat Peter dann viel Geld ausgegeben. In Kitzbühl, in einem sündhaft teuren Hotel war die Feier. Wenn es nach seiner Nase ging, hat er bezahlt. Aber nur dann. Ich möchte, dass du in Tracht gehst, hat er zu mir gesagt. Aber ich bin kein Trachtentyp. Darauf er: dann musst du dein Hochzeitskleid selbst zahlen. Habe ich gemacht. Es war lang, dunkelblau. Nachtfalter, habe ich gedacht, als ich mich im Spiegel sah, so dumm wie eine Motte, die ins Licht fliegt.

Motten verwechseln Lampen mit dem Mond, sagt Susi nüchtern. Sie fliegen immer so, dass sich der Mond auf der einen Seite befindet. Wenn sie eine Lampe sehen, versuchen sie, weil sie sie für den Mond halten, auf die richtige Seite zu kommen, und fliegen deshalb im Kreis um die Lampe herum. Bis sie vor Erschöpfung hineinfliegen und verbrennen.

Man könnte die Lampe bei mir einfach mit dem Wort Mann ersetzen, sagt Apple. Beide kreischen vor Lachen. Apple wischt sich die Lachtränen aus den Augenwinkeln.

Am Tag meiner Hochzeit war ich so nervös, dass ich Valium schlucken musste, sonst wäre mir das Herz aus dem Mund gesprungen. Peter war ganz cool, fast unbewegt. Wir saßen im Standesamt auf der Wartebank, er hat mit seinem Telefon gespielt. Bist du nicht aufgeregt?, habe ich ihn gefragt. Nein, hat er geantwortet, das ist nur ein Termin, der abgearbeitet werden muss. Und als meiner Frau muss ich dir sagen: In dem Kleid siehst du aus wie eine alte Schabracke.

Später hat er mir mal ein zweitausend Euro teures Brokatdirndl mitgebracht. Ich konnte es nicht anziehen, es war so scheußlich. Da ist er ausgerastet und hat geschrien: Es hat so viel Geld gekostet, das ziehst du jetzt an! Also habe ich es angezogen. Wie ein teures Geschenk, das darauf wartet, ausgepackt zu werden, stand ich da. Aber er hat's nicht ausgepackt. Sex gab es nur, wenn er wollte, und er wollte nicht oft. Ich hab mich nach ihm gesehnt wie… wie…

Wie eine Motte nach dem Mond, hilft Susi aus.

Ja. Apple nickt. Wie 'ne Motte nach dem Mond. Er hat so getan, als sei ich sexsüchtig. Nymphoman. Als sei mein Verhalten übertrieben. Gefühle fand er klebrig. Sei nicht so klebrig, hat er oft zu mir gesagt. Es gab immer getrennte Kassen. Er hat sehr darauf geachtet, dass ein Mal er zahlt, und das nächste Mal ich.

Drei Monate nach unserer Hochzeit hat er auf einer Firmenfeier in München eine Frau im Dirndl kennengelernt, die ihm ins Ohr geflüstert hat: Dich würde ich sofort heiraten. Es hat ihn anscheinend umgehauen. Er hat sich auserwählt gefühlt. Sie war so ein konservativer Trachtentyp. Im Trachtenumzug auf dem Oktoberfest fuhr sie jedes Jahr in einer der Prachtkutschen mit, das hat er mir ganz stolz erzählt.

Eine Woche später war er weg.

Ich habe in der leeren Wohnung laut geschrien vor Schmerz. Er kam noch ein Mal wieder, hat sich wortlos an den Tisch gesetzt, sein Familiensilber geputzt, bevor er es mitgenommen hat. Mir gesagt, ich solle ausziehen, weil er mit seiner Trachtentussi einziehen wolle.

Im Oktober haben wir geheiratet, im März wurden wir geschieden. Ich habe alles einfach unterschrieben. Hatte nichts mehr. Zwei Wochen nach unserer Scheidung hat er die Trachtentussi geheiratet und ist gar nicht in die Berliner

Wohnung gezogen, sondern nach München. Dort war ich doch seinetwegen weggezogen!

Ich konnte nichts mehr essen, habe zehn Kilo abgenommen, bin vor Schwäche vom Fahrrad gefallen. Ich habe Neurodermitis bekommen und musste in einem Schutzanzug schlafen. Mein ganzer Körper ist ausgeflippt. Es hat mich fast umgebracht.

Apple schlägt die Arme unter, schweigt und sieht ihrer eigenen Geschichte hinterher wie Rücklichtern im Nebel.

Sie können das Ding jetzt abschalten, sagt sie. Das waren sie, meine beiden großen Dummheiten, jetzt wissen Sie alles von mir.

Susi starrt auf das Bild mit dem roten Hut, der hinter Apple über die Wüste fliegt. Wahrscheinlich von Apple selbst gemalt in einem Malkurs am Wochenende, denkt sie.

Darf ich noch einmal in Ihr Bad?

Apple nickt.

Susi fotografiert die Liste im Schrank. Betrachtet den Vampir im Spiegel. Er schleckt sich die blutigen Lippen und schämt sich kein bisschen. Sie ruft Ralf an. Alles klar bei dir?, flüstert sie.

Er klingt schläfrig. Ja, mach dir keine Sorgen.

Sie fürchtet sich davor, nach Hause zurückzukehren, in die bedrückende Stille, die Krankenzimmer haben, wenn es keine Besserung gibt.

Als sie aus dem Bad kommt, ist Apple in ihr Schlafzimmer verschwunden. Susi würde gern noch ein bisschen auf der roten Couch sitzen bleiben, hier bei Apple fühlt sie sich wohl.

Hören Sie, ruft sie durch die halboffene Tür, wenn Sie nicht möchten, veröffentliche ich Ihre Geschichte nicht. Sie bekommen das Geld, und ich erzähle der Redaktion, es sei nicht ergiebig genug gewesen.

Apple tritt aus der Tür. Sie trägt einen unförmigen, weißen Ganzkörperanzug, der aussieht wie ein überdimensionaler Strampler.

Das ist mein Schutzanzug. Den wollte ich Ihnen nicht vorenthalten. In dem Ding habe ich mehr oder weniger gelebt, aber meine Haut hat sich einfach nicht beruhigt. Du bist komplett hysterisch, hat meine Mutter gesagt. Von mir hast du das nicht.

Und dann habe ich zufällig im Flugzeug neben einem Mann gesessen, dessen Hände mir aufgefallen sind. So große, schöne Hände.

Nein!, ruft Susi lachend. Nicht schon wieder die Hände!

Sie holt ihr iPhone aus der Tasche, stellt es an, legt es auf den Tisch, aber Apple gibt es ihr zurück.

Nein, sagt sie, das ist jetzt nur zwischen uns beiden. Ich habe diese Hände gesehen, mein Herz hat einen komischen Sprung gemacht. Ich habe die Stewardess gefragt, ob sie auch Alkohol an Bord hat, um mich zu beruhigen. Ich wollte gar nichts mit dem Eigentümer dieser Hände zu tun haben, aber er hat mich angesprochen, und wir haben den ganzen Flug über geredet. Es war leider nur ein Städteflug, zurück nach Berlin von einem Besuch bei meiner Mutter in München. Nach vierzig Minuten haben wir bereits Händchen gehalten, und als das Flugzeug in den Landeanflug ging, haben wir beide gesagt: Schade.

Als ich nach Hause kam, mich auszog und für die Nacht meinen Schutzanzug anziehen wollte, war meine Neurodermitis bereits am Abklingen.

Susi bemüht sich, keinen Zweifel in ihrer Miene erkennen zu lassen, aber Apple ruft: Doch! Wirklich! Ganz bestimmt! Ich schwör's, so war's. Sie springt in ihrem Schutzanzug wie ein Clown durchs Zimmer. Auch wenn es mir kein Mensch glaubt: Genauso war es!

Sie setzt sich neben Susi. Susi spürt die Wärme, die von Apple ausgeht, wie einen kleinen Heizofen neben sich.

Ich habe ihm eine SMS geschickt: Ich will dich wiedersehen. Aber er hat nicht geantwortet. Jeden Tag, monatelang, habe ich ihm jeden Morgen dieselbe SMS geschickt. Die Zuversicht hat mir meine Haut gegeben, denn sie heilte immer mehr ab. Ich wusste, wenn ich die Hoffnung aufgebe, flammt die Neurodermitis wieder auf.

Nach genau acht Monaten klingelt das Telefon, und er sagt: Ich bin morgen da, ich muss mit dir reden. Und er kam wirklich und hat zu mir gesagt: Ich halte es nicht mehr aus, ich habe mich auf dem Flug in dich verliebt. Meine Seele schreit nach dir.

Meine Seele schreit nach dir, wiederholt Susi. Noch so ein Satz für die Hitparade. Aber Apple geht nicht darauf ein.

Er hatte so lange gebraucht, um sich aus einer anderen Beziehung zu lösen. Ich bin seinetwegen zurück nach München. In zwei Monaten ziehen wir nun zusammen. Apple steigen Tränen in die Augen. Entschuldigung, sagt sie, jetzt werde ich ganz sentimental.

Auch Susi fängt an zu schniefen und wundert sich. Der Vampir weint.

Apple zieht den Schutzanzug aus.

Susi sagt: Mein Mann hat nicht mehr lange zu leben.

Orangenmond

Susi

Der Flughafen von Almería liegt direkt am Meer. Blauer Himmel, blaues Meer. Mehr braucht sie nicht, um glücklich zu sein. Die Mitreisenden verschwinden überraschend schnell, das moderne Glasgebäude ist leer und still, wie eine deutsche Bank in der Mittagspause. Sie hört ihre Absätze über den Marmorfußboden klacken, sie hört sich selbst zu, wie sie in ein neues Leben hineingeht. Das hat sie so beschlossen: Dies wird mein, unser neues Leben sein. Das Meer, der Himmel, die Sonne. Zwanzigtausend Euro hat sie in ihrer Handtasche, die sie fest an sich presst und keine Sekunde aus den Augen lässt, Ralf weiß nichts davon.

Die warme Luft, die sich wie ein Fön auf sie richtet, als sie aus dem klimatisierten Flughafengebäude tritt, lässt sie sofort anders atmen, sich jünger und beweglicher fühlen, lebendiger. Hier wird Ralf wieder lebendig werden. Ganz bestimmt.

Susi stellt ihre Reisetasche ab und wartet. Sie ermahnt sich, Haltung einzunehmen. Sie hat sich Mühe gegeben, ihre Haare frisch schneiden und strähnen lassen, sie trägt einen eleganten grauen Leinenhosenanzug und eine teure Sonnenbrille, sie möchte cool und selbstsicher erscheinen, auf keinen Fall traurig und verzagt. Im nächsten Augenblick zuckt sie zusammen, weil sie denkt, eine Biene sei ihr unter das Hosenbein geflogen, erwartet schon den schmerzhaften Stich, dann erinnert sie sich, dass ihr Handy in der Hosentasche auf Vibration gestellt ist.

Bist du schon da?, fragt Apple.

Ja, ich steh in der Sonne. Vor mir Palmen, über mir blauer Himmel, hinter mir das Meer.

Apple lacht. Wahrscheinlich stehst du auf einer dieser spanischen Müllkippen, die sie dir als Villa mit Meerblick verkaufen wollen.

Ich bin ja nicht blöd.

Nein, sagt Apple, bist du nicht. Du schaffst das, das wollte ich dir nur sagen. Du schaffst das ganz sicher.

Susis Augen fangen an zu brennen. Apple erwischt sie mit ihrer naiven, geraden Art wie sonst niemand. Sie sind noch nicht lange befreundet, sie haben sich gefunden wie Pudel und Windhund, denkt Susi manchmal. Ein ungleiches Paar, und deshalb fasziniert voneinander.

Ich war als Kind öfter an derselben Küste, erzählt Apple. Nur 'n bisschen weiter südlich, in Torremolinos. Da war's aber noch schön, keine Betonwüste. War nie wieder da. Wenn du dein Haus hast, komm ich dich besuchen.

Das musst du mir versprechen, sagt Susi. Nicht, dass ich am Ende ganz allein hier sitze.

Quatsch, sagt Apple. Alles wird gut. Bestimmt.

Ich glaub, da kommt diese Immobilienschnepfe Angelita, sagt Susi, obwohl weit und breit niemand zu sehen ist. Aber sie will jetzt nicht losheulen.

Angelita heißt die? Apple lacht. Ein Engelchen als Maklerin. Ganz schnell noch zwei spanische Beschimpfungen: *Me cago en la puta*. Ich scheiße auf die Hure.

Ich scheiße auf die Hure?

Ja, der Spanier hat ziemlich drastische Vorstellungen, sagt Apple, und Susi weiß, wie sie jetzt grinst. Sie nennt es Apples Katzengrinsen.

Me cago en la puta, wiederholt Susi.

Gut so. Und jetzt *joder.* Fuck.

Joder.

Mit ein bisschen mehr schweizerischem Chchchch. Chchchchoder. Wirkt wie ein Pfefferminz. Der Spanier flucht, wie andere Pfefferminz lutschen. Reinigt Atem und Hirn. Alles klar?

Danke, du Süße, sagt Susi.

De nada, sagt Apple und legt auf.

Susi reckt das Kinn. *Joder,* murmelt sie. Wo bleibt diese Angelita?

Angelita, die eigentlich Angela heißt, nimmt sich vor, diese Susi in Sekundenschnelle zu taxieren, anhand ihrer Kleidung und Koffer eine Hochrechnung zu machen und ihr daraufhin die entsprechenden Häuser zu zeigen. Auf die Schuhe wird sie achten. Sind sie billiger als der Rest des Aufzugs, ist alles nur Verkleidung. Sind die Schuhe teurer als die Klamotten, hat der Kunde in der Regel mehr Geld, als er zugibt. Alles von Riemenschneider in seinem teuren Seminar gelernt. Auch, dass man deutsche Kunden ein wenig warten lassen muss, bis sie sich unsicher und verloren vorkommen, um dann als ihr Retter im fernen, fremden Spanien aufzutauchen. Die Briten niemals warten lassen, die Deutschen immer, den Holländern ist es egal.

Gleich wird Angelita also diese Deutsche abholen und

ihr ein Haus andrehen für den ewig gleichen Traum von Sonne und Meer. Warum spricht sich nicht langsam herum, wie langweilig dieser Traum ist, wenn er Realität wird? Schnell noch eine Patience legen, das Spiel hat ihr jüngster Sohn aus dem Internet geklaut und ihr aufs Handy geladen, keine Ahnung, wie er das immer schafft. Auch die Festnetz- und Internetleitung hat er gestohlen, aber das machen alle in der Siedlung so, von draußen traut sich ja keiner rein, noch nicht einmal die Polizei, wie soll sie da ihren Kindern Anstand beibringen? Sie seufzt, die Patience geht nicht auf, der Tag wird anstrengend werden.

Susi wartet und versucht, geduldig zu sein. Es ist immerhin Spanien, da ticken die Uhren anders. Alle Passagiere der Maschine aus München sind bereits abgeholt worden, in Busse verfrachtet oder mit dem Taxi davongefahren. Der Flughafen versinkt in tiefer spanischer Siesta, selbst die Fliegen hören auf, um sie herumzusummen. Nichts rührt sich mehr, und Susi wählt schon das dritte Mal die Handynummer dieser Immobilientante.

Die Luft ist jetzt nicht mehr angenehm warm, sondern brütend heiß, Susi fängt an zu schwitzen und fühlt sich zunehmend unwohl. Soll sie Ralf anrufen und ihm schnell sagen, dass sie gut angekommen ist? Aber wahrscheinlich schläft er, und sie mag nicht mit ihm reden, wenn er müde ist. Müde. Seine ständige Antwort auf die Frage, wie es ihm geht, und sie macht Susi aggressiv. Sie versteht sie als Ablehnung. Das ist kindisch, und dennoch. Wie oft wollte sie ihn schon schlagen vor Wut, wenn er wieder nur abgewinkt hat: Ich bin müde. Lass mich. Ich bin so müde.

Nur wenn er gerade seine Blutwäsche hinter sich hat, regt er sich ein wenig, wie eine Eidechse, deren Blut in der Sonne langsam warm wird, dann kann er überraschend schnell sein, plötzlich aufspringen, eine Bewegung machen, blitzartig etwas erwidern, wenn sie schon nicht mehr damit gerechnet hat – bevor sein Körper sich wieder selbst vergiftet und die Müdigkeit ihn überflutet.

Die Sonne wird ihm guttun, denkt sie zum hundertsten, zum tausendsten Mal, sie kennt den Dialog zwischen ihnen auswendig.

Warum Spanien?, fragt er.

Weil die Sonne dir immer gutgetan hat, sagt sie.

Warum ausgerechnet Almería?

Es liegt an der Costa del Sol, in Andalusien, Málaga ist nicht weit, es gibt ein spanisches Sprichwort: Die Sonne überwintert in Almería. Und das Meer, denk doch mal ans Meer.

Okay, sagt Ralf, ich denke ans Meer. Und weiter?

Seine Passivität bringt sie zur Raserei. Sie müssen weg. Sonst bricht sie aus. Sie belauert sich wie einen Gefängnisinsassen, der schon lange seinen Ausbruch plant. Sie traut sich selbst nicht mehr über den Weg, sie will raus aus dem Gefängnis, in das sie durch Ralfs Krankheit geraten ist. Also muss sie ihn mitnehmen, sonst ist sie bald auf und davon.

Almería ist noch relativ unentdeckt, fährt sie fort, die Preise sind niedriger, es ist nicht so deutsch wie Mallorca und nicht so protzig wie Ibiza. Da passen wir doch auch gar nicht hin.

Nein, sagt Ralf müde.

Und es gibt Charterflüge, das ist doch wichtig für uns. Für dich.

Wie du meinst, murmelt Ralf unter halbgeschlossenen Augenlidern.

Wenn sie uns anrufen, sagt Susi, sind wir im Handumdrehen zurück.

Seit zwei Jahren stehe ich auf der Liste, sagt Ralf, mich ruft niemand mehr an.

Das ist Quatsch, und das weißt du auch, sagt sie mechanisch und lächelt.

Ralf schweigt mit geschlossenen Augen.

In Almería gibt es sogar einen Hauch Kultur, Flamenco.

Flamenco, stöhnt er, bitte nicht....

...klassische Konzerte, Kinos...

Auf Spanisch.

Ja, aber wir werden Spanisch lernen.

Bestimmt, lächelt er. Er gibt sich Mühe.

Es gibt deutsche Ärzte in den Siedlungen, sagt Susi schnell, drei Dialysestationen, Orangenbäume, Schiffe nach Afrika.

Schiffe nach Afrika. Er nickt, öffnet aber nicht die Augen. Das ist wichtig.

Ein Funke seines früheren Humors ist aufgeglüht, dankbar drückt Susi seine Hand. Sie weiß, er macht seine kleinen Witze nur für sie, er selbst glaubt nicht, dass er noch irgendwohin gehen wird.

Angelita kneift die Augen zusammen. Diese Susi hat sie sich jünger vorgestellt, kräftiger, selbstbewusster. Wie ein zerzauster Vogel steht sie dort auf einem Bein und kratzt sich mit dem Fuß die Wade. Schicke Klamotten. Hat sie nicht gesagt, sie sei krank? Sie sieht blass aus, nervös, aber sie hat einen harten Zug um den Mund, die weiß, was sie will. Unsicher und herrisch. Wie so viele deutsche Frauen.

Angelita seufzt. Na, servus, das wird schwierig.

Mit ausgestreckter Hand läuft sie auf Susi zu.

Ist die dicke verschwitzte Frau mit dem lächerlichen blonden Haarkrönchen auf dem Kopf, die da auf sie zuwatschelt, etwa diese Angelita? Die hatte sich Susi am Telefon anders vorgestellt, seriöser, geschmackvoller, elegant trotz ihres bayrischen Dialekts. Und jetzt diese übergewichtige Hausfrau mit Gretchenfrisur, helllila Wallegewand und grünen Flipflops an den Füßen.

Zuckersüß lächeln sich die beiden an, schütteln Hände, eine dicke, schwitzige Hand, eine schmale, trockene. Angelita nimmt Susis Reisetasche, eine teure Ledertasche, wie sie blitzschnell registriert, wortlos folgt Susi ihr auf den Parkplatz, während Angelita vor sich hin plappert und ihr die Häuserroute erklärt.

Susi bemüht sich, frisch und entschieden aufzutreten, sie reißt die Autotür auf, noch bevor Angelita eine Chance hat, sie für sie zu öffnen. Ein alter Mercedes Diesel mit Rostflecken und defekten Gurten. Sie fummelt nur kurz an ihrem Gurt herum, Angelita soll nicht bemerken, wie sicherheitsbedürftig diese Deutsche da ist, aber natürlich ist es ihr nicht entgangen.

Kaputt, grinst sie.

Susi winkt ab. Angelita stemmt ein fettes Beinchen aufs Gaspedal, schießt rückwärts aus dem Parkplatz hinaus, haut krachend den Gang rein und rast auf den Ausgang zu. Susi atmet tief durch. Fasziniert betrachtet sie Angelitas Patschpfote auf dem Lenkrad und die komplette Abwesenheit eines Handgelenks, an dessen Stelle wölbt sich das Fleisch zu einem Hügel, auf dem eine viel zu zierliche Goldarmbanduhr ruht.

Mer san suppa in der Zeit, sagt Angelita. Waren Sie schon mal in Almería?

Susi schüttelt den Kopf.

Jetzt sieht es ja hier ganz anständig aus, sagt Angelita, aber damals, vor zwanzig Jahren, habe ich es die DDR am Meer genannt. Jetzt sind wir die reichste Provinz Spaniens, das glaubt man kaum. Wir haben mehr Mango- und Zara-Filialen als Sevilla oder Málaga.

Sie überholt hupend ein Auto und schafft es gerade noch, einem entgegenkommenden LKW auszuweichen.

Cabrón, ruft sie laut, *me cago en la puta!*

Ein schneller Blick zu Susi. Nein, die hat nichts verstanden, die spricht kein Spanisch, hat sie doch gesagt, oder nicht?

Susi muss grinsen. *Me cago en la puta.* Danke, Apple.

Da drüben fahren die Fähren nach Afrika ab, sagt Angelita und deutet mit ihren Wurstfingern auf die großen weißen Schiffe. Susi nickt.

Kurz bevor er krank wurde, wollte Ralf mit ihr in einem Jeep von München nach Algeciras fahren, dort nach Marokko übersetzen, drei Monate durch Afrika tingeln, ihre Traumreise, auf die sie lang gespart hatten. Ralf kam die Treppe vom Klinikum herunter, eine Routineuntersuchung vor der Reise. Sie wartete auf ihn am Fuß der Stufen, eine Tüte mit den ersten Kirschen in der Hand, eine Kirsche im Mund, sie hatte gerade zugebissen und sich an diesem übers Jahr fast vergessenen Geschmack erfreut, da sah sie in seinem Gesicht, dass etwas geschehen war, das sich nicht zurückspulen ließ wie in einem Film.

Die Nieren sind kaputt, sagte er leichthin, ganz so wie er auch gesagt hätte: Die Lichtmaschine vom Auto ist kaputt.

Unerkannte Diabetes, wahrscheinlich seit Jahren. Jetzt sind sie kaputt. Nix mehr zu machen. Außer eine Transplantation.

Ihr erster Gedanke: Das kann gar nicht sein. Wir haben so gesund gelebt. Kaum rotes Fleisch gegessen, wenig Fett und Zucker, dafür Brokkoli und Kohl in rauhen Mengen, Beta-Carotine geschluckt, freie Radikale systematisch eingefangen, Beeren und Nüsse gegessen, gejoggt, nicht geraucht, wenig getrunken, wir haben doch alles richtig gemacht! Es kann also nicht sein.

Ich habe Ihnen da drüben im Gran Hotel ein Zimmer reserviert, sagt Angelita, hebt den Arm und deutet auf einen hässlichen Betonklotz. Unter ihrer Achsel hat sich auf dem lila Kleid ein großer Schweißfleck ausgebreitet, dessen Geruch Susi unangenehm in die Nase weht.

Wenn Sie möchten, fährt Angelita fort, können Sie jetzt einchecken und sich ein wenig frisch machen, mir san suppa in der Zeit.

Vielleicht solltest *du* dich ein bisschen frisch machen, denkt Susi. Ach, nein, wehrt sie ab, wir können von mir aus gleich weiterfahren.

Angelita nickt gehorsam. *Mierda,* denkt sie, ich hätte gern schnell was getrunken und in Ruhe eine geraucht. Die hier, die ist so eine Dynamische, das kann ja heiter werden. Aber die zwing i nieder.

Sie tritt aufs Gaspedal, dass es Susi in den Sitz drückt,

und fährt an der Küste entlang wieder hinaus aus der Stadt. Das Meer zur Linken schwappt träge vor sich hin, dieses Meer, von dem Susi geträumt und Trost erhofft hat und das ihr jetzt seltsam gleichgültig vorkommt. Auf diese blaue, immergleiche Fläche möchte sie jeden Tag starren? Wovon wird sie dann träumen?

Es gibt in Almería 3100 Stunden Sonne im Jahr, es wird auch im Winter nie kälter als 13 Grad, leiert Angelita runter, es gibt ein spanisches Sprichwort, die Sonne…

Überwintert in Almería, fällt Susi ihr ins Wort. Können wir vielleicht das Radio anmachen? Sie lächelt, um den Affront ein wenig abzuschwächen. Ich höre so gern spanisches Radio.

Angelita stellt das Radio an, *Cadena Dial*, eine Frauenstimme singt das Jingle. Susi macht das Fenster auf, warmer Wind weht ihr freundlich durch die Haare, es riecht nach Pinien und Meer, und ja, jetzt weiß sie wieder, warum sie hier ist. Nur hier kann es eine Wendung zum Guten geben.

Das ist unser Plan, sagt Angelita und bemüht sich, effektiv und deutsch zu klingen: Wir fahren zuerst zur Urbanisación Las Roquetas, da habe ich mehrere interessante Objekte für Sie, und da Sie erwähnt haben, dass medizinische Betreuung für Sie wichtig ist, wären Sie dort am besten versorgt. Deutsche Ärzte, prima ausgestattete Praxen…

Ich bin nicht krank, sagt Susi, mein Mann. Wir brauchen nur eine Dialysestation, das ist alles.

Ach so, sagt Angelita und schweigt. Dialyse, was war das noch mal genau? Warum rennen die Deutschen eigentlich ständig zum Arzt? Die Arztpraxen in Roquetas sind oft voller als der Strand, rotgesichtige Deutsche mit kugelrunden

Bierbäuchen unter den T-Shirts stehen dort Schlange. Aber Susis Mann ist wahrscheinlich schlank und gutaussehend und trägt kleine Krokodile oder galoppierende Pferde auf seinen Hemden.

In Roquetas sind die ganz falsch, aber deshalb, genau deshalb fährt Angelita jetzt dorthin, um Susi bis in ihr kleines elegantes Herzchen hinein zu erschrecken und sie empfänglicher zu machen für das Teure, Exklusive. Die Villa in den Bergen für 650000 Euro wird Angelita ihr heute verticken. Sie wird ihre Provision kassieren, ihre täglichen Sorgen eine Weile los sein, die Familie wird stolz auf sie sein, sie wird wieder frei atmen können. Genau so wird es sein.

In Roquetas gibt es alles, was Sie wollen, ruft sie begeistert. Sogar Leberwurst und Schwarzbrot und Weißwürste, die san gar nicht so schlecht. Nur die Brezn sind a weng trocken.

Sie lächelt Susi breit an und sieht jetzt aus wie eine bayrische Mongolin, mit ihrem runden, feisten Gesicht, den hohen Backenknochen und den kleinen Äuglein.

Wie soll ich das den ganzen Tag mit der aushalten, denkt Susi. Aha, sagt sie kühl und sieht aus dem Fenster.

Die Berge der Sierra Nevada in der Ferne sind von einem grünen Schimmer überzogen, es hat anscheinend geregnet. Und liegt da vorne Schnee in den Tälern? Sie kneift die Augen zusammen. Das kann doch gar nicht sein! Fragen möchte sie Angelita nicht, die sie sowieso für die dämliche Deutsche hält, die für ein bisschen Sonne bereit ist, Unsummen auf den Tisch zu blättern.

Sieht aus wie Schnee, gell?, sagt Angelita. Ich stell mir manchmal vor, es ist Winter und bärig kalt, die Luft ganz klar, und wenn ich verfroren heimkomme, gibt's a hoaße Schokolade. Sie seufzt. Aber hier wird's nie kalt, und das ist kein Schnee. Nur Plastik.

Erschrocken erkennt Susi, dass tatsächlich das gesamte riesige Tal mit Plastikplanen bedeckt ist.

Da wachsen eure Tomaten, sagt Angelita verächtlich. Die Wintertomaten, für die ihr in Deutschland sechs Euro das Kilo bezahlt. Wir schreiben hier kanarische Tomaten drauf, weil die Deutschen die Kanaren so lieben. Vollgepumpt mit Pflanzenschutzmittel sind die, und erst die Erdbeeren, da kriegen's ja Ausschlag an die Finger, wenn Sie die nur anfassen. Aber wegen dem Obst und Gemüse sind wir jetzt die reichste Provinz Spaniens, haben's das gewusst?

Das haben Sie mir schon erzählt.

Tja, alles hat seinen Preis.

Jetzt bitte nicht auch noch Sprichwörter, denkt Susi angeödet. Wo kommen Sie ursprünglich her, fragt sie höflich, um Angelita auf ein anderes Thema zu bringen.

Ich? Ich komm aus Bayern, hört man das nicht? Aus einem kleinen Dorf hinter Weilheim. St. Leonhard im Forst, kennen Sie das?

Nein, tut mir leid, sagt Susi.

Kennt niemand.

Und wie lange sind Sie schon hier?

Zu lange, sagt Angelita lachend.

Heißt das, dass Sie gerne wieder zurückgehen würden?, fragt Susi vorsichtig.

Sie bekommt keine Antwort. Abrupt und ohne den Blinker zu setzen, biegt Angelita von der Schnellstraße ab auf eine kleine Nebenstraße. Susi wird an ihre weich gepolsterte

Schulter geschleudert, sie kann ihren scharfen Schweiß riechen und ihr Parfüm, das an Orangenblüten erinnert, eine höchst widersprüchliche Kombination. Susi liebt den Duft von Orangenblüten.

Damit Sie auch ein bisschen die Landschaft sehen, kommentiert Angelita munter, aber Susi sieht keine Landschaft, sondern nur Plastik. Ein Meer aus Plastik. Das ganze Land ist in Plastik verpackt, wie in einer Aktion von Christo. Eine Wolke von Insektenvertilgungsmittel dringt ins Auto.

Das ist ja furchtbar, murmelt Susi.

Na ja, sagt Angelita und wedelt mit dem Arm beschwichtigend durch die Luft, schön ist es nicht. Aber man sieht's ja net, wenn man nach vorn aufs Meer schaut.

Das ist ihr geheimer Plan, denn diese Straße schlängelt sich hinauf in die Berge und dort, von ganz oben, wird sie dieser Zicke kommentarlos einen umwerfenden Blick aufs Meer präsentieren, und die Plastikplanen werden in der Senke verschwunden sein, als hätte es sie nie gegeben. Dieser Blick aufs Meer wird Susis deutsches Herz mit unstillbarer Sehnsucht erfüllen, das funktioniert immer.

Dort oben liegt die Villa, die sie ihr heute verkaufen wird, aber noch wird Angelita sie ihr nicht zeigen, nur einen kurzen, atemberaubenden Blick aufs Meer wird sie ihr erlauben, dann wird sie Susi wieder hinunterfahren an die Küste, sie der Betonwüste von Roquetas ausliefern und Stunden später erschöpft einsammeln, ihr ein spätes Mittagessen bei Pablo genehmigen, alles schon bestellt, die besten Tapas, ein wenig Wein, und dann wird diese Susi langsam reif sein wie eine fette Feige, die sie bloß noch pflücken muss. Ich hab da nur noch ein Objekt, wird Angelita gleichgültig sagen, aber das ist bestimmt nichts für Sie. Es liegt einsam oben in den Bergen, mit Blick übers Meer, ein altes Haus, ein Bauernhaus, eine Finca …

Noch so ein Wort, das die Deutschen lieben: Finca. Nein, ich glaube, das sollte ich Ihnen gar nicht zeigen, es passt so gar nicht zu dem, was Sie sich vorgestellt haben… Ja, so wird sie es machen, genau so. Jetzt muss sie nur beten, dass die afrikanischen Mädels noch nicht unterwegs sind, dass sie schlafen oder ihre Brut füttern, es ist ja erst Mittag, also kein Grund zur Sorge.

Aber wir fahren ja weg vom Meer, sagt Susi und deutet auf die Berge.

Nein, nein, schnurrt Angelita, keine Sorge, die Straße macht nur einen Bogen.

Ihr Handy klingelt in ihrer Handtasche. Angelita beugt sich tief unter das Lenkrad und kramt darin, ängstlich beobachtet Susi die kurvige, enge Straße, es klingelt und klingelt, Angelita schimpft auf Spanisch vor sich hin, wie ein Maulwurf wühlt sie in ihrer Tasche. Susi will schon ins Lenkrad greifen, da tritt Angelita auf die Bremse, das Auto kommt zum Stehen, und als sie sich mit dem Handy am Ohr wieder aufrichtet, hat Susi die Frau im Gebüsch bereits entdeckt. Unbeweglich sitzt sie auf einem winzigen Hocker, ihr riesiger schwarzer, nackter Hintern quillt über den Rand wie dunkler Teig, die Pobacken zerteilt ein rosa Tanga, dazu trägt sie einen rosa BH, von hinten sieht man ihre kunstvoll geflochtene Frisur. Träge dreht sie sich nach dem Auto um, ihre nackte Haut glänzt in der Sonne wie poliertes Holz, misstrauisch mustert sie die beiden Frauen im Auto.

Was macht die denn da?, fragt Susi erstaunt wie ein Kind.

No puedo hablar, estoy trabajando, bellt Angelita in ihr Handy, wirft es zurück in die Tasche, tritt aufs Gas, das Auto springt zurück auf die Straße. Diese verdammten *putas,* denkt sie. Überall sitzen sie rum. Nirgendwo ist man mehr sicher vor ihnen, dort bewegt sich ein Schatten, da huschen ein paar schwarze Beine durchs Gebüsch, ein Stück grellbunter Stoff, ein leerer Hocker.

Ach so, kichert Susi und schämt sich, dass sie so langsam kapiert.

Angelita schweigt.

Sind das die Flüchtlinge aus den Booten, von denen man immer wieder liest? Kommen die bis hierher?

Wie die Heuschrecken, sagt Angelita mürrisch. Sie fallen ein wie die Heuschrecken. Eine Plage. Aber wir lassen sie ja alle rein. Wir sind ja so großzügig, wir haben's ja, gell?

Würden Sie freiwillig Ihre Heimat verlassen und unter Lebensgefahr in winzigen Booten übers Mittelmeer schippern, nur um sich dann in der Fremde ins Gebüsch zu setzen und sich zu prostituieren, möchte Susi Angelita am liebsten fragen, aber sie weiß, wie sinnlos solche Diskussionen sind, wie schnell sie sich dabei in Rage redet, und schließlich will sie ja etwas von diesem bayrischen Knödel, sie hält besser den Mund.

Angelita beobachtet sie von der Seite. Ihre kleine Standardrede über die Heuschreckenplage, die sonst immer gut ankommt und in der Regel lange Klagelieder der Kunden über die Asylanten zur Folge hat, war bei Susi nicht erfolgreich. Aber was wird sie sagen, wenn ihr klar wird, dass direkt unter ihrem Traumhaus, der Villa oben am Berg, ganze Horden von halbnackten Afrikanerinnen und neuerdings auch Rumäninnen im Gebüsch hocken und es hier jede Nacht zugeht wie auf der Reeperbahn am Vatertag?

Ganz langsam nimmt Angelita die letzte Kurve, um den Blick aufs Meer zu enthüllen wie ein Geschenk. Insgeheim zählt sie bis zehn, und pünktlich bei der Ziffer acht stöhnt Susi auf, als habe man ihr ein Messer in die Rippen gerammt.

Angelita lächelt triumphierend. Es läuft wie am Schnürchen.

Oh Gott, stöhnt Susi, ist das schön.

Eingerahmt von Krüppelkiefern wie in einem perfekt komponierten Bild, liegt das Meer tief unter ihnen. Angelita hält an, Susi springt aus dem Auto, wie sie es alle immer tun, sie nimmt ihre Handtasche mit, kein Vertrauen hat diese Person. Der Wind zerrt an ihrem Hosenanzug, ihre Haare flattern, sie stellt sich auf einen Stein, breitet die Arme aus, schließt die Augen.

Titanic, denkt Angelita kühl, dieselbe Pose wie dieses Mädchen am Bug des Schiffes, jetzt wird sie romantisch, das ist gut, sehr gut. Wenn die Deutschen romantisch werden, werden sie gefügig. Die knete ich mir noch zurecht. Angelita steckt sich eine Zigarette an.

Der Wind beutelt Susi wie eine leere Plastiktüte. Sie kneift fest die Augen zu. Warum glaubt sie nur, dass hier etwas besser werden wird, was nicht mehr besser werden kann? Der Wind umschmeichelt sie sanft, um im nächsten Augenblick wieder so heftig an ihr zu zerren, dass sie ins Taumeln gerät. Sie öffnet die Augen nicht, sie möchte sich diesem Wind in die Arme werfen, für nichts mehr verantwortlich sein, sie lehnt sich der nächsten Böe entgegen, komm nur, komm nur, sie stellt sich auf die Zehenspitzen –

da wird sie jäh zurückgerissen, stolpert, fällt hin. Öffnet die Augen.

Angelita steht über ihr, ihr Kleid weht wie ein großes lila Segel im Wind.

Was war denn das?, schreit sie, und ihr Gesicht ist überraschend rot. Wollten's von der Klippe hupfn oder was?

Sie atmet schwer, als sei sie weit gelaufen, dabei ist das Auto nur wenige Meter entfernt.

Susi fühlt sich wie ein Kind, das seine Mutter zu Tode erschreckt hat, stell dich doch nicht so an, will sie sagen, Angelita lächerlich machen in ihrer Fürsorge, da fällt ihr ihre Handtasche ein. Ist ihre Handtasche die Klippen runtergefallen? Mit all dem Geld?

Meine Handtasche! Wo ist meine Handtasche?

Angelita reicht sie ihr. Susi reißt sie an sich, rappelt sich auf, klopft sich den Sand von der Hose, klaubt kleine, harte, trockene Dornen aus dem Ärmel. Der Wind, lacht sie entschuldigend.

Haben Sie mir einen Schrecken eingejagt! Angelita zieht heftig an ihrer Zigarette, hält ihr die Packung hin.

Susi hat seit Jahren nicht mehr geraucht, aber jetzt streckt sie automatisch die Hand aus, als habe sie nie aufgehört, zieht eine Zigarette aus der Packung, auf der in großen schwarzen Buchstaben FUMAR MATA – Rauchen tötet – steht. Tief zieht sie den Rauch ein und fühlt sich jung und stark mit dieser Zigarette in der Hand, wie eine gute Bekannte aus einer anderen Zeit. Sie macht ein Foto vom Meer und schickt es Apple. Postwendend kommt Apples Antwort: *Joder.* Beneide dich. Nur 1 bisschen. Spanien kann auch richtig scheiße sein …

Ham's Hunger?, fragt Angelita.

Ich weiß nicht, sagt Susi ehrlich, um darauf bei Pablo gleich zwei Portionen *gambas al ajillo* zu verschlingen, während Angelita ihr zusieht und an einem Weinglas nippt.

Sie sitzen draußen, in der prallen Sonne. Das muss man mit den Deutschen. Immer wollen sie draußen sitzen. Wie geplant ist Susi bereits völlig erschöpft. Angelita hat ihr in den *urbanizaciones* sechs Objekte in verschiedenen Größen, Ausstattungen und Preisen gezeigt, aber wie erwartet hat Susi nicht gerade begeistert reagiert.

Angelita hat mit ihr das neue Dialysezentrum besichtigt, sie hat auf die verschiedenen Möglichkeiten der physischen Rehabilitation hingewiesen, auf die Masseure und Therapeuten, die sich hier in der letzten Zeit niedergelassen haben, sie waren sogar in dem Bioladen, der erst vor zwei Monaten aufgemacht hat. Aber Susi wurde immer schweigsamer.

Lächelnd beobachtet sie Susi beim Essen. Niemals würde Angelita Gambas essen am Samstag, das weiß doch jedes Kind, dass die nicht frisch sein können. Aber der Kunde ist König, sie wollte Gambas, sie hat Gambas bekommen. Angelita schenkt Susi vom *vino tinto* nach und hebt das Glas.

Prost, sagt Angelita. *Salud.*

Es tut mir leid, sagt Susi, Sie geben sich so viel Mühe … Susis Stimme verebbt im Geratter eines Pressluftbohrers von gegenüber. Mit Bedacht hat Angelita dieses Restaurant gewählt.

Etwas lauter setzt Susi von neuem an: Ich … es tut mir wirklich leid, aber ich hätte nicht gedacht, dass hier alles so … Sie macht eine vage Handbewegung.

Angelita legt den Kopf schief und wartet.

Susi zögert. Sie spürt, wie ihr der Alkohol zu Kopf steigt und alles in ihr durcheinanderwirbelt wie in einem Mixer: die Hitze, der Wind, diese schrecklichen Betonburgen, die einsamen, rotgesichtigen Rentner, die verloren herumwandern, die kargen, weißgestrichenen, dünnwandigen Apartments mit garantiertem Blick aufs Meer und auf sonst nichts, wie auf ein Poster an der Wand.

Das ist hier alles so ..., beginnt sie erneut.

Sie müssen jetzt nix sagn, springt Angelita endlich ein, ich seh Ihnen doch an, dass Ihnen das hier nicht so liegt.

Was?, fragt Susi vorsichtig.

Das Geplante. Enge. Spießige. Vertrauensvoll beugt Angelita sich über den Tisch. Jetzt san wir doch mal ehrlich: Hier sieht's doch nicht anders aus als in Neuperlach, nur mit dem Unterschied, dass die Sonne scheint. Hab ich recht oder hab ich recht?

Susi spießt die letzte Gamba mit einem Zahnstocher auf. Muss Angelita dauernd so doofe Redewendungen benutzen?

Aber das mögen die Leut halt, fährt Angelita in konspirativem Ton fort, die möchten es genauso haben wie zu Haus. Aber Sie ... Sie macht eine Pause. Sie sind ... a weng anders ... Stimmt's?

Susi ist geschmeichelt und stellt fest, dass Angelita früher ein ganz hübsches Gesicht gehabt haben muss. Altmodisch, aber lieblich. Wie eine bayrische Madonna. Wenn sie nicht so fett wäre, könnte sie immer noch ganz hübsch sein.

Wieso soll ich anders sein?, fragt Susi. Sie schiebt sich die öltriefende Gamba in den Mund. Niemals würde sie zu Hause so fettig essen.

Bingo, denkt Angelita. Ich habe da nur noch ein einziges Objekt, sagt sie langsam und wedelt gleichzeitig dieses Objekt fort wie eine lästige Fliege, behält Susi über ihr Weinglas hinweg jedoch genau im Blick. Aber das ist wahrscheinlich nichts für Sie. Es liegt nicht am Meer, sondern einsam oben in den Bergen, mit Blick übers Meer, das ganze weite Meer ...

Susi reagiert nicht. Sorgfältig wischt sie den letzten Tropfen Öl mit einem Brocken Weißbrot aus ihrem Tapaschälchen.

Es ist ein altes Haus, fährt Angelita fort, ein Bauernhaus, eine Finca ... Susi hebt den Kopf und sieht sie mit leicht verschwommenem Blick an. Diese blauen Augen, der Blick aus dem Norden, den die Araber den bösen Blick nennen, weil sie ihn nicht deuten können, er ist kühl wie Wasser. Angelita hat so viele Jahre in tiefbraune, fast schwarze Augen geschaut, alle ihre Kinder haben diese Augen, dass ihr der blaue Blick jetzt auch fremd und kalt vorkommt. Sie hält die Luft an.

Finca?, sagt Susi endlich, und Angelita atmet aus. Das, was die Italiener *rustico* nennen?, fragt Susi spöttisch, ein komplett renovierungsbedürftiges altes Haus, das man nur noch den Deutschen verkloppen kann? Meinen Sie so was?

Joder. Das Zauberwort hat nicht funktioniert, diese Susi ist wirklich eine harte Nuss. In der Regel haben Sie recht, sagt Angelita so sanft sie nur kann, absolut recht. Wie viele sind schon auf sogenannte Fincas reingefallen. Aber dieses Haus hat ein deutscher Architekt ausgebaut, alles vom Feinsten, es ist deshalb nicht gerade billig. Ich weiß auch gar nicht, ob ich es Ihnen überhaupt zeigen soll, dieses Haus ist nur etwas für ... für ...

Für wen?, fragt Susi eine Spur wacher.

Na ja, es ist etwas für absolute … Das nächste Wort ist Angelitas letzter Trumpf. Sie zieht es kunstfertig aus dem Ärmel und knallt es auf den Tisch: Individualisten.

Sie hat richtig gepokert.

Ach so, sagt Susi langsam, schau'n wir es uns doch mal an …

Ab jetzt macht Angelita alles richtig. Genau zur richtigen Tageszeit, am späten Nachmittag, kommen sie an. In einer halben Stunde wird das Licht die Landschaft rosa färben. Ein weicher Wind hat sich pünktlich erhoben und die Fliegen verscheucht, die einen sonst in den Wahnsinn treiben können. Von den Plastikwüsten unten im Tal ist nichts zu sehen, der Felsvorsprung, auf dem das Haus steht, verbirgt sie ebenso wie die afrikanischen Nutten, die jetzt in Scharen herbeiströmen, um in der Nacht zu arbeiten. Das Meer glänzt wie aus purem Gold, alles ist perfekt. Angelita ist stolz auf sich. Heute wird es klappen, das spürt sie. Sie schließt das Gartentor auf.

Der Garten ist ein bisschen verwildert, der Eigentümer musste sehr plötzlich nach Deutschland zurückkehren …

Wissen Sie, warum?

Natürlich weiß Angelita, warum. Der Eigentümer, Herr Königsdorf, hat jahrzehntelang deutsche Anleger mit Hochglanzprospekten, vorbildlichen Musterwohnungen und geschickten Reden überzeugt, ihr Geld in schlampig gebaute Wohnanlagen, *urbanizaciones,* zu stecken. Das ist lange gutgegangen, bis die Sozialisten an die Macht kamen und die Baugenehmigungen nicht mehr mit Schmiergeld vom Bürgermeister persönlich zu bekommen waren. Die deutschen Besitzer wurden wegen der illegalen Baugenehmigungen enteignet, der Bürgermeister verschwand im Knast und Herr Königsdorf über Nacht aus Almería.

Nur seine alte Bekannte Angelita rief er an und gab ihr Anweisung, das Haus so schnell wie möglich zu verkaufen, für eine Provision von zehn Prozent. Diese zehn Prozent spuken seither in Angelitas Körper herum wie eine Droge, die sie wach hält, sie tröstet, ihr immer wieder Hoffnung gibt, sie jeden Tag aus dem Bett zieht. Aber seit fast einem Jahr steht das Haus nun leer, und alle Interessenten sind abgesprungen. Die Deutschen sind geizig geworden und kaufen nichts mehr. Die Familie sieht sie stumm und vorwurfsvoll an, ihre dicke deutsche Angelita, die doch immer zuverlässig Geld nach Hause gebracht hat, die doch arbeiten kann wie ein Pferd, was ist los mit ihr?

I mog nimmer, denkt sie, während sie umständlich die massive Haustür aufschließt und munter eine Geschichte über das plötzliche Verschwinden von Herrn Königsdorf erfindet.

Die Liebe, flötet sie, die Liebe. Und weg war er.

Susi hat schon beim Anblick des Hauses Herzklopfen bekommen, mit ungläubigem Staunen hat sie auf das Meer geschaut, das ausgebreitet wie ein glattes blaues Tuch unter ihr liegt, ihr sind die Knie weich geworden, sie hat die Anzeichen klar erkannt: Liebe auf den ersten Blick. Aber sie ist auf der Hut. Sie wird sich nicht überrumpeln lassen, sich nichts andrehen lassen.

In dem kleinen Garten stehen drei blühende Orangenbäume, dick und runzlig hängen die überreifen Orangen zwischen den weißen Blüten. Susi pflückt eine Blüte ab, zerreibt sie zwischen den Fingern, der bittersüße Geruch verschlägt ihr den Atem. Sie darf jetzt nicht durchdrehen vor Begeisterung, sie muss sich skeptisch und desinteressiert zeigen.

Angelita hält ihr die schwere Haustür auf, sie betreten den kühlen Flur, der ebenfalls nach Orangenblüten riecht, diese drei Orangenbäume vor der Tür scheinen das ganze Haus mit ihrem betörenden Duft zu erfüllen.

Meine eigenen Orangenbäume, denkt Susi und hat Mühe, an sich zu halten, am liebsten würde sie laut schreien vor Glück. Ihr Bauch rumort vor Aufregung.

Gut, dass ich hier heute früh noch mal ordentlich mit Parfüm durchs Haus bin, sagt sich Angelita, das hat ja nur so gestunken nach altem Mann. Sie betet zu Gott, während sie die Fensterläden aufstößt, inbrünstig betet sie: *Señor, por favor!* Ich bitt dich! Wie soll es denn sonst weitergehen mit uns?

Wie eine ungeübte Schlittschuhläuferin auf dem Eis macht Susi kleine Schritte durch den Raum, berührt mit den Fingerspitzen die hellbraunen Ledersofas aus den siebziger Jahren, die Glastische, den schwarzen wuchtigen Fernsehsessel. Argwöhnisch beobachtet Angelita sie. An der Art, wie der Kunde sich durch das Objekt bewegt, kann man den Grad seines Interesses ablesen. In der Regel bedeuten schnelle entschlossene Schritte eine gewisse innere Erregung, zögerliche eine weitgehende Ablehnung.

Angelita seufzt.

Eine Gitarre hängt an der Wand, *banderillos,* Stierkampfplakate, Drucke von Picasso, der übliche Spanienkitsch.

Die Einrichtung kann man vergessen, denkt Susi, aber das

Haus kann man leicht renovieren. Die Wände in weichen Farben kalken, schöne Fliesen legen, die hole ich mir in Granada, Fliesen wie im Generalife, die Möbel weiß und hell, die Räume leer und luftig, hier eine große Couch mit Blick aufs Meer, eine zweite vor den Kamin. Ein offener Kamin! Schade nur, dass alle Fenster vergittert sind.

Susi rüttelt kurz und kräftig an den weißgestrichenen Eisenstäben.

Reine Vorsichtsmaßnahme, sagt Angelita behutsam.

Hm, macht Susi.

Wir haben hier viele Zigeuner, fügt Angelita schnell hinzu, das erklärt den Deutschen immer alles.

Das würden die *gitanos* aber nicht so gerne hören, sagt Susi jedoch.

Gitanos, oho, die tut so, als kennt sie sich aus, denkt Angelita.

Schön geschnitten, sagt Susi knapp und betrachtet verzückt das großzügige Badezimmer, die beiden Räume, die zu den Orangenbäumen hinausgehen, die Küche mit Meerblick, das Schlafzimmer mit dem großen, ebenfalls vergitterten Fenster, von dem aus man bestimmt die Sterne sieht.

Ja, sagt Angelita, und ihr Herz hüpft versuchsweise ein einziges Mal, sehr schön geschnitten. Immer die positiven Kommentare des Kunden wiederholen, das hat sie alles im Makler-Training gelernt. Lass den Kunden selbst formulieren, was ihm gefällt, wiederhole es. Negative Bemerkungen niemals wiederholen. Niemals. Sie sofort löschen durch Wiederholung einer früheren positiven Bemerkung.

Aber überall diese Gitter vor den Fenstern, ein bisschen wie im Gefängnis, sagt Susi.

Die Räume sind wirklich besonders schön geschnitten, sagt Angelita.

Beide schweigen einen Moment.

Na ja, innen müsste man komplett renovieren, sagt Susi.

Angelita würde am liebsten vor Wonne aufjauchzen. Wenn der Kunde über mögliche Veränderungen spricht, hat er angebissen, dann stellt er sich sich selbst bereits in dem Objekt vor. Von jetzt an heißt es vorsichtig sein, ihn sensibel in seiner Phantasiearbeit unterstützen und begleiten wie ein Kind, das seine ersten Schritte macht.

Sicher, sagt Angelita, das müsste man überlegen. Die Möbel sind nicht mehr schön.

Sie beißt sich auf die Lippen. Sie darf jetzt auf keinen Fall vorgreifen.

Susi steht ganz still in der Mitte des Wohnzimmers. Ihr ist übel vor Glück, schwindlig, kalter Schweiß tritt ihr auf die Stirn. Hier, hier könnte es klappen, hier könnte alles wieder gut werden.

Die Grillen zirpen, der Wind ist zu hören, zum Glück nicht zu laut. Die wird sich wundern, wie er über die kargen Berge heulen kann, dass einem Hören und Sehen vergeht, denkt Angelita. Ein Windstoß fegt durchs Zimmer, die Haustür fällt ins Schloss. Susi schreckt leicht zusammen, aber bewegt sich nicht von der Stelle. Lass deinen Kunden ruhig ein wenig allein, er braucht Zeit, um sich sein zukünftiges Leben in den Räumen vorzustellen.

Angelita geht zur Haustür. Sie lässt sich nicht mehr öffnen, das gibt es doch gar nicht! Sie kennt diese Tür, ein bisschen geklemmt hat sie immer, sie rüttelt und zerrt an ihr, aber sie ist unnachgiebig verschlossen, der Schlüssel steckt außen. Und erst jetzt fällt Angelita die Besonderheit dieser Tür wieder ein, sie lässt sich von innen nicht öffnen, wenn nicht von außen das altmodische Schloss entsperrt ist. Wie konnte sie nur so schusselig sein? Wie konnte ihr das passieren? Das ist ja lächerlich. Angelita kichert nervös. Sie weiß, dass es keine zweite Tür gibt. Die Fenster sind solide vergittert. Ihre Handtasche mit dem Handy liegt im Auto. Und die von Susi auch. Das hat Angelita noch befriedigt als Zeichen des entstandenen Vertrauens registriert, als Resultat ihrer mühevollen Arbeit der letzten Stunden.

Wo war sie nur mit ihren Gedanken? Sie weiß noch, was sie gedacht hat, als sie aufschloss: I mog nimmer. Das ist die Strafe. Nie zuvor hat sie sich diesen Gedanken gestattet: I mog nimmer. Peng. Wie ein Schuss ist nun die Tür ins Schloss gefallen.

Angelita geht zurück ins Wohnzimmer zum Telefon und hebt es ab, wie aus einer Laune heraus. Es ist natürlich abgemeldet. Susi wirkt so blass, so zerbrechlich zwischen den düsteren Möbeln. Sie hat die Hände auf ihren Magen gepresst und lächelt ein wenig gezwungen.

Darf ich die Toilette benutzen?

Selbstverständlich, sagt Angelita und geht vor, um sich zu vergewissern, dass es noch Toilettenpapier gibt. Freundlich hält sie Susi die Tür auf.

Kaum ist Susi im Bad verschwunden, läuft sie zurück zur Haustür, rüttelt abermals an ihr, hängt sich an die Klinke und zerrt mit aller Kraft daran – vergebens. Schweiß sammelt sich unter ihren schweren Brüsten und läuft in kleinen Rinnsalen über ihren Bauch.

Sie versucht, ruhig zu atmen. Zu lächeln. Lächeln, immer

lächeln. Den Kunden niedergrinsen, hat Riemenschneider das genannt und dann drei Tage lang diese Gruppe von gestrandeten, lächerlichen deutschen Hausfrauen, die von einer Karriere als Maklerin träumten, vorbildhaft niedergegrinst.

Angelita fällt nichts, aber auch gar nichts zu ihrer Rettung ein. Ihre Familie wird sich erst spät in der Nacht Gedanken machen, wo sie bleibt. Keiner weiß, wo sie ist. Bei der Agentur hat sie sich bereits abgemeldet, bei Pablo ist sie dafür extra aufs Klo gegangen: Ja, leider, leider hat der Kundin nichts gefallen.

Dieses Haus ist ihre Privatangelegenheit, dieses Haus ist ihr Joker, es gehört ihr allein.

Die Klospülung geht mehrmals. Funktioniert sie vielleicht nicht richtig? Das hätte sie überprüfen sollen! Schließlich öffnet sich die Tür, und Susi kommt herausgewankt, noch blasser als zuvor. Wortlos geht sie an Angelita vorbei, murmelt: Ich muss mich einen Moment hinlegen, tut mir leid.

Und dann fällt sie auch schon mit dem Gesicht nach unten auf das Ledersofa. Das Sofa riecht wie die Autositze im Opel Kadett ihres Vaters. Stöhnend springt Susi wieder auf und rennt erneut aufs Klo.

Angelita hört die Klospülung ein ums andere Mal und weiß genau, was los ist. Sie hätte diese dumme Gans warnen sollen: Gambas am Samstag. Aber: Niemals den Kunden korrigieren, ihm niemals das Gefühl geben, man wisse es besser als er, besonders die Deutschen niemals berichtigen. Angelita selbst wird in ihrer Familie *Señora Sabetodo* genannt. Frau Alleswisserin.

Zum Glück hat Susi nicht in die Polster gekotzt, das hätte gerade noch gefehlt, den Geruch wird man nie wieder los. Noch nicht einmal mit Orangenblütenparfüm. Eingesperrt mit einer Zellengenossin mit Fischvergiftung. Großartig. Angelita fällt jetzt selbst aufs Sofa und schließt die Augen. Sie spürt ihre Erschöpfung wie ein schweres Gewicht, das sich auf sie senkt. Reflexartig schlägt sie die Augen wieder auf und klatscht einen kurzen Flamencorhythmus, das hat sie von ihrer Familie gelernt: Wenn du zu versinken drohst in Wut, Verzweiflung und Trauer, reißt der Rhythmus dich wieder raus. Taktaktaktak, *ándale,* und weiter geht's!

Angelita rappelt sich hoch und findet Susi zusammengekrümmt und leise wimmernd vor dem Klo auf dem Fußboden. Angelita versucht, sie hochzuziehen, aber Susi sackt immer wieder zusammen und legt stöhnend die Wange auf die kühlen Fliesen. Angelita packt sie schließlich an den Armen, zieht sie hoch, presst sie an ihren Busen und zerrt sie in kleinen Schritten aus dem Badezimmer, den Flur entlang bis ins Wohnzimmer. Die Gambas, sagt sie immer wieder beschwichtigend, es sind nur die Gambas. Das geht bald vorbei, das geht vorbei. Keine Angst, keine Angst.

Susi fühlt sich wohl an diesem großen, warmen Busen, ein kaltes Tuch wird ihr auf die Stirn gelegt, eine Decke über sie gebreitet, sie hört Angelita murmeln, und dankbar driftet sie in ein dunkles Zwischenreich, bis sich ihr Magen und ihre Gedärme erneut aufbäumen und sie auf allen vieren eilig zurückkriecht zum Klo.

Und dann wieder der große, warme Busen, das kalte Tuch, die Decke. Fünf Mal, bis sich ihr Inneres langsam beruhigt wie ein Meer nach dem Sturm. Sie genießt die dicke

Hand, die sie tätschelt, ihr die Löffelchen Wasser reicht, die ungewohnte Fürsorge.

Wann hat sich zuletzt jemand um sie gekümmert? Sie ist doch diejenige, die sich kümmert. Sich um Ralf kümmert, von morgens bis abends. Sich gern um ein Kind gekümmert hätte, so gern, aber dafür ist es jetzt zu spät. Sie wird sich um Ralf kümmern bis zum Ende. Sie muss telefonieren, sofort. Ralf wird sich bereits Sorgen machen. Seit ihrer Ankunft in Almería hat sie sich nicht gemeldet.

Ja, ja, murmelt Angelita, warte noch ein bisschen, noch ein bisschen ausruhen, dann kannst du telefonieren.

Seit wann duzen wir uns?, denkt Susi, dann dämmert sie weg.

Es wird dunkel. Angelita sieht durch die Gitterstäbe in die schwarzblaue Nacht. Kein einziges Licht weit und breit. Hallo, ruft sie halbherzig. Die Grillen sägen weiter, ohne sich um sie zu scheren. Wenigstens ist es hier ein wenig kühler als unten. Ganz dicht presst sich Angelita an die Stäbe und der frischen Luft von draußen entgegen, bis sich ihr Herzschlag beruhigt und sie anfängt, die Tatsache zu genießen, dass sie mit einem Mal einen freien Abend hat.

Kein Kundengespräch bei Touristenflamenco und teurem, schlechtem Essen, keine maulende Familie, die kaum den Kopf hebt, wenn sie endlich nach Hause kommt, kein Haushalt, keine Streitereien mit den großen Mädchen, kein betrunkener Ehemann, keine kreischende Schwiegermutter vor dem Fernseher, all das heute Abend nicht. Heute hat sie Pause. Frieden. Im Kühlschrank findet sie eine angebrochene Flasche Gin, im Regal eine Packung Kekse. Sie schaltet den Fernseher ein, leise, leise, damit Susi nicht geweckt wird, zum Glück hat sie Strom und Wasser nicht abstellen lassen, weil es einen besseren Eindruck macht bei den Kunden. Sie rückt den schweren schwarzen Sessel dicht vor den Fernseher, trinkt den Gin in klitzekleinen Schlucken wie Medizin, knabbert die Kekse, freut sich, dass sie ganz allein das Programm bestimmen darf und von niemandem gestört wird. Sie streift die Flipflops von den Füßen, legt die Beine über die Armlehne, knöpft sich das Kleid auf.

Über dem Fernseher hängt die Gitarre an der Wand. Sie nimmt sie herunter, zupft ein paar Fetzen bayrischer Volkslieder. Niemals würde sie zu Hause die Gitarren der Männer anrühren, die wie Frauen liebkost werden und launisch sind und meist nur spät in der Nacht bereit, gespielt zu werden. Wie romantisch sie das früher gefunden hat, wie wild und wunderbar. Als ihr dann aufging, dass sie allein das Geld würde verdienen müssen für diese Familie von Gitarrenspielern, wie übertrieben hat sie ihre Musik da gefunden, wie pathetisch, lächerlich und egozentrisch. Sie kann die Männer nicht mehr ernst nehmen, wenn sie sich mit wehleidigem *ay, ay, ay* in diese Musik stürzen und so tun, als hätten sie ein echtes Problem.

Sie legt die Gitarre zwischen ihre Beine auf ihren Bauch. *Gordita* hat Manolo sie von Anfang an genannt, Dickerchen. Wie stolz Manolo auf seine dicke, blonde Deutsche war, seine *gordita alemana.* Wie einen Hauptgewinn hat er sie herumgezeigt. Und sie hat ihn angebetet, ihren Flamencogitarristen, der aussah wie aus einem Reiseprospekt der TUI.

Als Kind hat sie Zither gespielt. Zögerlich zupft Angelita die Saiten, bis eine Melodie aus der Gitarre tröpfelt, eine

Melodie, zu der nicht geklatscht wird, die langsam ist und zart.

Der Mond ist aufgegangen, singt sie leise, die goldnen Sternlein prangen am Himmel hell und klar. Ein orangeroter Mond steht über den Tannenwipfeln ihrer Kindheit. Angelita hat Spanien satt. Ihre unersättliche Familie, die ewige Hitze. Sie möchte sich auf eine Wiese legen, mitten im deutschen Wald, und aus den Wiesen steiget der weiße Nebel wunderbar.

Das ist schön, murmelt Susi vom Sofa. Weiter. Bitte.

Mitten in der Nacht wacht Susi auf. Ihre Eingeweide tun ihr weh, ihre Speiseröhre brennt, bittere Galle liegt ihr auf der Zunge, sie hat Durst. Es ist dunkel. Im ersten Moment weiß sie nicht, wo sie ist. Vorsichtig setzt sie die nackten Füße auf den Steinboden und tastet sich durch das Zimmer. Im Mondlicht leuchtet das weiße Fleisch von Angelita im Sessel. Sie hat ihr Kleid geöffnet, fasziniert betrachtet Susi ihre riesigen Brüste, die nur notdürftig von einem ausgeleierten roten BH – rot! Wie spanisch! – zusammengehalten werden. Die fetten Schenkel um die Gitarre gelegt, schnarcht sie leise vor sich hin.

Soll sie sie wecken? Susi fühlt sich noch ziemlich wacklig auf den Beinen, nur ein Schluck Wasser, dann will sie sich wieder hinlegen, bis Angelita aufwacht. Eine kühle Brise streicht durch die Gitterstäbe ins Zimmer und über ihre Haut. Draußen ist es pechschwarz, nur in der weiten Entfernung tanzen Lichtpünktchen, das müssen Boote auf dem Meer sein. Könnte ich hier leben? Allein? Wie soll ich denn ohne Ralf weiterleben? Diese Frage hat Susi sich strengstens verboten. Sie ist doch jetzt schon meist allein. Sie fühlt sich verlassen, wenn Ralf schläft. Manchmal bittet sie Apple, mit ihr spazieren zu gehen, ins Kino, oder kurz zum Vietnamesen, raus aus der Wohnung, in der sie das Gefühl hat, zu ersticken. Aber sie will Apple nicht überstrapazieren, sie nicht langweilen mit ihrem Elend.

Wie fühlen Sie sich?, fragt Angelita.

Susi fährt zusammen. Besser, sagt sie schnell. Wir können jetzt fahren.

Angelita richtet sich ächzend auf, nimmt die Gitarre von ihrem Schoß, knöpft ihr Kleid zu.

Hm, sagt sie. Vielleicht sollten Sie noch ein bisschen ausruhen.

Es geht schon. Bestimmt.

Angelita steht auf und hängt die Gitarre wieder an die Wand. Ihr seltsamer Geruch von Orangenblüten und Schweiß schlägt Susi im Dunkeln entgegen. Warum macht sie kein Licht?

Es waren die Gambas, sagt Angelita.

Ja. Die hätte ich nicht essen sollen.

Eine einzige schlechte reicht.

Danke.

Wofür?

Dass Sie sich um mich gekümmert haben. Dass ich hier ein bisschen schlafen durfte. Sie müssen doch bestimmt nach Hause …

Angelita zuckt die Achseln. Nicht so wild.

Haben Sie Familie?

Angelita nickt. Fünf Kinder, drei Mädchen, zwei Jungen.

Hut ab, sagt Susi, weil ihr sonst nichts einfällt. Sie müssen doch bestimmt nach Hause, setzt sie von neuem an, wirklich, mir geht es wirklich besser. Ich möchte Sie nicht weiter aufhalten.

Ach, das war mal eine ganz nette Pause von allem, sagt Angelita, das bekomme ich nicht so oft. Haben Sie Kinder?

Nein. Leider nicht, hat nicht geklappt.

Hm, sagt Angelita nur und denkt: Die wollte gar nicht. Die will für immer schlank und jung und hübsch sein und über ihr eigenes Leben bestimmen.

Wir können jetzt wirklich gehen, sagt Susi.

Angelita macht die Stehlampe an, dreht sich wortlos um und lässt Susi allein im Wohnzimmer zurück.

Wollen Sie einen Tee?, ruft sie aus der Küche. Sie sollten einen Tee trinken, das beruhigt den Magen. Hier gibt es noch Pfefferminztee.

In winzigen Schlucken trinkt Susi den süßen, starken Tee, sie hat Angst, sich gleich wieder übergeben zu müssen. Sie versucht, die Fassung zu bewahren, aber am liebsten würde sie diese dumme Kuh in ihrem verschwitzten lila Kleid, diese Milkakuh ohrfeigen.

Und das sagen Sie mir erst jetzt?

Vorher ging es Ihnen so schlecht, muht Angelita leise.

Das ist doch lachhaft.

Abermals rüttelt Susi an der Haustür. Sie stemmt die Hände in die Hüften, drohend kommt sie auf Angelita zu.

Sie haben mir doch von Zigeunern erzählt. Sie setzt das Wort Zigeuner in deutlich hörbare Anführungszeichen. Wie können Sie dann Ihre Handtasche und Ihr Handy einfach so im Auto lassen?

Ihre liegt auch im Auto, wendet Angelita sachte ein.

Aber nur, weil Sie Ihre dagelassen haben. Da habe ich gedacht, es ist sicher hier oben.

Das ist es ja auch.

Wissen Sie, was das bedeutet, wenn meine Handtasche weg ist?

Angelita nickt, obwohl sie nichts ahnt von den 20000 Euro, die Susi als mögliche Anzahlung für ihr Traumhaus mitgenommen hat. Sie wollte gewappnet sein, andere Interessenten gleich mit Bargeld aus dem Feld schlagen. Wegen dieser 20000 Euro hat sie schon den ganzen Flug über Blut und Wasser geschwitzt, und jetzt liegen sie in einem offenen Auto auf dem Beifahrersitz? Wie konnte sie so blöd sein, ihre Handtasche auch nur eine Sekunde aus den Augen zu lassen?

Was haben Sie jetzt vor?, schreit Susi. Sie müssen doch irgendeinen Plan haben!

Angelita senkt den Kopf. Sie wirkt apathisch, so als ginge sie das alles nichts an.

Wenn das Geld weg ist? Wie soll sie das Ralf erklären? Ich habe einfach so 20000 Euro in Spanien verloren?

Susi schüttelt Angelita. Erstaunt spürt sie den knochenlosen Speck von Angelitas Schultern. Selbst am Nacken sitzt bei ihr ein kleiner Fetthöcker, wie bei einem Kamel. Susi packt sie fester.

Weiß irgendjemand, dass wir hier sind?

Eigentlich ...

Was eigentlich?

Niemand, seufzt Angelita leise.

Aber Ihre Familie wird Sie doch suchen!

Nicht so bald, sagt Angelita.

Sie scheinen nicht zu verstehen!, schreit Susi. Ich muss hier raus, meinen Mann anrufen, er macht sich Sorgen, wenn ich mich nicht melde, er ist krank! Haben Sie das verstanden? Krank! Er darf sich keine Sorgen machen!

Angelita nickt. Sie weint. Jetzt weint sie auch noch! Susi muss sich setzen, ihre Beine fühlen sich an wie Gummi, ihr Magen will wieder revoltieren, sie fertigmachen. Sie krümmt sich.

Wir sind gefangen, sagt Susi nüchtern.

Angelita heult vor sich hin und reagiert nicht. Alles, alles, was sie sich so schön ausgemalt hat, ist dahin. Diese Susi wird niemals ein Haus kaufen, in dem sie eingesperrt war wie eine Geisel. Nichts als Verachtung wird sie übrighaben für die fette Möchtegernmaklerin und ihr blödes Almería, wo doch der Hund begraben ist, sie wird nach Ibiza gehen wie all die anderen Deutschen mit Geld, und Angelita wird zurückbleiben, für immer gefangen in ihrem armseligen, mühsamen, beschissen heißen Alltag, mit ihrer gierigen Familie, ohne jede Aussicht auf Veränderung.

Der wird nichts zu unserer Rettung einfallen, das ist klar, denkt Susi wütend, der bestimmt nicht. Wenn uns hier niemand findet? Wir werden hier verhungern. Ich allerdings schneller als die. Die hat ja noch Speckvorräte für Wochen. Ralf wird mich überleben, wer hätte das gedacht?

Na gut, sagt Susi und steht auf, dann werden wir jetzt mal ein bisschen nachdenken, gell?

Das angehängte »gell« soll Angelitas bayerisches Herz beruhigen, und es wirkt prompt. Sie hebt den Kopf und sieht Susi mit tränennassem Gesicht an. Ihre Wimperntusche ist verschmiert und gibt ihr etwas waschbärartig Putziges.

Ist ja nicht deine Schuld, sagt Susi.

Das Du nimmt Angelita dankbar an. Da hast du recht, sagt sie leise. Die blöde Tür hat so ein altmodisches Schloss.

Susi hört ihr schon nicht mehr zu, sie geht durchs Haus auf der Suche nach einer guten Idee. In der Küche öffnet sie jeden Schrank, man könnte Geschirr aus den Fenstern werfen, Krach machen. Die Stereoanlage aufdrehen, aber es gibt niemanden, der es hören könnte oder den das stören würde. Nicht in Spanien. Leuchtkugeln abschießen, aber es gibt natürlich keine Leuchtkugeln. Man könnte das Haus anzünden, nein, das ist doch ihr Haus, das weiß sie bereits, hier werden sie wohnen, in dieser Küche werden sie sitzen, die Orangenbäume werden duften, die Sonne wird scheinen, Ralf wird leben.

Was bleibt? Ein Besen, ein Schrubber, dieses Haus ist bestens ausgestattet. Die Schränke im Schlafzimmer hängen voller weißer Oberhemden und Khakihosen. Susi bindet Hemden und Hosen an Besen und Schrubber und drückt Angelita den Schrubber in die Hand.

Ich weiß ja nicht, sagt Angelita.

Fällt dir was Besseres ein?

Ich mein ja nur.

Sie zünden Hemden und Hosen mit Angelitas Feuerzeug an, das sie zum Glück in der Tasche ihres Wallekleids hatte. Als Fackeln strecken sie Besen und Schrubber zwischen die Gitterstäbe, und rufen: *Socorro! Socorro!*

Sie brüllen, bis sie heiser sind, verbrennen Hemd um Hemd, teure Hemden aus reiner Baumwolle, die gut brennt.

Nebeneinander stehen sie am Fenster und halten die Fackeln wie Angeln hinaus in die schwarze Nacht. Nichts rührt sich. Niemand wird auf sie aufmerksam. Keiner kommt zu ihrer Rettung. Die Zikaden sind noch eifrig an der Arbeit und lassen sich nicht stören.

Ich liebe dieses Geräusch, sagt Susi. Ich würde Deutschland keine Sekunde lang vermissen.

Angelita schweigt. Soll sie dieser fremden Frau erzählen, was mit ihr geschehen wird? Wie sie anfangs die Sonne genießen wird, die Hitze, die alles auftaut, was in Deutschland gefroren war, wie sie dieses Land und seine Menschen in ihr aufgetautes Herz schließen wird? Lange, ziemlich lange wird diese neue Liebe anhalten, sie wird sich über jede Tomate freuen, die schmeckt, über jedes spanische Wort, das sie lernt und das aus ihr einen anderen Menschen macht, weil sie es brüllen muss, sonst hört ihr keiner zu. Sie wird weniger schüchtern sein, aufgeschlossener, lebenslustiger. Denn dafür wird sie es anfangs halten, für die viel beschworene Lebenslust der langen Nächte, der Musik, des öffentlichen Lebens auf den Straßen. Und dann, irgendwann, wird sie bemerken, wie ihr die Zunge ausdörrt, weil niemand je über etwas wirklich redet. Das ist verboten, weil es traurig machen könnte, es wird hier nicht gegründelt, nicht gegrübelt, nicht ernsthaft diskutiert, es wird stattdessen getanzt, bei jedem Anflug von Traurigkeit wird in die Hände geklatscht und getanzt, *alegría, alegría,* bis sie es nicht mehr hören kann. Sie wird feststellen, dass sie sich nach anderem Essen sehnt als dem ewigen Schinken und den anfangs so heiß geliebten Gambas, ihre Augen werden brennen, weil sie die Farbe Grün vermissen, ihre Haut wird rebellieren, ihr Herz zusammenschnurren, weil es sich nach anderen Gefühlen verzehrt als nach der gespielten Leidenschaft und der schwarzen Eifersucht, sie wird sich ausgetrocknet fühlen wie ein Steckerlfisch, und angesichts eines kitschigen Kalenderfotos von einem verschneiten Wald oder einer satten Almwiese wird sie unvermutet in Tränen ausbrechen.

Nein, sagt Angelita leichthin, ich vermisse Deutschland eigentlich auch nicht. Nur manchmal die Amseln. Es gibt hier keine Amseln, weißt du? Und wenn morgens im Frühling die Amseln so pfeifen und singen und schwatzen ... das vermisse ich. Ich hab meinen Kleinsten gebeten, mir Vogelstimmen aus Deutschland aufs Handy zu laden, und die höre ich mir manchmal im Auto an, nur ich, ganz allein. Ich fahre hier oben her, stell das Auto ab, dreh mich weg vom Meer und guck in die Pinien, sind die falschen Bäume, aber immerhin Bäume, und dazu singen die Amseln.

Ich weiß gar nicht so genau, wie eine Amsel singt, sagt Susi und bindet neue Hemden an ihren Besenstiel.

Angelita spitzt die Lippen und pfeift. Das zum Beispiel ist der Balzgesang der Amsel.

Ja, sagt Susi und legt den Kopf schief, das kommt hin. Sie denkt an ihren Balkon, an Ralf im Liegestuhl, an all ihre einsamen Spaziergänge und Jogging-Runden im Park.

Angelita pfeift und schließt die Augen. Ein dichtes grünes Blätterdach verdeckt den Himmel über ihr, es riecht nach feuchter Erde, Regenwürmer schlängeln sich über den Weg. Sie hockt als Kind auf der Dorfstraße über einer Pfütze und spielt mit einem Stöckchen im Wasser. Sie geht als dicker Teenager von der Schule nach Hause und raucht noch schnell eine Zigarette am Brunnen unter der Kastanie, über ihr singen die Amseln, sie sehnt sich mit Haut und Haar nach einem anderen Leben, und wenn sie es nicht bekommt, wird sie sich umbringen, sie weiß auch schon, wie, ihre Schulbücher wird sie sich um den Leib binden und in den Dorfweiher gehen.

Und das, das ist der Warnruf bei Gefahr. Angelita pfeift eine aufgeregte Kette von Tönen.

Ich würde Deutschland nicht vermissen, sagt Susi, da bin ich mir ganz sicher.

War ich mir auch. Angelita steckt ein paar lose Strähnen zurück in ihr Haarkrönchen. Susi sieht jetzt deutlich, dass ihre Haare blond gefärbt sind. Tut sie das, um hier in Spanien besser anzukommen?

Erst in den letzten Jahren vermisse ich es ein bisschen, fährt Angelita fort, aber ich könnte nie mehr in Deutschland leben. Ich gehöre nirgends mehr so richtig hin. Hier nennen sie mich nach sechsundzwanzig Jahren immer noch *la alemana.*

Im jäh aufflackernden Feuerschein am Ende ihres Besenstiels wirkt sie plötzlich ganz jung. So ähnlich sah sie wahrscheinlich aus, als sie nach Spanien kam, denkt Susi: vollbusig, prall, mit ihrem bayerischen Madonnengesicht und Zöpfchenfrisur, vielleicht sogar mit einem Dirndl im Gepäck.

Ich hab damals ausgeschaut wie ein Möchtegern-Hippie, lacht Angelita, das hatte ich aus der *Brigitte,* Ibiza-Look nannte sich das. So eine bestickte Bluse hatte ich an und Jeans, die hatte ich an den Knien aufgeschnitten, meine Mutter hätte mich dafür verprügelt, Ledersandalen und ein Stirnband. Eine Dauerwelle hatte ich mir von unserer Dorffriseurin machen lassen, das war das Einzige, was sie konnte, eine Dauerwelle hatten alle, aber ich trug die Haare offen und hatte so einen Kopf.

Sie deutet mit den Händen eine riesige Mähne an. Unglaublich sah ich aus, sagt sie und kichert leise. Ich habe als Kellnerin in einem der ersten Hotelbunker in Torremolinos gearbeitet, nach Feierabend habe ich mir die Haare aufgemacht und bin zu den Hippies am Strand. Bei der Arbeit musste ich meine Haare streng nach hinten binden und ein schwarzes enges Nyltestkleid mit weißer Schürze tragen. Jeden Abend kam eine Flamencogruppe ins Hotel, in den Gitarristen hab ich mich sofort verknallt.

Das Feuer geht aus, die Hemden sind verbrannt, sie stehen im Dunkeln nebeneinander am Fenster. Angelita seufzt. Sieben Jahre später hatte ich fünf Kinder.

Vom Gitarristen?

Von seinem Bruder, sagt Angelita. Der war ein bisschen zuverlässiger, nur ein ganz kleines bisschen, aber immerhin.

Tief atmet Susi den Duft der Orangenbäume aus dem Garten ein. Und der hatte wahrscheinlich schwarze lange Locken, schmale Hüften und trug das Hemd über der braunen Brust offen und sah umwerfend aus.

Natürlich, sagt Angelita.

Schweigend starren sie zusammen in die Nacht wie auf eine dunkle Leinwand, auf der gerade ein Film zu Ende gegangen ist.

Hast du vorhin *Der Mond ist aufgegangen* gesungen, oder habe ich das geträumt?, fragt Susi.

Das haben Sie geträumt, sagt Angelita schnell. Zu spät bemerkt sie, dass sie Susi wieder gesiezt hat. Nichts wird sich verändern, gar nichts, denken beide gleichzeitig. Sie wird das Haus nicht kaufen, denkt Angelita. Wir werden nicht nach Spanien ziehen, denkt Susi.

Sie bewegen sich nicht, stumm starren sie in den schwarzen Garten und versuchen, nicht traurig zu sein.

Hola, ruft eine Frauenstimme leise.

Hola!, brüllt Angelita zurück und presst das Gesicht gegen die Gitterstäbe. *Quién es? Hola!*

Susi sieht zuerst nichts weiter als drei rosa Flecken, die aus dem Schwarz auftauchen und auf sie zuschweben.

Aquí, aquí!, schreit Angelita. *Socorro!*

Erst als die rosa Dreiecke nur noch wenige Meter entfernt sind, erkennt Susi einen rosa Slip und einen rosa BH auf schwarzer Haut, ein dunkles Gesicht, eine Frau. Vorsichtig kommt sie näher, mit beiden Händen umfasst sie die Gitterstäbe von außen, ihre Haut schimmert bläulich, ganz nah kommt sie heran, ihre Augen glänzen, neugierig betrachtet sie die beiden Frauen.

Socorro, flüstert Susi.

Das gelobte Land

Ingrid

Als ich aus dem zerkratzten Flugzeugfenster das Mittelmeer sehe, fange ich an zu heulen. Ich staune über mich selbst, sonst bin ich nicht so sentimental. Schniefend starre ich auf mein Plastiktablett, die eingeschweißte Semmel, den Apfelsaft und den Erdbeerjoghurt und versuche, mich zu beruhigen. Mehr als dreißig Jahre alte Erinnerungen springen wie Korken aus der Flasche, dehnen sich aus und passen anschließend nicht mehr hinein. Ich verfluche Apple. Warum schickt sie mich ausgerechnet nach Torremolinos? Ich trockne mir mit der Serviette die Augen. Meine Nachbarin, eine Rentnerin in beiger Windjacke und Wanderschuhen, mustert mich irritiert, dann wendet sie sich wieder an ihre Bekannte auf der anderen Seite des Ganges. Wir sind ja dieses Jahr im Palace, ruft sie. Das ist rechts am Kreisel rauf.

Da, wo der Kaktus steht?, fragt die andere zurück.

Aber da nicht links, wo der Dr. Schwarz ist, den kennen Sie doch, den Dr. Schwarz?

Also nicht beim Kaktus rauf?

Nee, der Dr. Schwarz ist rechts, aber wir sind links.

Ah, beim Spar?

Ja, genau. Noch zwei Stund, dann sind wir da.

Ich habe keine Ahnung, wovon sie reden. Ich kenne weder Dr. Schwarz noch den Kaktus, noch den Spar. Ich erkenne nichts, gar nichts wieder, als wäre ich in einer völlig fremden Stadt gelandet. Im Bus kutschiert man uns von einem Hotelbunker zum nächsten, im schäbigsten, im Estrella de Mar, wohne ich. Das Meer ist vom Hotel zwanzig Minuten mit dem Bus entfernt. Mein Zimmer liegt zur Schnellstraße nach Málaga hinaus. Der Fernseher ist mit einem Vorhängeschloss an der Wand befestigt. Davor steht ein einsamer Plastikhocker.

Auf der Bettdecke mit Zigarettenbrandlöchern sitzt ein aus einem zerschlissenen grauen Handtuch gefalteter Schwan. Sein Hals hängt schlapp herunter. Ich nehme den Schwan auf den Schoß und streichle seine Frotteeflügel. Ich will mich nicht beschweren. Apple hat mir die Reise geschenkt, zur Erholung, zwei Wochen *all inclusive.* Warum ausgerechnet nach Torremolinos, traue ich mich nicht zu fragen. Sie würde denken, ich kritisiere sie. Bestimmt hat sie es nett gemeint, aber ich glaube, in Wirklichkeit braucht sie Erholung von mir. Seit meiner Hüftoperation bin ich auf sie angewiesen, und das ist scheußlich, denn wir gehen uns gegenseitig auf die Nerven, wie wir es immer getan haben, nur muss ich jetzt auch noch dankbar sein.

Am ersten Abend sitze ich bereits mit Hunderten von Mitgefangenen am Pool und sehe zwei Animateuren zu, die dreisprachig auf der kleinen Bühne herumkaspern. Sie fordern zum Gurgeln mit Alkohol auf nach der Melodie von *When The Saints Go Marching In*.

Wer die Melodie halbwegs erkennbar gurgeln kann, bekommt einen Longdrink. Hummerrote Engländer stürmen auf die Bühne, ein dickes Mädchen mit X-Beinen gewinnt, sie torkelt bereits. *Un aplauso, please, por favor, bittä!*, rufen die Animateure. *This is fantastic, fantastisch! Fantástico!*

Danach gibt es das BH-Spiel. Auf Pfiff rennen die Herren los und sammeln die BHs der Damen ein. Links und rechts von mir zerren ältere Frauen riesige Büstenhalter unter ihren Strandkleidern hervor und schwenken sie aufgeregt ihrem Liebsten entgegen. *Go, love, go!*, brüllen sie.

Ich amüsiere mich. Es ist auf jeden Fall besser, als in meiner Gefängniszelle auf dem Plastikhocker vorm Fernseher zu sitzen und verrauschtes RTL 2 oder spanische Spielshows zu gucken. Ich trinke den dritten Campari, der hier in Wassergläsern ausgeschenkt wird. Die Kellner sind trotz der Massen freundlich. Sie warten geduldig, bis ich meine Krücken an die Theke gelehnt und mich auf einen Barhocker gehievt habe. Erst wenn ich mein grünes Armbändchen als *all-inclusive*-Gast gezeigt habe, nehmen sie meine Bestellung entgegen. Schüchtern krame ich mein Spanisch hervor, *por favor*, sage ich, *cuándo pueda*, aber sie reagieren nicht darauf, sondern antworten mit: Bitte sehr, kein Problem.

Ein Zauberer kommt auf die Bühne, müde zaubert er einen Strauß Blumen, eine Flasche Brandy und das Portemonnaie eines Gastes aus seinem Zylinder. Er tritt ab und zieht selbst den löchrigen goldenen Vorhang zu.

Noch einmal tritt er in einer Zwangsjacke auf, aus der er sich mit ein paar Verrenkungen befreit, aber das will bereits niemand mehr sehen. Die Gäste schieben ihre Plastikstühle zur Seite und strömen an die Bar. Drei angetrunkene, muskulöse Jungen aus Deutschland nehmen neben mir Platz. Auf ihren T-Shirts steht: WIR HAM ABI.

Na, Omi, sagt der eine, zwitscherst du dir hübsch einen?

Es ist das erste Mal in meinem Leben, dass mich jemand Omi nennt.

Der andere zückt eine Plastikpumpgun. Wenn du es dir direkt in den Mund spritzt, dröhnt's tausendmal besser.

Der Dritte lacht. Das ist unser Professor, sagt er über den mit der Pumpgun, der hat 'n Abi von 1,2. Der weiß Bescheid.

Gratulation, sage ich.

Der Professor richtet seine Pumpgun auf mich. Wie wär's?

Klar, sage ich, alles was dröhnt, ist mir recht.

Hast du das gehört?, wiehern sie. Omi will 'ne Dröhnung!

Der Professor nimmt meinen Campari und schüttet ihn in seine Pumpgun.

Mund auf, Verehrteste, sagt er, und die anderen biegen sich vor Lachen. Gehorsam öffne ich den Mund, er schießt mir den Campari hinein, der jetzt nicht mehr nach Campari schmeckt, sondern nach Plastik, Meerwasser und Wodka.

Die anderen sind so bescheuert, sagt der Professor vertraulich zu mir, den ganzen Tag nur saufen. Mehr haben die nicht drauf. Sie mit Ihrer Lebenserfahrung, welchen Rat würden Sie mir geben?

Treuherzig sieht er mich an.

Hüte dich vor jedem, der dir einen guten Rat geben will, sage ich.

Nee, echt jetzt, insistiert er. Ich hab plötzlich Schiss. Das ganze Leben schwebt so vor mir wie 'ne riesige Wolke.

Ja, lache ich, das bleibt so. Die Wolke wird nicht kleiner. Und manchmal ist es eine richtig miese schwarze Regenwolke.

Sie sind 'ne Pessimistin, oder?, sagt der Professor und guckt skeptisch.

Im Gegenteil, sage ich, ganz im Gegenteil. Ich hab nie einen Schirm dabei.

Ist das jetzt Ihr Rat oder wie?

Nein, sage ich, nimm du mal lieber einen Schirm mit.

Er sieht mich irritiert an.

Gib mir meine Krücken, sage ich.

Im Bett lausche ich dem Kreischen von draußen, dem harten Rhythmus der Musik, meinem Atem, dem Rascheln der Polyesterunterlage unter dem Laken. Ich nehme den Handtuchschwan in den Arm und bewege seine traurigen Flügel. Er ist noch ganz, weil ich mich mit meinem eigenen Handtuch abgetrocknet habe, das Apple mir eingepackt hat, weil sie der Hotelhygiene misstraut. Oder auch meiner. Als Apple mich nach ihrer Trennung von Ehemann Nr. 2 in München besuchte und an einer seltsamen Allergie litt, ging sie mit weißen Handschuhen in jedes Zimmer, prüfte den Staub oben auf meinen Türen, in den Schubladen, unter meinem Bett. Sie hatte ein Milbenmessgerät dabei, ihre eigene Bettwäsche und einen Schutzanzug, in dem sie schlief. Ein Schutzanzug gegen das Leben, so kam's mir vor. Sie war immer hysterisch. Mich schimpft sie unsensibel. Aber wie sensibel ist es, bitte schön, mich ausgerechnet nach Torremolinos zu schicken?

Wir sind damals nicht hierhergekommen, um Urlaub zu machen. Ich war pleite, verzweifelt, musste Geld verdienen, hier meinen hässlichen Schmuck verscherbeln, um Apple und mich durchzubringen. Wir wohnten im Zelt, was ich gehasst habe. Morgens hatten wir im Schlafsack Sand zwischen den Zehen, in der Pofalte, zwischen den Zähnen, und es herrschte eine Hitze im Zelt, als läge man in einer Plastiktüte und müsste ersticken. Apple war meist vor mir wach, und wenn ich aufwachte, traf mich ihr vorwurfsvoller Blick. Seit sie auf der Welt ist, sieht sie mich so an, als sei sie die Erwachsene und ich das Kind.

Aber wie sie mich dann erst ansah, als Karl auftauchte und ich so verknallt war, dass ich kaum noch einen Fuß vor den anderen setzen konnte und alles um ihn herum verschwamm, als könnte ich nur noch ihn scharf stellen in meiner Wahrnehmung. Ich stürzte mich in diese Affäre wie von einer Klippe ins Meer, ich flog, und tief unten, wo das Wasser ist, hatte ich mir ein Leben mit ihm ausgemalt, phantasierte davon, mit ihm nach Tanger abzuhauen, seine Frau und seinen Sohn zurückzulassen und vielleicht sogar Apple. Wenigstens für kurze Zeit. Das alles rauschte in bunten Bildern an mir vorbei, aber als ich unten aufschlug, war dort gar kein Wasser, sondern nur beinharte Realität. Drei Erwachsene, von denen einer starb, einer davonkam und einer, ich, schwer verwundet zurückblieb.

Der Frühstückssaal tost wie das Meer bei hoher Brandung. Alle rennen hin und her, Kaffeekännchen, Teller mit Eiern, Speck und Schokoladencreme in der Hand, Brötchen unter dem Arm. Kleine Kinder sitzen greinend in Kinderstühlchen, spanische Kellner in weißen Hemden und schwarzen Frackjacken bellen quer über die Tische hinweg, ich stehe mit meinen Krücken mitten im Raum und bin ein Verkehrshindernis. Um mich herum biegen sich Büffets mit Obst, deutschem Aufschnitt, Salaten, Süßspeisen, Käse, Rührei, Würstchen, Körben voller Weißbrot. Dazwischen sind zur Dekoration Kohlköpfe zu bizarren Türmen aufgebaut, die ich gern anstupsen und herunterpoltern lassen würde.

Ein Kellner nimmt mich am Arm, führt mich entschieden an einen Tisch. Im Vorbeigehen sammelt er ein Brötchen, Butter und Marmelade ein und knallt den Teller vor mich hin, dass das Brötchen in die Höhe springt. Dort sitzt bereits ein braungebrannter, muskulöser Mann Ende fünfzig mit sichtlich gefärbtem dunklem Haar, der sich mir als Helmut aus Hermsdorf, Berlin, vorstellt.

Det is ja jar nüscht, wat Se da uffm Teller haben, sagt Helmut mitleidig.

Ich nicke und nippe an meinem Kaffee. Er schmeckt salzig.

Helmut grinst. Der Kaffee is Mist, aber allet andere! *All inclusive,* det heißt *all you can* fress, schöne Frau, also ran an die Buletten. Ick bin ja verfressen wie ne Raupe, aber wenn ick mir hier so umkieke, allet Kranke. Ick bin Krankenpfleger, müssen Se wissen. Und ick darf se dann stemmen. Soll ick Ihnen wat holen?

Nein, danke, wehre ich ab. Ich kann morgens nicht so viel essen.

Ham Se schon det Nachtischbüffet jesehen? Heute ist Mittwoch, da jibts super Windbeutel.

Ich versuche, weniger zu essen, sage ich.

Da ham Se ja so recht, nickt Helmut. Ick loofe jeden Morgen fünf Kilometer, dann jehts ab in den Pool bis neune, und nachmittachs inne Muckibude, ham se ooch hier. Nach zwee Wochen bin ick wieder fit wie 'n Turnschuh. Is hier wie meene Reha.

Meine auch, sage ich.

Sie ham ne neue Hüfte, det seh ick doch uff hundert Kilometer. Wenn Se wolln, mach ick mit Ihnen 'n paar hübsche Übungen. Allet ne Frage der richtijen Stellung.

Er grinst anzüglich, aber ich freu mich, dass er sich die Mühe macht. Vielversprechend hebe ich die Schultern.

Tja, sagt Helmut, det Anjebot steht. Det Leben is hart und grausam. Ick hol mir noch wat.

Meine Krücken sinken im Sand ein und machen das Gehen beschwerlich. Früher war das ein wilder Hippiestrand, jetzt gibt es hier einen Strandliegenvermieter neben dem anderen. Die Liegen sehen mit ihren dicken Matratzen aus wie Krankenhausbetten. Auf ihnen liegen meist ältere Männer in zu knappen Badehosen mit ihren fetten Frauen, die wie erschossen oben ohne auf dem Rücken liegen und ihre nackten Hängebrüste bräunen.

Die Strandbar von Gustavo gibt es nicht mehr. Weggespült von der Zeit. Aber der Felsen ist immerhin noch da, kleiner als in meiner Erinnerung, aber ist jemals etwas überraschend größer als in der Erinnerung?

Ich erinnere mich an meinen braungebrannten, glatten Körper, an die Wirkung, die er auf andere hatte. Ich erinnere mich an Karl und mich hinter dem Felsen, unsere stumme Art, uns zu lieben, an sein Erstaunen und Erschrecken über sich selbst. Was machte er hier, am Hippiestrand, mit einer völlig Fremden, während Frau und Kind im schmucken Ferienhäuschen saßen? Warum redete er sofort von Liebe?

Apple ruft an. Wo bist du?, fragt sie.

Am Pool, lüge ich, es ist wunderbar. Und wie geht's dir?

Sie seufzt, wie sie immer seufzt, wenn es Probleme gibt, die mit ein bisschen Verstand vermeidbar gewesen wären. Ich weiß nicht, sagt sie schwach. Georg macht mir Sorgen.

Ist er krank?, frage ich kühl.

Nein, sagt sie, nur so verändert. Er isst nichts mehr, er verbringt abends Stunden im Fitnessstudio. Er hat eine Krise, aber er will nicht darüber sprechen.

Bevor sie ins Detail gehen kann, unterbreche ich sie und behaupte, ich könne sie nicht mehr gut hören, der Empfang sei schlecht.

Er entfernt sich von mir, ich spüre es, höre ich sie sehr deutlich sagen.

Apple?, rufe ich ins Telefon, tut mir leid, aber ich höre dich nicht. Hörst du mich noch? Ich küss dich, aber ich leg jetzt auf, weil ich dich nicht mehr hören kann.

Ich schalte das Handy aus. Sehe die kleine Apple vor mir im Sand liegen. Dunkelbraun gebrannt, mit Sand paniert wie ein Schnitzel, wehklagend über Hitze, Durst, Hunger, über mich, die ganze Welt. Immer schon war das ihre Art, sich unwohl zu fühlen, stets etwas zu vermissen und mich damit in die Defensive zu treiben. Sie brachte mich dazu, alles einfach toll und prima zu finden – was nicht im Geringsten der Wahrheit entsprach.

Ein letztes zerlumptes Zelt ist im Windschatten des Felsens aufgebaut, ein Mann mit verfilzten Haaren und zotteligem Bart kriecht heraus und betrachtet mich misstrauisch. Ich lege die Krücken in den Sand, lasse mich auf die Knie fallen, wie man es mir in der Reha gezeigt hat, drehe mich auf den Rücken, breite die Arme aus und lasse den Sand durch meine Finger rinnen.

Glück bestand für mich immer in Selbstvergessenheit. Alles habe ich getan, um mich selbst zu vergessen und möglichst nicht zu denken. Ich habe damals einfach nichts gedacht. Nur gefühlt. Zu viel gefühlt, vielleicht.

Der Mann setzt sich neben mich in den Sand. Mit einem Wimpernschlag erkennen wir uns als Angehörige desselben Stammes. Bunte Bändchen sind um seine wie meine Handgelenke gebunden, in den Ohren tragen wir eine ganze Reihe verschiedener Ohrringe, irgendwann kam das aus der Mode, ich glaube, als man anfing, sich zu tätowieren. Seine Zähne sind schlecht und weisen Lücken auf. Ich kenne das Problem. Keine Krankenversicherung.

Du bist 'ne Allinc?, fragt er mich.

Ich verstehe nicht.

All inclusive, erklärt er und zeigt auf mein grünes Plastikband.

Er holt ein altes, abgegriffenes Portemonnaie aus der Tasche. Schenkste mir dein Band? Holste dir im Hotel 'n neues.

Er öffnet sein Portemonnaie, Sand rieselt heraus. Leer wie'n Loch, sagt er.

Das Bändchen verlieren kostet Strafe. Hab selbst kein Geld, sage ich.

Keine Sau hat mehr Pappe, seufzt er. Ich hatte mal viel, richtig viel. War mal ein erfolgreicher Mann. Er zieht ein Foto aus dem Portemonnaie, das einen Mann Anfang vierzig in Schlips und Anzug zeigt, seine Miene verkniffen, ein schmales Lächeln. Er hält das Foto neben sein verwittertes Gesicht.

Ah ja, sage ich. Ich habe ihn auf dem Foto nicht erkannt. Und? Welches Leben ist das bessere?

Beides scheiße, sagt er lachend.
Wir schauen aufs Meer und schweigen.

Aquí? Señora? Der Taxifahrer gibt sich Mühe. Nein, hier war es nicht, und dort in der Straße auch nicht und dort drüben auch nicht. *Casa Heike* stand in Muschelschrift gleich neben der Tür, das weiß ich noch. Es war ihr Haus, sie hatte das Geld. Und Karl hat es dann wohl geerbt. Er und sein Sohn. An seinen Namen erinnere ich mich nicht mehr. Ich hab ihn nur zwei, drei Mal gesehen, ein einziges Mal war ich in dem Haus. Überall war sie. Es roch nach ihrem Parfüm. Ihre Kleider lagen herum, ihre Schuhe standen an der Tür. Ihr Bikini hing zum Trocknen am Pool. Weiß mit roten Mohnblüten, das weiß ich noch genau. Ein Bügelbrett stand in der Küche. Sie bügelte selbst im Urlaub seine Hemden, das erschien mir vollkommen verrückt. Ich erinnere mich an den Geruch von Stärke in Karls weißen Oberhemden, am liebsten hätte ich mir die Flasche Wäschestärke eingesteckt und nachts im Zelt an ihr gerochen. Dieser Duft des bürgerlichen Lebens faszinierte mich wie eine verbotene Droge. Mit solchen Männern durfte man nichts anfangen, das war Verrat, Verrat an der freien Liebe, am anderen Leben, an der Revolution. Mit der Revolution hatte ich nicht viel am Hut, wollte jedoch unbedingt dazugehören und nicht zu den anderen, den Bösen, Angepassten, den Betonköpfen, Unterdrückern, Kriegstreibern, Kapitalisten. Aber die Codes der Guten waren nicht leicht zu knacken, und immer hatte ich Angst, einen Fehler zu machen. Es gab verschiedene Grade der Politisierung, und manche lehnten jede politische Diskussion ab, was wiederum als politischer Akt zu verstehen war. Mit einem einzigen falschen Satz oder, noch schlimmer, einem falschen Witz war man draußen, gehörte nicht mehr dazu. Auf Deutsch konnte ich mit den Versatzstücken der Politsprache ganz gut jonglieren, auf Englisch war ich bereits hilflos, auf Französisch ging gar nichts mehr, also schwieg ich meistens und hoffte, es wirkte geheimnisvoll. Ich hatte nur meine Figur, meinen wirklich schönen Busen. Der beeindruckte Blake und Bobo, Hippies der ersten Stunde aus San Francisco, ebenso wie Didi, Serge und Hervé aus Paris und Moffe, Dirk, Jochen aus Berlin, und noch einige andere, deren Namen ich vergessen habe. Nachts, wenn Apple in unserem Zelt schlief, schlich ich in andere Zelte, vw-Busse oder an den Strand, aber all diesen Männern musste ich immer wieder beweisen, dass ich wirklich nichts weiter von ihnen wollte als Sex, denn jede Form von Bindung wurde als grundspießig angesehen. Karl hingegen stammelte sofort etwas von Liebe. Ich spielte nun die Coole und sog seinen Neid auf mein vermeintlich freies Leben ein wie eine Biene den Nektar, schmiegte mich gleichzeitig an seine weißen Hemden und sehnte mich nach einem Leben mit weniger Unordnung als in meinem.

Vier Wochen waren es nur. Nur vier verdammte Wochen, von denen ich mich ewig nicht erholte.

Casa Eike, sagt der Taxifahrer und schüttelt den Kopf. *Lo siento, Señora.*

No importa, sage ich. Macht nichts.

Auf der Mauer an der Strandpromenade sitzt ein kleiner Mann mit einem Kanarienvogel in einem Käfig auf den Knien. Als ich aus dem Taxi steige und an ihm vorbeihumpele, setzt er sich eine rote Pappnase auf und hält mir seinen Hut entgegen.

Bitte, sagt er. Brauche ich Geld.

Ich zücke mein Portemonnaie und gebe ihm einen Euro, den er kritisch betrachtet.

Bin ich Bäcker aus Slowenien, sagt er. Hab ich gedacht, ihr Deutsche wollt immer essen deutsches Brot. Aber stimmt nicht. Gibt hier keine Arbeit.

Tut mir leid, sage ich.

Er greift in seine Hosentasche und überreicht mir eine Glasmurmel. Hier, sagt er, hast du Wundermurmel.

Was für Wunder macht diese Murmel?

Weiß ich nicht. Er nimmt die Pappnase ab. Wenn du nicht willst, gib sie zurück.

Ich stecke sie ein und humpele weiter.

In einem Café bestelle ich *café con leche,* aber die Bedienung korrigiert mich: Hier gibt es echten deutschen Filterkaffee.

Dann eben einen echten deutschen Filterkaffee.

Ein älterer Mann am Nachbartisch dreht sich zu mir um. Der ist gut hier, sagt er. Nicht so wie die Plörre im Hotel. Wo sind Sie?

Estrella de Mar.

Kenn ich, sagt er. Wir kommen jedes Jahr zwei Mal her. Sind jetzt aber immer im Barceló Margerita. Da ist das Frühstücksbuffet besser. Drei verschiedene Sorten Graubrot, nicht nur das langweilige spanische Weißbrot. Leberwurst, Teewurst, Jagdwurst.

Ich nicke. Afrikaner ziehen vorbei, schwer behängt mit Sonnenbrillen, Bikinis, Uhren und Ketten. Sie mustern uns kurz, bleiben noch nicht einmal stehen. Wir kaufen nichts, wir interessieren uns nicht, wir wollen unsere Ruhe. Das kennen sie.

Wenn die Sonne nicht wäre, würde man ja überhaupt nicht herkommen, sagt der Mann. Ist ja alles nur noch Beton. War hier früher mal ein Traum. Jetzt halten es nur noch die Afrikaner für das gelobte Land. Na, dann noch einen schönen Resturlaub. Er steht auf.

Ich nicke und schaue aufs Meer, das sich an alles erinnert. Welle um Welle rollt es auf den Strand und sieht nichts Neues unter der Sonne, nur immer wieder träumende Menschen, die nicht aufwachen können.

Um Punkt vier Uhr kommt eine deutsche Fußpflegerin, Tina, ins Hotel. Treffpunkt am Pool. Ich trage mich in die Liste ein. Wegen meiner operierten Hüfte kann ich mich nicht recht bücken, aber zu gern hätte ich rotlackierte Fußnägel, meine Füße sind noch ganz hübsch und seltsam alterslos. Tina ist ein Transvestit. Sie trägt eine blonde Perücke und ist sorgfältig geschminkt. Perfekter Lidstrich, dünn gezupfte Augenbrauen, Lippenkonturstift, Rouge auf den kräftigen Wangenknochen. Sie gibt mir eine weiche Hand, ihr Blick wandert bereits abwärts, zu meinen Füßen. Elegante, schmale Füße, lobt sie, wenig Hornhaut, gut gepflegt.

Sie lächelt mich an. Ein Trinkgeldlächeln, aber ich bin heutzutage froh über jeden, der mich anlächelt, ganz gleich, warum.

Helmut aus Hermsdorf krault durch den Pool und winkt mir zu. Nach einem Tag bin ich bereits eine alte Bekannte.

Tina dreht sich nach ihm um. Ihr Mann?

Ich schüttle den Kopf.
Freund?
Ich schüttle wieder den Kopf.
Tina seufzt, als habe sie es schwer mit mir. Sie trägt Seidenstrümpfe, bei der Hitze, und einen hellblauen Kittel, der mich an eine Metzgereiverkäuferin erinnert. Sie nimmt meinen Fuß liebevoll, wie ein Baby, in ihren Schoß. Wie kann man nur diesen Beruf ausüben? Tag für Tag mit eingewachsenen Fußnägeln, Hühneraugen und schrundigen Fußsohlen zu tun haben?

Wie sind Sie Fußpflegerin geworden?, frage ich. Lass sie doch in Ruhe, höre ich Apple sagen. Sie hasst meine ewige Neugier. Versteht nicht, dass es meine Art ist, mit der Welt Kontakt aufzunehmen und meine Einsamkeit zu verkleinern.

Tina sieht auf und legt den Kopf schief, als überlege sie, ob sie mir die Wahrheit sagen soll. Eigentlich bin ich Künstlerin, Sängerin, sagt sie. Bin hier viel aufgetreten, in allen Hotels, bis rauf nach Almería.

Sie macht mit dem Arm einen weiten Bogen, ihr Oberarm ist muskulös und läuft nicht Gefahr, jemals weiblich schlaff zu werden.

Dann kam die Krise, die Hotels haben ihr Unterhaltungsprogramm gekürzt oder ganz gestrichen, und von dem einzigen Gig in ’ner Kneipe hier im Ort, den ich noch habe, kann ich nicht leben. Da hab ich einen Kurs gemacht. Im Altersheim von meinem Vater brauchten sie eine Fußpflegerin.

Ihr Vater ist hier im Altersheim?

Sie zuckt die Schultern. Hier sind viele Deutsche im Altersheim. Ich würde mich eher umbringen.

Das haben Sie sich vorgenommen?

Ja, sagt sie schlicht.

Wir sprechen uns wieder, sage ich.

Sie sieht mich mit wasserblauen Augen an. Ihr Lidschatten über dem Lidstrich ist ebenfalls blau, zu blau für ihr Alter. Sie ist mindestens vierzig.

Ich arbeite ganz gern da, sagt sie, ich will bloß nie da enden, wenn ich alt bin. Zu viel Einsamkeit. Die Leute sind glücklich, wenn man sich ein bisschen mit ihnen beschäftigt. Sie werden so bescheiden. Deprimierend. Welche Nagellackfarbe hätten Sie gern?

Sie klappt einen kleinen Koffer auf mit Nagellackfläschchen in allen Farben. Ich wähle Blutrot. Ich habe immer Blutrot getragen.

Sehr spanisch, sagt Tina. *Rojo como el amor.*

Rojo como el sangre.

Sie sprechen Spanisch?

Früher mal. Lange her. Da war ich öfter hier.

Da war's noch ganz anders, was?

Ja. Aber auch nicht wirklich schön.

Sie blickt mich skeptisch an. Kleine Schweißperlen haben sich auf ihrer Stirn gesammelt und laufen in dünnen Furchen durch ihr Make-up.

Meistens erzählen die Leute, wie schön es hier früher war, sagt sie spöttisch. Ein Fischerdorf, keine Touristen, nur Spanier, ein paar Hippies, das Paradies.

Nein, sage ich entschieden. Das ist Blödsinn. Die Kloake führte direkt ins Meer, die Spanier waren arm und haben uns verachtet, weil wir nackt herumliefen, Drogen nahmen und nicht gearbeitet haben.

Ach so eine waren Sie, sagt sie, während sie weiter roten Lack auf meine Zehennägel pinselt.

Was für eine?

Hippie.

Nein, sage ich, nicht wirklich. Ich hab nur so getan.

Sie zieht die gezupften Augenbrauen hoch, hebt meinen Fuß und pustet über die Nägel, als blase sie Geburtstagskerzen aus. So, sagt sie befriedigt, jetzt sind Sie wieder hübsch. Wie lange sind Sie noch hier?

Noch zwölf Tage. Aber ich streiche die Tage ab wie im Knast.

So schlimm?

Es gibt zu essen und zu saufen und die Sonne, was will man mehr?

Eben, das wollen doch die meisten. Sie sieht mich fast versonnen an, dann sagt sie voller Inbrunst: Ich hasse diese ewige Sonne. Aber wenn ich mal wieder in Deutschland bin, denke ich immer: Wann macht hier endlich jemand das Licht an? Sie erhebt sich, streicht den Kittel glatt, steckt meine zwanzig Euro in die Tasche. Wenn Sie Erneuerung wollen, rufen Sie mich an. Ich komme auch privat.

Sie gibt mir eine Visitenkarte. Tina Birker.

Ich kannte mal einen Karl Birker, sage ich, ohne nachzudenken. Ich verdammte Idiotin, ich ewiges Schaf.

Er hat noch seine schönen, dichten Haare, jetzt sind sie weiß statt braun. Ich erkenne die kleine Grube an seinem Schlüsselbein, in diese Grube passte genau mein Kinn. Mein Körper treibt auf ihn zu, als erinnere er sich unabhängig von mir, und fast hätte ich meinen Kopf an seinen Hals gelegt.

Ich strecke die Hand aus, um mich zu stoppen, Abstand zwischen uns zu bringen. Seine Augen sind auch noch dieselben. Wach, klar, vielleicht ein bisschen heller als früher. Er ist kleiner geworden, schmaler, fast zierlich.

Mensch, Ingrid, sagt er mit wackliger Stimme. Ich dachte, ich sehe dich frühestens im nächsten Leben wieder.

Er lehnt sich vornüber, umarmt mich. In der Umarmung erkenne ich ihn nicht. Dieser Körper ist mir fremd. Der knochige Körper eines alten Mannes. Er denkt wahrscheinlich ähnlich Schmeichelhaftes über mich. Ungeschickt lösen wir uns voneinander, alles ist so mühsam, so wenig elegant.

Tina steht mit untergeschlagenen Armen hinter mir und betrachtet uns. Sie hat ihren Kittel ausgezogen und trägt darunter ein enggeschnittenes weißes Kleid im 60er-Jahre-Look.

Ach, wie süß, kommentiert sie ironisch.

Komm, sagt Karl und nimmt mich am Ellenbogen, gehen wir in den Speisesaal, da ist jetzt niemand.

Dort riecht es streng nach Kohlrouladen. Tina verschwindet in die leere Küche, kommt mit einem Teller Kartoffelbrei zurück, setzt sich an den Nachbartisch, schaufelt mit gesenktem Kopf den Kartoffelbrei in sich hinein.

Der Saal ist hellgelb gestrichen, über den langen Tischen sind Tiere an die Wand gemalt, Hasen, Vögel, Schildkröten, Fische. Wir sitzen am Hasentisch und starren uns an, verwirrt versuchen wir, im anderen zu finden, wer wir einmal waren. Nervöses Lachen, Räuspern. Mensch. Wer hätte das gedacht. Tja. So geht's dahin.

Karl streicht Weißbrotkrümel von der lachsfarbenen Tischdecke. Nach meiner Pensionierung bin ich ganz nach Torremolinos gezogen, sagt er. Und dann wurde es mir zu einsam im Haus. Erinnerst du dich an unser Haus?

Nein, sage ich leise. Ich war nur ein einziges Mal da.

Stimmt, sagt er langsam. Stimmt. Ich hab gedacht, das wird schön, wieder in Spanien zu sein, bei Tim …

Tina, unterbricht Tina vom Nebentisch.

Karl geht nicht darauf ein. Aber ich hab Gespenster gesehen, fährt er fort, allein in dem Haus. Da hab ich's verkauft und bin mit dem Geld hierhergezogen. Hier bin ich fast der Jüngste. Nur alte Schachteln um mich rum, die von Deutschland reden. Er lacht leise.

Die alten Schachteln stehen auf dich, sagt Tina. Das brauchst du doch.

Sie steht auf und bringt ihren Teller zurück in die Küche. Ich höre, wie sie ihn mit lautem Klappern abstellt. Ich verstehe, dass unser Treffen sie nervös macht, dabei war sie es, die angeboten hatte, mich zu Karl zu fahren.

Hast du Tim erkannt?, fragt Karl leise.

Nein, sage ich, natürlich nicht. Er war doch noch klein.

Karl nickt. Mir kommt es oft so vor, als wäre es gerade eben erst gewesen, dir nicht?

Ich schweige.

Er ist jetzt eine Frau, sagt Karl nüchtern. Er lebt hier schon seit über zehn Jahren. Manchmal trägt er ihre Kleider. Er sorgt dafür, dass ich es nicht vergesse.

Wie könnten wir das vergessen?, frage ich.

Tina erscheint in der Tür. Ich geh dann mal, sagt sie. Karl nickt. Tina sieht mich zweifelnd an, als überlege sie, ob sie mich wieder mitnehmen soll, und fast möchte ich sie darum bitten, aber da geht sie bereits. Wir sehen ihr nach, Schweigen stülpt sich über uns. Mein Herz klopft schnell, ich habe keine Ahnung, warum es so aufgeregt ist. Ich bemühe mich, keine Geräusche zu machen, als sei ich gar nicht da, als wäre unser Wiedersehen nur geträumt.

Was treibst du so, heutzutage?, fragt er.

Ach, sage ich, ich hatte immer nur Jobs, dies und das, hab viel gekellnert. Dann hatte ich mit Freunden eine Kneipe, später ein Restaurant, aber irgendwann ging's nicht mehr mit meiner kaputten Hüfte. Jetzt hab ich 'ne neue.

Bist du verheiratet?, fragt er und sieht mich nicht an. Ich schüttle den Kopf. Ich frage ihn nicht, ob er noch mal geheiratet, weitere Kinder bekommen hat. Ich möchte mir vorstellen, dass einfach nichts weiter geschehen ist zwischen damals und jetzt, als säßen wir an den gegenüberliegenden Enden eines sehr langen Tisches, mit einem unbefleckten weißen Tischtuch zwischen uns, das wir nun langsam von beiden Seiten her zusammenrollen.

Er beugt sich über den Tisch, legt seine Hände auf die Tischdecke. Gib mir mal deine Hände, sagt er, und als ich sie ihm reiche, hält er sie fest und schließt die Augen.

Ich hab das Gefühl, deine Hände wiederzuerkennen, kann aber auch Einbildung sein.

Ich schließe ebenfalls kurz die Augen, nein, ich erkenne seine nicht.

Heike war eine traurige Frau, sagt er, das hatte nichts mit dir zu tun. Sie war einfach eine sehr traurige Frau.

Wir haben sie traurig gemacht, sage ich. Ich versuche meine Hände zurückzubekommen, aber er lässt sie nicht los. Wir sind schuld. Es war unsere Schuld. Meine. Und deine.

Er schüttelt meine Hände mit Nachdruck. Du hattest nichts damit zu tun. Sie war einfach traurig. Depressiv. Heute würde man ihr Medikamente geben. Ich wusste das immer über sie. Ich krieg das weg, hab ich gedacht, ich liebe das alles einfach weg.

Ich spüre ein Zittern, das durch seinen Körper geht wie leichter Strom.

Sie hat mich reingezogen in ihre Traurigkeit wie in einen dunklen Wald, sagt er.

Ach je, so hast du dich gesehen? Im dunklen Wald, verloren wie Hänsel mit seiner Gretel? Und wer war ich dann? Die Brotkrumen?

Ich ziehe meine Hände zurück. Er blickt mich mit wässrigen Augen an, als wolle er weinen, aber schaffe es nicht ganz.

Ja, sagt er schlicht. Du warst meine Rettung.

Deine Rettung, wiederhole ich. Aber ich hab dich nicht gerettet.

Nein, sagt er.

Und du mich auch nicht.

Du hast nicht so gewirkt, als hättest du Rettung nötig.

Tja, sage ich schulterzuckend.

Ich erinnere mich an deine Tochter. Sie hieß Apple. So hieß sonst niemand.

Sie heißt immer noch Apple, korrigiere ich ihn.

Was macht sie?

Hauptberuflich nimmt sie mir mein Leben von damals übel. Sie meint, ich hätte ihr kein Grundvertrauen gegeben und deshalb habe sie Probleme mit Männern. Sie heiratet öfter mal den Falschen.

Er lacht. Ja, wir sind für immer und ewig an allem schuld, sagt er. Das haben sich unsere Kinder so ausgedacht. Sie tun mir leid. Sie kommen nicht voran mit ihrem Leben.

Bist du denn vorangekommen mit deinem Leben?, frage ich, und es klingt schärfer, als ich beabsichtigt habe. Wo soll man denn bitte hinkommen? Sag es mir!

Er sieht mich erschrocken an.

Ich bin doch auch nirgendwo hingekommen, rufe ich laut, nirgendwohin!

Er greift erneut nach meiner Hand, tätschelt sie beschwichtigend.

Mit dir wollte ich mal irgendwohin, füge ich leise hinzu.

Er seufzt, streichelt jetzt meine Hand, die wir beide betrachten wie einen fremden Gegenstand.

Du hast dich gut gehalten, dieses Wilde, das ist immer noch da, sagt er.

Quatsch, ich war nie wild. Ich hab bloß so getan. Du warst leicht zu beeindrucken.

Komm, sagt er, wir gehen raus, hier drin ist es so deprimierend.

Er gibt mir meine Krücken, führt mich in den betonierten Innenhof, in dessen Mitte ein Swimmingpool eingelassen ist. Mehrere alte Leute sitzen in Rollstühlen unter den Schirmen wie auf einem Parkplatz und dösen in der brütenden Mittagshitze.

Wenigstens scheint hier die Sonne, sagt Karl.

Ja, sage ich, wenigstens das.

Kommst du wieder?, fragt er. Er sieht zur Seite. Die Sonne spiegelt sich im Wasser und lässt sein Gesicht aufleuchten.

Ich weiß nicht, sage ich.

Er nickt.

Ich finde die Wundermurmel vom slowenischen Clown in meiner Tasche und drücke sie Karl in die Hand.

Was ist das?

Eine Wundermurmel.

Und sie kann Wunder vollbringen?

Wenn du sie nicht willst, gib sie wieder her, sage ich.

Nein, sagt er, auf gar keinen Fall.

Medusa

Apple

Als Georg mich betrog und ich fest vorhatte, mich umzubringen, überredete mich meine Freundin Susi, doch vorher noch zu ihr nach Ibiza zu kommen, wo sie und ihr Mann Ralf ein Haus gekauft hatten.

Dort blüht jetzt alles, schwärmte sie.

Das sagen alle immer, wenn sie von Ibiza reden. Ist mir egal, ob irgendwo irgendwas blüht, sagte ich.

Mensch, Apple, wie kannst du nur so negativ sein?

Ich bin nicht negativ, nur verzweifelt.

Es ist auch nicht wahr, dass alles blüht, erwiderte sie. Es ist Sommer, da blüht nix mehr.

Danke, dass du mir die Wahrheit sagst, das bin ich nicht mehr gewohnt.

Sie buchte mir einen Flug und schickte ein Taxi vorbei, dessen Fahrer so lange bei mir Sturm klingelte, bis ich ein paar Kleider in eine Reisetasche warf und die Wohnung verließ.

Georgs Aftershave steckte ich in die Manteltasche.

Ich weinte, und der Taxifahrer fragte: Von wem mussten Sie sich verabschieden? Ich antwortete: Von meiner Vorstellung einer glücklichen Ehe. Betroffen schwieg er und sagte bis zum Flughafen kein Wort mehr.

Ich war gar nicht mit Georg verheiratet. Er hatte mich nie gefragt.

Betäubt saß ich im Flugzeug und aß das pappige Sandwich. Ich hätte auch den Karton gegessen, in dem es kam, wenn man mich dazu aufgefordert hätte. Mir war alles egal. In meinem Inneren rannten die Gefühle wie Hamster im Rad und nahmen mich damit so sehr in Anspruch, dass ich nach außen vollkommen apathisch erschien.

Du bist im Schock, sagte Susi, als sie mich vom Flughafen abholte. Du wirkst wie nach einem schweren Unfall.

Sie war roggenbrotbraun, trug ein Sommerkleidchen und goldene Sandalen und sah aus wie eine Zwanzigjährige mit frühzeitig gealterter Haut. Ich legte meinen Kopf auf ihre dürre Schulter, und Susi führte mich vorsichtig, aber bestimmt davon, meine treue Krankenschwester. Sie erwartete von mir nichts anderes, sie nannte mich »Katastrophenqueen«, und manchmal hatte ich in unseren langen Telefonaten bereits das Gefühl gehabt, meine glücklichen Zeiten mit Georg erstaunten und langweilten sie ein bisschen. Mädchen in Bikinis und weißen Lackstiefeln kamen auf uns zugeschwirrt und wedelten mit Flyern für den Club Amnesia. Susi drückte die Mädchen resolut zur Seite, zog mich an der Hand wie ein Kind aus der Flughafenhalle, in die heiße Nachmittagssonne.

Die Erde war rot und die Olivenbäume grün, der Himmel blau und die Häuser weiß.

Eines von diesen Häusern war das Haus von Susi, und sie klapperte mit einem großen Schlüsselbund, bis sie den richtigen Schlüssel gefunden hatte, um aufzuschließen.

Die Rumänen klauen alles, was nicht niet- und nagelfest ist, sagte sie. Alles bekommt Beine, kaum siehst du einmal weg, ist das Haus leer.

Als sie meinen erstaunten Blick sah, fügte sie hinzu: Klingt vielleicht rassistisch, aber leider ist es wahr. Ich hab hier einiges gelernt.

Aha, sagte ich lahm.

Im Haus lag ihr Mann Ralf auf dem Sofa und hielt seinen Mittagsschlaf und war also nicht geklaut worden.

Er hob die Hand und winkte, dann drehte er sich auf die andere Seite und schlief weiter. Ich kannte ihn eigentlich nur schlafend.

Er erholt sich, sagte Susi, und das wirst du jetzt auch tun.

Sie gab mir Pfefferminztee und eiskalte Melone, deren Fleisch rot und fest war und mich an eine Wunde erinnerte. Sie erklärte mir das Haus, den Garten und den Pool, den Safe. Ein Traum, murmelte ich wieder und wieder, es ist ein Traum.

Ja, seufzte Susi, das ist es. Aber ein teurer. Das Haus in Almería, das ich doch schon gefunden hatte, wäre billiger gewesen. Mit Orangenbäumen im Garten! Aber Ralf war es dort zu popelig. Zu viele Rentner mit operierten Hüften und verhornten alten Füße in Sandalen, er wollte dort nicht hinziehen. Ich schon, sagte sie lächelnd, aber das spielt ja keine Rolle.

Sie führte mich zu einer Sonnenliege und befahl mir, mich hinzulegen. Du brauchst Ruhe, sagte sie streng.

Ich legte mich auf den Rücken. Über mir raschelten die Olivenzweige, die Zikaden zirpten so laut, dass es in meinen Ohren rauschte, als bekäme ich einen Hörsturz. Eidechsen saßen auf den heißen Steinen und starrten mich bösartig an, dunkellila Bougainvilleen reckten sich sehnsüchtig in den blauen Himmel. Warum hat Georg mich belogen? Betrogen?

Was bekam er nicht von mir? Wonach sehnte er sich? Die üblichen, langweiligen Fragen. Sie quälten mich wie Mückenstiche, die schlimmer und schlimmer jucken, je mehr man sie kratzt. War Georg nicht schon immer ein Lügner gewesen? Anfangs hatte er gesagt, er liebe die Sonne und das Meer, später weigerte er sich, mit mir in Badeurlaub zu fahren, weil er unter einer Sonnenallergie litt und nichts mehr verabscheute, als am Strand herumzuliegen.

Er erzählte mir, er habe vielfältige Drogenerfahrung, aber als wir dann von Freunden zum Kiffen eingeladen wurden, wusste er noch nicht mal, wie man einen Joint hält.

Seine Lieblingsfarbe sei Blau, behauptete er, aber als ich ihm zu Weihnachten einen blauen Pullover schenkte, zog er ihn nie an.

Er lobte mich für meine Kochkünste, und irgendwann hörte ich ihn am Telefon zu jemand sagen, ich sei sehr süß, aber kochen könne ich leider gar nicht.

Er beklagte sich, wir seien nicht besonders experimentierfreudig in unserem Liebesleben, aber als ich mehrmals vorsichtig vorschlug, dass wir uns Sexspielzeug zulegten, sagte er jedes Mal nein.

Apple, geh doch schwimmen, du schwitzt ja wie ein Schwein, sagte Susi und gab mir ein Handtuch.

Gehorsam zog ich mir meinen Bikini an und hasste mich, wie erwartet. Meine weiße Wampe hing über die Bikinihose, kein Wunder, dass Georg sich ansehnlicheres Fleisch gesucht hatte. Ob es jünger und strammer war, wusste ich gar nicht, nahm es aber stark an und fragte mich, was verletzender wäre: eine knackige Jüngere oder eine schon leicht ramponierte Frau in meinem Alter?

Ich stieg in den Pool. Ralf kam gähnend auf die Terrasse und sah mir dabei zu. Er kniff die Augen zusammen, als versuche er, sich an mich zu erinnern. Wir hatten nur selten miteinander gesprochen, denn vor seiner Operation hatte er meist aschfahl im Gesicht auf der Couch gelegen und gedöst. Jetzt war er braungebrannt und wirkte um Jahre jünger.

Der Pool verschlingt ein Vermögen, sagte er. Wasser ist hier so teuer wie Gold.

Entschuldigung, murmelte ich, hab ich Wasser überschwappen lassen?

Er lachte und fuhr sich durch die Haare, die auch dunkler und kräftiger wirkten als früher. Vielleicht färbte er sie.

Susi meint, dir ginge es nicht gut, sagte er.

Darauf antwortete ich nicht und blieb im Wasser, weil ich mich vor Ralf nicht im Bikini zeigen wollte.

Aber dir geht's jetzt wieder gut, sagte ich, das freut mich.

Ja, sagte er und machte eine Bewegung, als wedele er Zigarettenrauch weg. Die neue Niere funktioniert wie der Blitz.

Ich hätte ihn gern gefragt: Von wem hast du diese Niere, wem verdankst du dein neues Leben, wie fühlt es sich an? Und hast du dir geschworen, jetzt ein besserer Mensch zu sein? Aber da schwebte Susi in einem hellblauen Chiffonkleid aus dem Haus wie eine kleine Wolke.

Beeil dich, sagte sie, wir gehen jetzt zu Anita auf einen Drink.

Ich lief gebückt zur Liege, um meinen Bauch zu verbergen, hastete auf mein Zimmer, zog mir schwarze Hosen und ein schwarzes Hemd an, kämmte mir die nassen Haare und wusste, dass ich grauenvoll aussah.

Schlecht siehst du aus, Mädchen, sagte Ralf, als ich wieder herunterkam.

Danke, sagte ich, endlich sagt es mir mal jemand ins Gesicht.

Susi hat mir alles erzählt, das tut mir leid. Ich hatte keine Ahnung.

Susi blickte zu Boden und klimperte mit dem Schlüsselbund. Ich fragte mich, ob sie Ralf auch von allen meinen anderen Katastrophen erzählt hatte, um ihn zu erheitern. Ich sah sie neben ihm auf dem Sofa sitzen und sagen: Apple und die Männer, Teil siebenundzwanzig. Pass auf, dieses Mal geht es richtig schön schief. Ralf schlug die Augen auf und grinste erwartungsvoll: Schieß los.

Ich kann Ralf nichts verheimlichen, sagte Susi, ich hoffe, das ist okay.

Ist schon in Ordnung, sagte ich. Ist ja nur die Wahrheit.

So doof, nickte Ralf, wie kann man nur so doof sein. Mir war nicht klar, ob er meinte, Georg sei doof, sich von mir erwischen zu lassen, oder ob er Georgs Verhalten doof fand, oder mich, weil ich mich betrügen ließ.

Nimm deinen Bikini mit, sagte Susi. Zum Sonnenuntergang gehen wir immer im Meer schwimmen, und wie ich dich kenne, bist du eher textil.

Bin ich immer gewesen, sagte ich. Eher so der Textiltyp.

Siehst du, sagte sie, so gut kenne ich dich.

Ich holte meinen Bikini und hielt ihn während der Autofahrt in der Hand wie ein kleines nasses Tier.

Wir fuhren den langen Weg hinunter ins Dorf, die rote Erde staubte, und ab und an riefen Susi und Ralf Bauern auf den Feldern ein *»Hola!«* zu und erzählten mir, das sei Pepe, und das Marisol und das der alte Juan. Beide wirkten glücklich, dass sie die Einheimischen kannten, und diese auch zurückwinkten und freundlich lächelten. Ein Bauer stellte sich uns mit einer riesigen, obszön glänzenden Aubergine in den Händen in den Weg und gab erst Ruhe, als Susi die Aubergine auf den Schoß nahm und ihm versprach, sie noch heute Abend zu kochen.

Anita, so erklärten mir Ralf und Susi gewichtig, habe die allererste Hippiekneipe auf Ibiza gehabt und von hier aus habe alles angefangen.

Was alles?

Die Hippiebewegung.

Aber wie konnte die in einer Kneipe auf Ibiza anfangen?

Hier waren die ersten, sagte Ralf eine Spur ungeduldig, sie kamen hierher, weil die Häuser und das Leben billig waren.

Das waren noch Zeiten, sagte ich, nur um irgendetwas zu sagen.

Ja, rief Ralf, das kann man wohl sagen. Da hast du noch Häuser mit Meerblick für 'n Appel und ein Ei bekommen.

Wir hatten damals aber weder einen Appel noch ein Ei, wandte Susi ein, und beide kicherten blöd.

Apple, sagte Susi kopfschüttelnd, hat deine Hippiemutter jemals kapiert, was sie dir mit diesem Namen angetan hat?

Nein, sagte ich, aber sie meint, es sei doch für mich jetzt besser als früher, damals hätte niemand so geheißen und heute wisse immerhin jeder, wie mein Name buchstabiert wird.

Aber wer möchte schon heißen wie ein Computer?, fragte Ralf.

Ist ja gut, sagte Susi. Lass sie in Ruhe. Sie küsste ihn zärtlich auf die Wange. Ich sah ihr dabei zu und versuchte, mir Georg und mich vorn und Susi mit Liebeskummer auf dem Rücksitz vorzustellen, aber das klappte nicht. Die Rollen waren klar verteilt.

Warst du nicht als Kind mit deiner Mutter in Torremolinos und hast Schmuck am Strand verkauft?, fragte Susi, als sie mit Küssen fertig war.

Nein, log ich schnell, weil ich keine Lust hatte, über meine Mutter zu reden. Das musst du verwechseln.

Ich dachte, du hättest mir mal so was erzählt. Doch, ich erinnere mich, das hast du mir erzählt. Du hast mit deiner nackten Mutter in 'nem Zelt am Strand gewohnt …

Ralf drehte sich nach mir um. Das würde einiges über dich erklären, sagte er. Susi schlug ihm mit der flachen Hand auf den Hinterkopf. Guck auf die Straße, sagte sie, und werd nicht frech.

Ich beneidete die beiden. Und obwohl ich nicht von meiner Mutter geredet hatte, saß sie bereits neben mir auf dem Rücksitz, lachte fröhlich und sagte: Ich hab's deinem Georg gleich angesehen. Der lügt und betrügt.

Bei Anita hockten wir auf sehr unbequemen kleinen Stühlen auf der Straße in einer gefährlichen Kurve, und bei jedem Auto, das um die Ecke bog und mich fast umnietete, malte ich mir aus, wie mein Begräbnis aussehen würde. Ob Georg meine Leiche nach Deutschland überführen würde? Das war teuer, und unsinnig, denn mein Grab würde er wahrscheinlich sowieso nicht besuchen, also könnte er mich auch hier, auf Ibiza, begraben lassen. Würde ich einen Stein bekommen oder ein schlichtes Holzkreuz, oder käme ich in eine dieser spanischen Schubladen mit Plastikblumen wie vom Schießstand am Frühlingsfest? Würde er für mich in dieser weißen Kirche vor meinen Augen eine Messe lesen lassen, weil ich ja immerhin noch Kirchenmitglied war und brav meine Kirchensteuer bezahlte?

Immer wieder hat er mich deswegen gestichelt, mich einen religiösen Trottel genannt. Mit vierzehn, als ich bei einer anderen Familie lebte, weil meine Mutter sich in einen Kerl in Holland verknallt hatte, hatte ich mich taufen und firmen lassen, weil ich irgendwo dazugehören wollte. Ich liebte die verlässlichen Rituale der Kirche und die immer gleichen Geschichten. Eine Zeitlang ging ich damals jeden Tag, betete inbrünstig und erhoffte mir Visionen wie die heilige Katharina, die mein heimliches Vorbild war. Ich spielte mit dem Gedanken, Nonne zu werden, damit meine Mutter mich nur noch zweimal im Jahr durchs Fensterchen in der Klostermauer sehen dürfte. Als sich allerdings trotz heftigen Betens, Fastens und sogar Kasteiens mit Reißzwecken, die ich mir ins Fleisch bohrte, keine Visionen einstellten, fiel ich mehr und mehr vom Glauben ab. Bis heute habe ich es jedoch nicht übers Herz gebracht, aus der Kirche auszutreten, obwohl ich viel Geld sparen würde.

Auf einer Reise nach Italien habe ich Georg dazu bringen wollen, wenigstens einzugestehen, dass der Katholizismus grandiose Kunst hervorgebracht hat. Er machte die dämliche Rechnung auf, wie viele Menschenleben die katholische Kirche auf dem Gewissen habe, und da verzichte er gern auf alle Kunstschätze Italiens inklusive der Sixtinischen Kapelle.

Ich nicht, sagte ich leise.

Mein bigottes Tantchen du, sagte er und knabberte an meinem rechten Ohr. Immer am rechten, weil er es überwältigend schön und formvollendet fand.

Mein rechtes Ohr vermisste ihn jetzt gerade, und ich konnte mich den Bruchteil einer Sekunde lang nicht erinnern, warum ich ihn nicht einfach anrief und nach Hause fuhr.

Wir trinken hier immer ein kleines Bier und essen ein paar Oliven, sagte Ralf.

Er isst und trinkt jetzt den ganzen Tag, weil er so lange nicht durfte, erklärte Susi.

Ich nickte stumm. Susi erschien mir Ralf komplett ergeben, fast devot, als könne sie immer noch nicht fassen, dass Ralf überlebt hatte.

Schöne Menschen stiegen aus staubigen Jeeps und strömten in das Restaurant. Ich hörte Deutsch, Italienisch, Französisch, die Frauen trugen balinesische Sarongs und bauchfreie Oberteile, die Männer dunkelblaue Leinenhemden und Khakihosen, genau wie Ralf. Lässig hob er die Hand, grüßte und wurde zurückgegrüßt, murmelte: Das ist der Drummer von Uriah Heep, das ist der Produzent von Peter Maffay, und das der Toningenieur von John Mayall. Sie alle hatten lange graue Haare, die verdächtig nach Extensions aussahen, das fiel mir noch auf, da rief Susi fröhlich: Und weiter geht's!, und sprang auf. Ich trank mein Bier in einem Zug aus und fühlte mich schlagartig betrunken.

Wir fuhren an den Strand. Mir war schlecht vor Kummer und Verwirrung. Auf dem Rücksitz überlegte ich, wie ich mich elegant aus dem Seitenfenster beugen könnte, um mich zu übergeben, oder was Ralf dazu sagen würde, wenn ich in seinen Nacken spuckte.

Am Strand eilte Susi in eine kleine Strandbar und gab über die Theke hinweg dem verwitterten Barkeeper einen Kuss, während Ralf und ich stumm auf sie warteten. Von allen Seiten wurde Susi von coolen, hübschen, selbstsicheren Menschen begrüßt, sie deutete ein ums andere Mal auf mich, ein vertrautes Gefühl aus der Pubertät stellte sich ein: die Uncoole, die Andere, die da hinten zu sein. Meine Schritte auf dem Holzboden wurden lauter, mein Schatten größer und dicker, als hätte ich einen gigantischen Körper. Ich fühlte mich riesenhaft und ungelenk, roch meinen eigenen Schweiß, und mein ganzes Wesen versuchte, sich für meine Existenz zu entschuldigen.

Vámonos, rief Susi aufgekratzt und lief an den Strand hinunter, seufzend folgte ich ihr. Ralf zog sich im Handumdrehen splitterfasernackt aus und sah mich auffordernd an. Ich betrachtete neugierig seine rote Narbe, die sich sichelförmig vom Bauchnabel nach unten zog.

Er bemerkte meinen Blick und sagte: Früher hat man vom Rücken aus operiert. Heute ist das alles Routine. Alte Niere raus, neue rein und tschüss. Nach sechs Stunden war ich wieder raus aus dem OP. Am nächsten Tag bin ich schon den Krankenhausflur auf und ab spaziert. Nicht zu fassen. Man kapiert's nicht wirklich. Plötzlich darf man wieder leben, als hätte jemand mit dem Zauberstab gefuchtelt. Ziehst du dich heute noch aus?

Ich setzte mich daraufhin in den Sand und sah nun seine Genitalien von unten. Seine Schamhaare waren ein wenig schütter, aber sein Penis erstaunlich lang und jugendlich. Er trat keinen Schritt zurück, sondern überließ ihn stolz meiner Betrachtung, bis Susi kam und sich ebenfalls entkleidete.

Sie trug ihre Schamhaare rasiert, wie es gerade Mode war. Fast jede nackte Frau an diesem Strand hatte die gleiche Schamhaarfrisur, was den meisten nicht stand, denn es ließ ihre Unterbäuche faltig aussehen und zeigte unvorteilhaft ihre schlappen Schamlippen. Keine schien sich dessen bewusst zu sein, oder aber sie fanden es selbst sexy, oder befreit. Ich hatte keine Ahnung. Ich wollte meine Freundin nicht so sehen.

Sag ich doch, du bist eine Textile, sagte Susi von oben zu mir, und trotzig zog ich mir jetzt noch nicht einmal den Bikini an, sondern nur die Hose aus, und blieb in meinem schwarzen Hemd im Sand sitzen wie eine alte Spanierin.

Susi und Ralf nahmen sich an den Händen und sprangen über die Wellen. Ich sah Georg und die Frau, mit der er mich betrog, durchs Wasser hüpfen, und beide wirkten von hinten schlank und knackig. Von vorn wahrscheinlich auch. Georg hatte vor Monaten eine Diät begonnen und fast zehn Kilo abgenommen. Das hätte mich stutzig machen sollen, stattdessen freute ich mich über seine neu erwachte Eitelkeit und fragte mich kein einziges Mal, wem sie eigentlich galt. Es war mir peinlich, dass nichts an seinem Betrug originell war.

Zwei junge Männer bauten sich vor der Brandung auf und spielten im T- Shirt, aber ohne Unterhosen Beachball. Warum? War es ihnen so angenehmer? Ich verstand ihr Verhalten nicht. Ich verstand nichts mehr. War es ein Fehler gewesen, wegzufahren? War ich geflohen und hätte eigentlich standhalten sollen, wie ein guter Samurai? Mein Gehirn produzierte in erstaunlicher Geschwindigkeit den immer gleichen Gedankensturm, der mich jedes Mal aufs Neue folterte.

Die anderen Menschen, einschließlich der beiden halbnackten Ballspieler vor mir, schienen ihre Gedanken und Gefühle im Griff zu haben, als kennten sie alle einen Trick, nur ich nicht.

Der Sturm wurde zu mächtig für meinen Brustkorb und bahnte sich heulend einen Weg ins Freie. Ich lief in meinem schwarzen Hemd ins Meer. Das Wasser war warm und mild, so wie ich mir Fruchtwasser vorstelle. Die Tränen, die mir über das Gesicht liefen, ließen sich nicht mehr vom Meerwasser unterscheiden, und auch ich selbst verschmolz mit den wogenden Fluten. Seegras wiegte sich in der Tiefe wie zu Musik. *Der kleine Wassermann* fiel mir ein, ein Kinderbuch, das ich öfter gelesen hatte als jedes andere. Er lebte glücklich unter Wasser, seine Schwester wollte ich als Kind so gern sein, Schwimmhäute zwischen Fingern und Zehen bekommen und lange, seetanggrüne Haare wie er. Ich tauchte und durchquerte türkisblaue, warme Stellen und eiskalte, rabenschwarze Löcher. Bis Mallorca wollte ich schwimmen, oder besser noch: gleich bis Barcelona, wo ich rank und schlank und guten Mutes an Land gehen würde, als neuer Mensch, befreit von meiner ganzen bescheuerten Vergangenheit.

Stattdessen berührten mich am Unterschenkel die fahlen Finger eines Gespenstes, so kam es mir vor, und kurz darauf brannte mein linkes Bein wie Feuer. Wie konnte etwas unter Wasser brennen? Ich heulte jetzt nicht mehr, sondern schrie wie am Spieß, aber da ich so weit hinausgeschwommen war, hörte mich niemand. Ich fühlte mein Bein kaum noch und paddelte unbeholfen und panisch umher, schluckte Wasser und kriegte es in die Augen. Leg dich auf den Rücken, befahl ich mir mit der Stimme meiner Mutter, leg dich auf den Rücken!

Ich gehorchte ihr, wie ich ihr immer gehorcht habe, und tatsächlich beruhigte ich mich ein wenig, auch wenn mein Bein nicht aufhörte zu brennen. Unendlich langsam paddelte ich zurück zum Strand. Susi stand im flachen Wasser und stützte die Arme in ihre nackten Hüften.

Wo bleibst du denn?, herrschte sie mich an.

Qualle, stammelte ich, Feuerqualle.

Sie legten mich auf ein Handtuch und versammelten sich um mich wie um ein interessantes Fundstück. Ich sah jetzt sehr viele nackte Genitalien von unten. Ein kahler Spanier mit goldenen Ohrringen rief nach einer Kreditkarte, und jemand reichte ihm eine schwarze American-Express-Karte, mit der er über mein Bein schabte.

Medusas, sagte er.

Quallen. Sie heißen auf Spanisch *medusas,* sagte Susi zu mir wie in einem Volkshochschulkurs.

Es entstand eine kleine Diskussion zwischen dem Spanier und den anderen Männern, Ralf wandte sich kopfschüttelnd ab.

Mensch, Ralf, sagte Susi lachend. Jetzt stell dich nicht so an. Diesen kleinen Freundschaftsdienst könntest du echt leisten!

Mach du doch, sagte er und ging ein paar Schritte weg.

Susi sah den Spanier an, der daraufhin achselzuckend seinen Penis griff, wie ein Feuerwehrmann auf mein Bein richtete, und einen dicken Strahl auf die verbrannte Stelle pinkelte. Ich schrie vor Schmerzen, und alle lachten. Der Spanier schüttelte ab.

Gracias, sagte ich artig.

De nada. Er grinste und entfernte sich dann mit allen anderen außer Susi. Sie tätschelte mir die Schulter.

Wir holen uns jetzt einen Drink, sagte sie, magst du auch was?

Mit zusammengebissenen Zähnen schüttelte ich den Kopf. Der Schmerz war nicht kleiner geworden. Mein Bein stand weiterhin in Flammen.

Geht nur, sagte ich.

Ich blieb auf dem Handtuch zurück und fühlte mich jetzt wie eine alte Qualle am Ostseestrand, über die sich ein paar Kinder gebeugt, in der sie rumgestochert hatten, und die jetzt langweilig geworden war. Selbstmitleid überflutete mich. Ich hangelte nach meinem Telefon und fand natürlich keine Nachricht von Georg. Reflexartig rief ich meine Mutter in Torremolinos an, wohin ich sie geschickt hatte, damit ich mal eine Pause von ihr bekam. Ich rief an, obwohl sie mich eigentlich nie tröstete, sondern mir meist das Gefühl gab, komplett versagt zu haben. Aber sie ging nicht ans Telefon. Ich googelte Medusa und lernte, dass sie eine schöne Frau gewesen war, bevor Pallas Athene sie in ihrem Tempel mit Poseidon erwischte und sie in ein geflügeltes Ungeheuer mit Schlangenhaaren, Vampirzähnen, glühenden Augen und heraushängender Zunge verwandelte, bei dessen Anblick jeder zu Stein wurde. Ich fand diesen Aufzug ziemlich cool, und an Athenes Stelle hätte ich mich selbst so verwandelt und Georg dafür in einen Findling. Aber da ich keine griechische Göttin, sondern ein deutsches Weichei war, zuckten mir stattdessen die Finger, und fast hätte ich Georg angerufen und ihn um Verzeihung dafür gebeten, dass ich ihm nicht mehr gefiel.

Susi und Ralf winkten mir aus der Strandbar, aus der jetzt Musik in Fetzen herüberschallte. Ich erkannte *Brown Sugar* von den Stones, bei dem Song musste ich immer an braunen Rohrzucker denken und nicht an Heroin.

Das Meer färbte sich silbergrau, und die Sonne wollte unbedingt kitschig aussehen. Ein kühler Wind kam auf, widerstrebend zogen sich die letzten Nackten an. Ein blasser junger Mann von etwa fünfundzwanzig in einer roten Badehose, mit Brille und beginnender Glatze, stolperte über mein Handtuch.

Eine Frau um die fünfzig in einem indischen Wallekleid ging an seiner Seite und entschuldigte sich auf Spanisch bei mir. Erst jetzt fiel mir auf, dass der junge Mann einen kleinen Kescher, ein rotes Sandeimerchen und eine gelbe Schaufel trug.

Er ließ sich auf die Knie fallen und begann, konzentriert mit der Schaufel im Sand zu buddeln. Die Frau im Wallekleid küsste ihn auf den Scheitel, stellte sich neben ihn und sah mit untergeschlagenen Armen aufs Meer.

Der Spanier, der auf mein Bein gepinkelt hatte, kam, immer noch nackt, mit zwei orangefarbenen Drinks in der Hand zu ihr. Er gab ihr einen Drink und legte den Arm um ihre Schultern, während der junge Mann zu ihren Füßen im

Sand spielte wie ein kleines Kind. Ich schämte mich und nahm mir vor, nicht länger wehleidig zu sein.

Als ich jedoch wieder mit Ralf und Susi im Auto saß, dachte ich an Autofahrten mit Georg, an seine Hand auf der Gangschaltung und auf meinem Oberschenkel, und an seine Hand auf dem Schenkel einer anderen.

Das Schmerzliche daran war nicht so sehr die andere als meine Schwäche und Austauschbarkeit. Ich wäre gern eine wütende Athene gewesen, aber mir fehlten die Kraft und der Mut. Ich war nur eine spießige kleine Urschel, die noch nicht einmal ein einziges Sexspielzeug besaß.

Ralf und Susi führten mich in ein Restaurant, das inselweit bekannt sei. Was ja nicht so schwierig war, gemessen an der Größe der Insel.

Susi küsste die Kellnerin auf die Wangen und bestellte für uns alle, ohne uns zu fragen.

Tja, sagte Ralf. So ist sie eben. Sie weiß, was für uns gut ist.

Apple isst kein Fleisch, und du isst nur Fleisch, seit du wieder darfst, sagte Susi. Ist doch ganz einfach. Und ich habe keine Regeln und esse alles.

Ja, lächelte Ralf, du hast keine Regeln, das ist leider wahr. Er wandte sich an mich. Brennt's noch?

Ich nickte knapp, um nicht zimperlich zu erscheinen, aber Susi sah mich an wie einen elenden Hypochonder.

Es fehlen die Thunfische, die die Quallen fressen, das ist das Problem, sagte Ralf.

Die Thunfische haben wir gefressen, sagte Susi.

Hast du auch Tomatensalat bestellt?, fragte Ralf.

Claro. Susi legte ihre Hand auf seine. Ich kann in Deutschland überhaupt keine Tomaten mehr essen, die schmecken so nichtssagend.

Wie das ganze Land, ergänzte Ralf.

Ja, ja, sagte ich und beschloss, frech zu werden, aber kommen unsere Tomaten nicht auch aus Spanien?

Ja, aber die sind vollgepumpt mit Dünger. Die würde ein Spanier nicht anrühren. Auch diese Dreierpackung Paprika rot-grün-gelb gibt es nur für den Export, für die deutschen Deppen.

Danke, sagte ich.

Das Leben ist hier einfach sinnlicher, sagte Susi, nahm Ralfs Hand und biss spielerisch hinein.

Auf Ibiza wird man zum Tier, sagte Ralf, und Susi kicherte wie ein junges Mädchen. Sie trug ein tief ausgeschnittenes, feuerrotes Kleid, das dritte an diesem Tag. Ihre Brüste könnten einen BH vertragen, dachte ich. Ich aß den Tiegel mit dem Alioli fast allein auf, und Susi und Ralf sahen mir dabei zu. Sie achteten auf ihre Figur. Ich brauchte meine nicht mehr. Wir schwiegen so lange, bis uns allen gleichzeitig auffiel, dass wir uns nichts zu sagen hatten.

Kleine Preisfrage, fragte Ralf, welches ist eurer Meinung nach das größte Wunder? Das allergrößte Wunder der Welt?

Susi stöhnte. Bitte nicht.

Kommt schon, sagte Ralf, strengt euch an.

Schnee, sagte Susi.

Falsch.

Ein Parkplatz in Schwabing, sagte ich.

Deine Welt ist ziemlich klein, lachte er. Los, überlegt mal.

Ein Regenbogen, bot Susi an.

Dass man von den Geschirrspültabs nicht mehr die Plastikhülle abpulen muss, sagte ich.

Jetzt gib uns schon die Antwort, du Besserwisser, sagte Susi.

Ralf holte Luft. Das größte Wunder ist, dass wir wissen, dass wir sterben werden, und trotzdem jeden Tag wieder so tun, als gälte das nicht für uns.

Danke, sagte Susi trocken, ich tue im Moment gern so, als gälte es nicht für dich. Und du könntest auch mal kurz aufhören, ständig über den Tod nachzudenken.

Mach ich gar nicht. Im Gegenteil, ich wollte nur die Stimmung ein bisschen aufheitern, sagte Ralf.

Erschrocken hielt ich inne. Verderbe ich euch die Stimmung?

Sei nicht blöd, sagte Susi, aber Ralf schien nicken zu wollen.

Das war jetzt wirklich nicht lustig, sagte Susi zu Ralf.

Soll ich einen Witz erzählen?, fragte Ralf. Susi stöhnte.

Ich hatte das deutliche Gefühl, dass es an mir war, etwas für die Stimmung zu tun, aber mir fiel einfach nichts ein.

Ich bin ein Trauerkloß, sagte ich. Tut mir leid.

Ralf seufzte. Susi bemühte sich, mitfühlend dreinzuschauen. So eine Scheiße, sagte sie milde. Beide betrachteten mich wie hilflose Eltern.

Aber wie der Typ auf mein Bein gepinkelt hat, das war lustig, sagte ich, und zum Glück lachten beide, und ich lachte mit.

In der Nacht brannte mein Bein weiterhin wie Feuer. Ich wälzte mich aus meinem schweißgetränkten Bett, ging hinauf aufs Dach und legte mich auf die warmen Ziegel.

In den Sternen über mir konnte ich nur den Großen und den Kleinen Wagen ausmachen und den Gürtel des Orion. Mehr Sternbilder kannte ich nicht.

Jemand kam auf nackten Füßen die Treppe herauf. Susi legte sich neben mich.

Schläfst du?, flüsterte sie.

Nein, flüsterte ich zurück.

Fährst du mit mir nach Ibiza-Stadt?

Aber es ist schon zwei Uhr in der Nacht.

Sie lachte leise. Da fängt es doch hier erst an, sagte sie und nahm meine Hand. Komm schon. Sei nicht so langweilig.

Ich bin gern langweilig.

Ich will dir was zeigen.

Was willst du mir denn zeigen?

Wart's ab, sagte sie.

Und kommt Ralf nicht mit?

Darauf antwortete sie nicht.

Sie zog mich an der Hand durch die überfüllten Straßen der Altstadt. Horden von Mädchen in abgeschnittenen Shorts und Miniröcken mit mehr oder weniger gut geformten, braungebrannten Beinen staksten auf Stöckelschuhen umher, junge, schwitzende Männer in T-Shirts und Shorts standen herum und rauchten nervös, ein Summen lag in der Luft wie in einem Bienenstock. Diskotickets wurden von schmierigen Aufreißern gehandelt wie Drogen. Die Frauen rangen theatralisch die Hände und schmachteten sie aus zu dick geschminkten Augen an, legten die frisierten Köpfe schief und bettelten um Einlass. Angegraute Ehepaare sahen von den Cafés aus misstrauisch dem Treiben zu. Wegen der Hitze schlief anscheinend niemand auf dieser Insel.

Susi führte mich immer weiter hinein in das Gedränge. Asiatinnen standen vor den Clubs und wedelten mit Getränkegutscheinen, die sie jedem in die Hand drückten außer mir. Ich fühlte mich abgewiesen und seltsam verletzt. Eine Gasse weiter gab es kaum noch Frauen, dafür begegnete uns eine alte Tunte in einer kurzen Kellnerinnenuniform mit weißgestärkter Schürze und Häubchen auf dem blondgefärbten Haar. Weißer Puder hatte sich tief in die Falten ihres Gesichts gegraben, der Mund war grell pink überschminkt, und an ihren Augenlidern klebten falsche Wimpern. Sie schwitzte in ihrem Kostüm und wedelte sich mit einem Fächer Luft zu.

Nur widerwillig machte sie Platz, um uns passieren zu lassen.

Hallo Harry, sagte Susi, und die Tunte nickte gnädig. Susi zog mich in einen Hauseingang und legte den Finger an die Lippen. Ich war müde, mein Bein brannte.

Susi, was machen wir hier?

Pscht, machte sie und spähte aus dem Hauseingang auf die enge Straße. Männliche Liebespaare aller Nationalitäten und jeden Alters promenierten an uns vorbei. Wir warteten lange, und ich hatte keine Ahnung, warum oder auf was. Susi steckte sich eine Zigarette an. Wir standen im Dunkeln, und ich hatte immer mehr das Gefühl zu verschwinden. Das war zunehmend angenehm, und als mich Susi mit einem Mal am Arm packte, fühlte ich mich gestört. Sie zog mich tiefer in den finsteren Hauseingang und deutete gleichzeitig hinaus. Ich erkannte ihn nicht gleich. Er hatte den Arm um die Schultern eines jungen schwarzhaarigen Mannes gelegt und presste seinen Mund auf dessen Lippen. Der junge Mann trug Hosenträger über seinem nackten, glänzenden Oberkörper. Ralf ging vorbei, ohne uns zu entdecken.

Susi schnipste ihre Zigarette in die Ecke.

Das wolltest du mir zeigen?, fragte ich.

Am Ende verlierst du, sagte sie leise, ganz gleich, wie. Sie trat aus dem Hauseingang zurück auf die Straße. Du bemitleidest dich ein bisschen zu sehr.

Ich war beleidigt, wollte aber dennoch wissen, wie sie damit zurechtkam.

Wer sagt, dass ich das tue? Sie lachte laut mit offenem Mund, als wolle sie etwas ausspucken, das ihr in der Kehle festsaß. Jahrelang habe ich Angst gehabt, dass ich ihn verliere, weil er keine Niere mehr bekommt, und ich allein zurückbleibe. Und jetzt lebt er mit seiner neuen Niere ein ganz neues Leben, und ich bin auf andere Art allein.

Ganz plötzlich ist er schwul?, fragte ich ungläubig.

Anfangs wollte er es nur ausprobieren, aus purer neuer Lebenslust, und war erstaunt, wie gut es ihm gefiel. Jetzt glaubt er, er sei eigentlich schon immer schwul gewesen und habe sich bloß nie getraut.

Du hast ihn nicht verloren, stellte ich kühl fest, ihr lebt immerhin noch zusammen.

Darauf antwortete sie nicht mehr. Stumm gingen wir zurück zum Auto. Anstatt jedoch nach Hause zu fahren, hielt Susi vor dem Pacha, Diskothek der ersten Stunde. Ohne mit der Wimper zu zucken, zahlte sie 80 Euro Eintritt und sah mich auffordernd an.

Susi, begann ich, mein Bein tut weh, ich bin müde.

Papperlapapp, sagte sie, wir haben beide was zu vergessen.

Ich wollte ihr diese Gelegenheit nicht verderben.

Heute ist Hippienacht, sagte sie grinsend.

Oh Gott, stöhnte ich, das pack ich nicht.

Rosa und blaues Licht umzuckte uns. Eine schweißnasse Menge mit Afroperücken und bunten runden Sonnenbrillen wogte zur Musik von Pink Floyd, Jefferson Airplane und den Doors, auf kleinen Emporen bogen sich fast nackte junge Frauen und Männer mit bemalten Körpern als Vortänzer. Uralte Hippies mit Lederbändern im schütteren Haar und tief zerfurchten Gesichtern zogen wie Lemuren an mir vorbei.

Mit untergeschlagenen Armen lehnte ich mich an eine Säule und sah Susi zu, die sich auf die Tanzfläche stürzte wie von einem Sprungbrett. Bald hatte ich sie aus den Augen verloren. Stroboskopblitze peitschten durch den Raum, die Masse verschwamm zu einem amorphen tausendarmigen und tausendfüßigen Wesen, das keuchend daran arbeitete, ans Ziel zu kommen, alles zu vergessen, die Vergangenheit und die Zukunft. Ich saß auf der Decke meiner Mutter und bewachte ihren Schmuck, während sie mit dem Bankangestellten hinter den Felsen ging. Sie war die Schönste von allen, ihre langen, sonnengebleichten Haare kringelten sich über ihrem braungebrannten Busen, ihr vorn geknoteter Sarong sprang bei der kleinsten Bewegung auf und ließ jeden ihre Scham sehen. Ihre Augen leuchteten grün wie der Frühling in Deutschland, und ihr Lachen becircte alle, selbst mich. Ich liebte sie abgöttisch und verfluchte sie.

Ein junger Mann, halb so alt wie ich, zupfte mich am Ärmel. Er trug eine Afroperücke und ein lila glänzendes Hemd wie beim Fasching.

Báilas?, schrie er, und als ich ihn nicht verstand, rief er es noch ein Mal. *Báilas?* Tanzt du?

Sí, schrie ich endlich, setzte mein Medusenhaupt auf, Schlangen züngelten um meine Stirn, meine Augen begannen zu glühen, ich streckte die Zunge heraus. Der junge Spanier wurde nicht zu Stein, er lachte und nahm meine Hand.

Das Wunder

Ingrid

Ingrid liegt am Strand und träumt. Apple steht am Bügelbrett und bügelt ihre Bluse, drohend blickt sie auf Ingrid herab, dabei ist sie noch ganz klein, sie hat noch ihr Kindergesicht, sie schimpft, tobt und schreit, ihr Mund öffnet und schließt sich, Ingrid bemüht sich zu verstehen, was sie sagt. Warum nur ist Apple so böse? Ingrid fängt an zu weinen, es zieht ihr die Kehle zusammen, sie schluchzt, verschluckt sich, wacht auf, weiß nicht, wo sie ist. Stockdunkel ist es um sie herum, rabenschwarze Nacht, kein Mond.

Langsam kann sie die Umrisse des Felsens ausmachen, erkennt den Strand, beruhigt sich.

Jeden Tag zieht es Ingrid zu diesem Felsen, weil er das Einzige ist, was sich nicht verändert hat. An ihren Krücken humpelt sie aus dem Hotel, nachdem sie Helmut, den Krankenpfleger aus Berlin, abgeschüttelt hat, der sich an ihre Fersen heftet wie ein Hündchen. Nein, sagt sie, danke schön, ich komme zurecht, ich muss allein sein, ein bisschen denken.

Denken, sagt Helmut und sieht sie besorgt an. Det bringt in den meisten Fällen jar nischt.

Manchmal steht sie bis zu einer Stunde an der Bushaltestelle in der Hitze und brät wie ein Ei in der Pfanne. Zusammen mit spanischen Hausfrauen, Kindermädchen,

Altenpflegerinnen aus Südamerika und tätowierten jungen Touristinnen aus Schweden sitzt sie im glühenden Bus, bis sie dann endlich am Meer ist.

Ihre Hüfte schmerzt, sie darf nicht so viel laufen. Apple würde mit ihr schimpfen, sie stellt sich vor, Ingrid sitzt zwei Wochen lang am Pool, treibt ein bisschen Wassergymnastik, trinkt bunte Cocktails, isst Salat und Fisch und kommt erholt und als kleinere Bürde zurück. Stattdessen werden die Schmerzen von Tag zu Tag schlimmer, weil sie alles falsch macht. Nicht in diesem Hotel vergammeln will. Rauswill. An den Strand, zu ihrem Felsen. Jede Bewegung im Sand ist mühsam. Flipflops geben wenig Halt. Wie eine Schnecke kriecht sie über den Holzsteg voran zur ersten Reihe der Strandliegen. Den Vermieter kennt sie schon, Paco aus Peru, sechs Euro am Tag für Liege und Schirm, ein Vermögen.

Mama, würde Apple streng sagen, am Pool im Hotel ist alles umsonst, wofür hab ich dir eine Pauschalreise geschenkt.

Buenos días, señora, ruft Paco. Er trägt eine verschlissene Badehose und stellt sich breitbeinig vor ihre Liege. Sie versucht wie jeden Tag, einen Sondertarif mit ihm auszuhandeln, es ist zwecklos, aber Paco lacht und bringt sie damit zum Lachen. Sie sehnt sich danach zu lachen. Wer hätte gedacht, dass es das ist, was sie im Alter am meisten vermissen würde? Sie ist alt, aber nicht richtig alt, denkt sie. Richtig alt kommt erst noch. Richtig alt fängt mit fünfundsiebzig an. Dagegen ist sie fast noch jung: gerade sechsundsechzig. Ruth Sixtysix nennt sie sich in Gedanken. Ruth ist ihr zweiter Vorname, Route 66 der legendäre Highway quer durch die USA, von Jack Kerouac beschrieben, von Bob Dylan besungen. Kennt auch keine Sau mehr.

Das Meer liegt gleichgültig vor ihr, hinter ihr der brutale Beton von Torremolinos, an den sie sich nicht gewöhnen kann.

Ingrid schließt die Augen, genießt das Orangerot hinter den geschlossenen Lidern. Apple steht am Bügelbrett, das ihr bis zur Brust reicht, und bügelt mit religiöser Hingabe ihre Blusen. Dafür stellt sie den Wecker eine Stunde früher. Sie geht mit gebügelter Bluse in die Schule. Mit fünf Jahren hat Apple sich als Putzfrau verkleidet und den Boden gewischt, mit zehn Jahren sich ein Bügeleisen gewünscht. Es gab in Ingrids Garderobe kein einziges Kleidungsstück, das jemals gebügelt worden wäre. Auch die Bettlaken nicht. Ingrid wäre gar nicht auf die Idee gekommen. Dabei ist sie so aufgewachsen. Zu Hause waren Bettwäsche und Handtücher immer gebügelt, und die Hemden wurden in Wäschestärke getaucht. Als Kind trug Ingrid jeden Tag ein frisch gestärktes, weißes Krägelchen unter dem Pullover.

Apple fühlt tiefe Befriedigung in ihrer frisch gebügelten Bluse. Apple bügelt auch ihre Bettlaken. Nur ihre. Ihr Zimmer sieht aus wie geschleckt. Keine Spur von Teenagerchaos. So sieht es in meinem Kopf aus, scheint sie damit jeden Tag wieder zu Ingrid zu sagen, und in deinem?

Ingrids Hals schmerzt noch vom Weinen. Seltsam, wie groß der Schmerz im Traum sein kann. Und wieso träumt sie, dass Apple sie anschreit? Hat sie nie getan. Kein einziges Mal.

Sie sieht sich in der Dunkelheit um, ganz allein liegt sie auf der Strandliege, alle anderen sind aufeinandergestapelt, die Sonnenschirme zusammengeklappt. Sie hat keine Ahnung, wie spät es ist, schwach flackern die Lichter vom Ort hinter ihr. Sie rappelt sich auf, fürchtet sich vor dem Augenblick, wo sie ihre Beine anwinkeln muss, um aufzustehen, nur einen kleinen Moment noch will sie so sitzen bleiben. Sie schaut aufs Meer, sieht den weißen Schaum der Brandung, die ölig schwarze Oberfläche des Wassers, und dann ein Boot, das schnell näher kommt. Menschen springen heraus, einer nach dem anderen. Sie taumeln, manche stürzen, paddeln die letzten Meter durchs Wasser, ihre Körper wie glänzende Delphine, es ist nichts zu hören, die Brandung überdeckt jedes Geräusch, sie kriechen an Land, laufen, ihre Schatten lösen sich in der Nacht auf. Ingrid ist sich nicht sicher, ob sie überhaupt sieht, was sie sieht, da sind schon alle verschwunden. Nur das Boot liegt noch da und schwankt auf den sanften Wellen wie auf den Ausläufern eines Traums.

Nachrichtenschnipsel flattern durch Ingrids schläfriges Gehirn, Fotos von afrikanischen Flüchtlingen, die Invasion Europas, das Boot ist voll, welches Boot eigentlich, wenn doch die anderen im Boot sitzen? Sie hat Afrikaner am Strand gesehen, junge Männer, alte Männer, beladen mit Sonnenbrillen, Uhren, Tüchern und illegalen CDs. Einem hat sie ein Tuch abgekauft, obwohl sie selbst knapp bei Kasse ist, denn Apple hat ihr nur ein kleines Taschengeld zugesteckt. Wie hat es der Reiseleiter bei ihrer Ankunft verkündet: Ihr Portemonnaie wird in Ihrer Tasche bittere Tränen weinen, weil Sie es die ganze Zeit, die Sie bei uns sind, kein einziges Mal anschauen werden.

Ingrid hat ihr Portemonnaie geöffnet und zehn Euro für ein Tuch aus schlechter Baumwolle bezahlt, weil sie gelesen hat, dass die Männer in Afrika große Familien unterstützen, die auf sie zählen, sie unter Druck setzen, sie unter Lebensgefahren durch die Wüste und über das Meer schicken, damit sie ihnen das Überleben, Schulbesuche und Flachbildschirme ermöglichen. Gleichzeitig möchte Ingrid damit ein wenig von den Schulden abbezahlen, die sie an diesen Ort hat.

Schamanisches Denken nennt sie das, und meint damit ihre irrationale Art, das eine zu tun, um das andere zu bekommen. Funktioniert. Als Kind hat es Apple eingeleuchtet. Wenn kein Kunde für ihren Schmuck kam, der Kühlschrank leer war, der Vermieter böse vor der Tür stand und die Miete einforderte, Liebhaber sie verließen, sie selbst oder Apple krank waren, ihr alter VW Golf nicht ansprang, dann musste man dem Wunder die Hand ausstrecken. Entweder eines bewirken, ein klitzekleines nur, etwa eine fremde Katze füttern, einem Unbekannten einen schönen Morgen wünschen, eine Blume verschenken, oder ein kleines Wunder finden: einen Löwenzahn am Straßenrand, ein hübsches Muster im verschütteten Hustensaft oder in den Regentropfen auf der Windschutzscheibe, Vogelspuren im Schnee, tanzenden Staub in der Luft. Dann wurde man garantiert schneller gesund, das Auto sprang wieder an, es tauchte noch eine Tüte Spaghetti in der hintersten Ecke der Speisekammer auf. Ein Gedicht über Wunder gab es dazu, das sie Apple beigebracht hatte, das murmelte man wie ein Gebet oder ein Mantra, ein wunderbares Gedicht, und jetzt kann sie sich nicht mehr daran erinnern. Zum Heulen, dass man so etwas vergisst. Sie muss unbedingt Apple danach fragen. Apple war so gut im Wunder-Finden.

Sie vermisst ihr Kind, nach all den Jahren vermisst sie immer noch ihr kleines Kind. Ihr großes Kind ist ihr fremd.

In den letzten Wochen, als Apple wegen ihrer Hüftoperation zu ihr gezogen ist, war sie ihr oft lästig. Jetzt ruft sie jeden Tag an, und auch das ist Ingrid schon fast zu viel.

Sie schwingt die Beine vorsichtig, eins nach dem anderen, von der Liege und gräbt die Füße in den Sand. Der Schmerz schießt ihr in die Hüfte wie ein Peitschenhieb, dass ihr schwindlig wird. Sie ist das bereits gewohnt, wartet darauf, dass der Schmerz vergeht, aber er löst sich nicht, zieht fest an ihrem Bein, bis sie, immer noch schlaftrunken, einen Menschen zu ihren Füßen im Sand liegen sieht, der sich an ihre Wade krallt wie ein Ertrinkender.

Er ist schwarz und trägt nichts als rote Shorts und an einer Schnur um den Hals eine Ziploc-Tüte, Körper und Gesicht sind mit Sand paniert.

Ingrid schüttelt ihr Bein, aber der Mann lässt nicht los, er stöhnt, deutet auf seinen Mund. Als sie versteht, was er meint, merkt Ingrid, dass auch sie durstig ist. Seit Stunden liegt sie hier am Strand, um fünf Uhr nachmittags ist sie gekommen, da war es immer noch brütend heiß, sie hat sich von Paco eine Flasche Wasser bringen lassen, die muss noch in ihrer Tasche sein.

Sie ist leer bis auf einen winzigen Rest, dennoch reißt ihr der Mann die Flasche aus der Hand, hält sie sich an den Mund, saugt gierig an ihr wie ein Baby.

Scheiße, denkt sie, was mach ich jetzt? Sie würde gern davonlaufen, sich aus dem Staub machen, aber der Mann lässt enttäuscht die Flasche sinken, seine Lippen sind blutig aufgesprungen, er sieht sie so flehentlich an, dass sie automatisch sagt: *I will buy water, don't worry. Je vais acheter de l'eau.*

Ihr Französisch ist schlecht, aber er scheint beides zu verstehen, denn er nickt zwei Mal. Sie greift nach ihren Krücken, mühsam rappelt auch er sich hoch. Kaum steht er, knickt er zusammen, als hätte er keine Knochen im Leib.

Kurz hat sie sein Gesicht sehen können. Er ist jung, denkt sie, sein Körper ist jung. Er zieht sich an ihrer Krücke hoch und bringt sie damit fast zum Straucheln. Er humpelt, schwer stützt er sich auf ihren Rücken, fast unmöglich macht er es ihr damit, einen Fuß vor den anderen zu setzen.

Wie eine Schnecke mit ihrem Haus auf dem Rücken kriecht sie auf die Strandpromenade zu. Am liebsten möchte sie ihn abschütteln. Er riecht nach Meer und Schweiß, und dann ist da noch ein metallischer Geruch, vielleicht ist er verletzt. Sie ist sich der absurden Situation deutlich bewusst, jeden Augenblick erwartet sie die *Guardia Civil.* Aber niemand ist zu sehen.

Sie hat vor, ihm in einer Bar eine Flasche Wasser zu kaufen und ihn dann seinem Schicksal zu überlassen, sie wird mit der Krücke nach einem Taxi winken und er auf der kleinen Mauer sitzen bleiben, die große Wasserflasche an den Lippen, sie wird ihn durch das Rückfenster des Taxis entschwinden sehen und nur ein begrenzt schlechtes Gewissen haben.

Aber als sie endlich die Promenade erreichen, ist keine Bar mehr offen, kein Passant zu sehen, an den sie ihn übergeben könnte. Tot, still und dunkel liegt Torremolinos da. Er hat sich auf das Mäuerchen fallen lassen, senkt den Kopf. Sein Rücken bebt, als wäre er schnell gelaufen. Kurz sieht er sie an – wen sieht er? Eine alte Frau in einem bunten Sommerkleid, die mit einer Krücke gestikuliert und irgendetwas vor sich hin redet, er kann nichts verstehen, nichts denken, er weiß nur, dass sein Gehirn kurz davor ist, endgültig abzuschalten.

Ingrid überlegt, wie sie sich einigermaßen elegant verabschieden kann. Sie wird jetzt einfach davonhumpeln, ihm noch ein paar Euro in die Hand drücken vielleicht. In diesem Moment kommt ein Taxi auf sie zugefahren, sie winkt, es hält. Der junge Mann am Steuer sieht ihre Krücken, steigt aus, um ihr zu helfen, erst da bemerkt er den Afrikaner.

Necesita agua, sagt Ingrid, er braucht Wasser. *Ahora!* Jetzt! Der junge Spanier holt zögerlich eine halb ausgetrunkene Flasche Cola vom Beifahrersitz, reicht sie dem Afrikaner. Ich auch!, möchte Ingrid rufen, ich hab auch Durst!

Gemeinsam schauen sie dem Afrikaner zu, wie er versucht, die Cola zu trinken, sich verschluckt, hustet, sie wieder ausspuckt, neu ansetzt, sich zwingt, langsamer zu trinken. Sie sehen, wie sein Adamsapfel hektisch auf und ab hüpft, sein Bauch zuckt. Im nächsten Augenblick übergibt er sich.

Der Taxifahrer springt zur Seite, Ingrid erwischt es an den Beinen. Die braune Flüssigkeit, nichts als Cola, der Mann hat sonst nichts im Bauch, rinnt auf ihre Füße. *Mierda,* sagt sie. Der Taxifahrer grinst. Sein blödes Grinsen bringt Ingrid dazu, ihn barsch aufzufordern, ihr beim Einsteigen zu helfen und dem Afrikaner ebenfalls.

Aber wenn er wieder kotzt, wendet der Taxifahrer ein.

Ich bezahle, sagt Ingrid. Du fährst. Ihr Spanisch lässt keine komplizierten Diskussionen zu. Sie nennt den Namen ihres Hotels. Der Taxifahrer schiebt den Afrikaner wie einen Koffer auf die Rückbank, er fällt an Ingrids Schulter. Seine Augenlider flattern, er scheint kurz vor der Bewusstlosigkeit zu sein.

Fuck, denkt Ingrid, jetzt kippt er auch noch weg. Wenn ich ihn ins Krankenhaus bringe, ist er sofort im Knast. Sie denkt automatisch in Begriffen wie Knast, Bullen, Scheißstaat, das ist die Sprache, die sie vor vierzig Jahren gelernt hat.

Eigentlich nur weil es bequemer ist, legt Ingrid ihren Arm um seine mageren Schultern. Klopft ihm beruhigend auf den Rücken. Flüstert ihm ins Ohr: *Soon. Water. L'eau.*

Er bewegt die Lippen, aber sie hört keinen Ton. Sie selbst hat jetzt so großen Durst, dass ihre Zunge am Gaumen klebt.

Der Taxifahrer nimmt unbewegt ihr Geld entgegen, zieht den Afrikaner aus dem Auto, lässt ihn fast fallen, lehnt ihn dann gegen Ingrid, so dass sie ins Schwanken gerät, bis sie ihre Krücken wieder hat und sich abstützen kann.

Señora, sagt der Taxifahrer noch kopfschüttelnd, dann fährt er davon.

Unentschieden und hilflos steht sie mit dem Mann vor der Hotelanlage, sie muss dringend etwas trinken, sie hat solchen Durst! Da sieht sie den Rasensprinkler im Beet vor der Hotellobby, der sich träge hin- und herbewegt und sein Wasser versprüht. Sie schubst den Afrikaner dorthin, bis er versteht, auf die Knie fällt, über den Rasen robbt, das Gesicht auf den Sprinkler hält und das Wasser in seinen Mund sprühen lässt. Das scheint er besser zu vertragen als die Cola zuvor, er legt sich auf den Bauch, fängt jeden Tropfen auf. Gierig zuerst, dann langsam Vertrauen schöpfend, dass das Wasser verlässlich weitersprudeln wird, nimmt er kleine Schlucke, nutzt die Pausen, in denen der Sprinkler die Richtung ändert, um hinunterzuschlucken. Ingrid zieht sich schrittweise seitwärts wie eine Krabbe zurück.

Goodbye and good luck, sagt sie noch leise.

Der Nachtportier schläft schnarchend vor dem Fernseher.

Die große Flasche Wasser, die auf ihrem Nachttisch steht, trinkt sie in einem Zug aus. Auf dem Bett sitzt ein frisch gefalteter Handtuchschwan. Erschöpft legt sie sich hin, setzt sich den Schwan auf den Bauch. Tief atmet sie ein und aus, und mit jedem Atemzug hebt und senkt sich der Schwan, als würde er auf den Wogen schaukeln, während unten vor dem Hotel ein Mann auf dem Rasen herumkriecht und an einem Sprinkler saugt. Bescheuert, denkt sie. Aber ich habe getan, was ich tun konnte. War schon mehr, als die meisten tun würden.

In ein paar Stunden wird es hell, und wenn er dann immer noch dort liegt, werden sie die Bullen rufen. Die brutale *Guardia Civil* mit den komischen schwarzen Lackhüten, die kennt sie noch von damals, die haben die Hippies mit Stöcken immer wieder vom Strand verscheucht. Sie werden ihn erst in ein Auffanglager stopfen und dann zurück nach Afrika transportieren.

Um kurz vor fünf zieht sie sich wieder an, schleppt sich aus dem Zimmer.

Der Portier schnarcht noch immer. Der Rasen ist leer, der Afrikaner ist nicht mehr da. Sie fühlt sich erleichtert und zugleich edelmütig, weil sie sich die Mühe gemacht hat. Aber als sie wieder in die Lobby zurückhumpeln will, sieht sie ihn unter einem Bougainvillea-Busch sitzen. Seine rote Badehose und die lila Bougainvillea-Blüten leuchten in der Dunkelheit um die Wette. Er hebt die Hand, winkt ihr zu wie einer alten Bekannten, mit der man im Vorbeigehen ein Schwätzchen hält. Hallo, wie geht's? Wie war die Flucht?

Ach ja, mir geht's auch nicht so gut, die Hüfte. Man wird nicht jünger. Tja, schönen Tag noch.

Sie verpasst den kurzen Augenblick, in dem sie hätte weitergehen können, so wie sie zuvor am Strand versäumt hat, ihn abzuschütteln. Dieses kleine Schlupfloch verpasst sie und fragt sich später, warum. Sie ist nicht besonders sozial, wollte nie die Welt retten, hat keine Krankenschwesterseele, sie ist eine geübte Egoistin. Die Wahrheit ist, dass sie nicht weitergeht, weil er hübsch ist. Zum ersten Mal sieht sie jetzt deutlich sein Gesicht, das nicht mehr voller Sand ist, seine klar geschnittenen Züge, schön geschwungenen Lippen, seinen direkten, ruhigen Blick. So hat sie schon lange niemand mehr angesehen, weder Mann noch Frau, so ohne Vorbehalt, ohne Urteil. Er guckt einfach nur.

Im Fahrstuhl stehen sie dicht voreinander, das Neonlicht fällt bösartig von oben in ihr Gesicht, sie weiß, wie sie dann aussieht. Sie schaut auf seine Füße. Er ist barfuß, ein Fuß ist dick geschwollen. Sie tastet sich mit dem Blick nach oben, über seine langen Beine, schmalen Hüften, roten Shorts, seinen breiten, glatten Brustkorb, die Plastiktüte um seinen Hals, in der sie ein Handy erkennt, eingeschweißte Fotos, ein Feuerzeug. Sie lächelt ihn an, er lächelt nicht zurück. Ich rette dich, denkt sie, lächle mir wenigstens zu!

Hintereinander humpeln sie den Flur entlang, kein einziges Geräusch gibt er von sich. Wenn ich mich umdrehe, ist er weg, denkt sie. Wie bei Orpheus und Eurydike. Ich rette dich aus der Hölle.

Als sie die Tür aufschließt, ist er im dunklen Flur kaum auszumachen. Zögernd folgt er ihr ins Zimmer. Sie gibt kleine beruhigende Laute von sich wie eine gurrende Taube.

Wortlos dreht sie im Bad die Dusche auf, bedeutet ihm, in die Badewanne zu steigen. Er zieht sich nicht aus, hockt sich in die Wanne wie ein Kind, lässt das Wasser in seinen geöffneten Mund prasseln, kann nicht genug davon bekommen, als sei sein Körper ausgedörrt für Jahre. Die Plastiktüte auf seiner Brust nimmt er nicht ab, hält sie mit beiden Händen fest, als habe er Angst, sie wolle sie ihm entreißen. Sie traut sich nicht, ihn allein zu lassen. Nachher kippt er um und ertrinkt statt im Meer in der Badewanne. Sie setzt sich auf den Wannenrand, mit Waschlappen und Seife reibt sie ihm die Arme ab, spült mit der Handdusche Sand, Salz und Blut weg, bis seine Haut dunkel glänzt wie eine Aubergine. Automatisch beugt er sich nach vorn, als sei er das so gewohnt. Sie wäscht ihm den Rücken, zuletzt hat sie das bei der kleinen Apple vor mehr als dreißig Jahren gemacht. Plötzliche Trauer befällt sie, wie sie sie jetzt öfter ereilt, und mit ihr die schmerzhafte Erkenntnis der knapp werdenden Zukunft, der Unmöglichkeit, auch nur ein winziges Schrittchen zurückzugehen. Vorwärts, immer vorwärts. Die Schritte sind gezählt, mit jedem muss man wieder hergeben, was man doch so lange als das Eigene betrachtet hat, alles wird einem aus den Händen gerissen. Alles.

Er klappt die Augen auf, sieht sie verwundert an, legt seine nasse Hand auf ihre. Blöde, verwöhnte alte Kuh, schimpft sie sich, der Einzige, der hier Grund zum Heulen hat, ist er. Sie lächelt ihn an, er macht die Augen wieder zu, als habe er genug gesehen. Alte weiße Frau.

Sie nimmt den Schwan auseinander für ihn, das einzige Handtuch in diesem geizigen Scheißhotel. Nur ein Handtuch, aber jeden Tag wieder als Schwan gefaltet. Und für das

Badetuch muss man zwanzig Euro Pfand zahlen und darf es weder an den Strand mitnehmen noch damit eine Liege reservieren. Deshalb haben die Profis ihre eigenen Handtücher mitgebracht, schon morgens um sechs legen sie sie auf die Liegen.

Ingrid rubbelt den Mann ab, muss sich dazu auf die Zehenspitzen stellen, von seinen nassen Shorts tropft es auf ihre Füße, aber anscheinend will er sich auch jetzt nicht ausziehen. Mit halb geschlossenen Augen lehnt er an der Wand. Sie führt ihn zum Bett, schwer setzt er sich, fällt um, schläft noch in derselben Sekunde ein. Auf dem Rücken liegt er da, die Arme weit ausgebreitet, die langen Beine gespreizt, so dass er die gesamte Fläche einnimmt, obwohl es ein Doppelbett ist. Mit Hilfe der Nachttischlampe untersucht sie seinen Fuß. Er blutet, drei Zehen sind aufgerissen und zu einer hellrosa Masse zerquetscht, der Knöchel ist bis zum Platzen angeschwollen.

Sie wickelt Klopapier um den Fuß, das im Nu blutgetränkt ist, dann das Handtuch, das sich wie in einem Kunstprojekt hübsch rosarot färbt.

Sie beugt sich über ihn, küsst versuchsweise seine Wange, bildet sich ein, dass seine Haut immer noch nach Salz schmeckt. Hinter seinen Lidern tanzen die Augäpfel durch wilde Träume, flackern Bilder, von denen sie keine Ahnung hat. Sie kennt nur Dokumentationen, die nachts auf Arte und Phoenix laufen und immer dasselbe zeigen: junge schwarze Männer mit coolen Sonnenbrillen und wilden Turbanen gegen Sand und Hitze, die aussehen wie die afrikanische Version der Hip-Hop-Boys. Sie fahren dicht gedrängt auf LKWs durch die Wüsten des Nordens, sitzen in wackligen kleinen Booten und kämpfen sich übers Mittelmeer, hocken in den Auffanglagern der italienischen und spanischen Küstenwachen vor verdreckten Wänden und starren stumpf vor Erschöpfung in die Kameras. Sie möchte die Augen schließen, aber es gibt keinen Sessel im Zimmer, nur den Plastikhocker vor dem Fernseher, auf dem sie mit ihrer Hüfte kaum sitzen, geschweige denn schlafen kann.

Sanft schiebt sie den Mann auf ihrem Bett zur Seite, quetscht sich neben ihn. Lange schon hat sie nicht mehr neben einem Mann gelegen. Hat schon fast gedacht, nie wieder, obwohl sie sich diese beiden Wörter verboten hat. »Nie wieder« ist einer der vielen Messerstiche, die einem das Alter ins Fleisch stößt, bis es einen umbringt. Nie wieder. Ausgerechnet sie, die Männerfrau, die Unersättliche, Untreue, die Liebesabhängige. Seit mehr als acht Jahren kein Mann mehr. Vor acht Jahren ist Henry gestorben. Eine kleine Liebe, keine große. Aber seitdem nichts mehr. Keine männliche Berührung außer durch Ärzte und Physiotherapeuten. Sie seufzt, drückt sich mit dem Rücken näher an ihn, da atmet er laut auf, wälzt sich auf die Seite und bläst ihr seinen heißen Atem in den Nacken, wirft einen schweren Arm über sie, den sie dankbar annimmt. Sie streichelt seine Hand, hofft auf eine weitere Entwicklung der Dinge und schämt sich kein bisschen. Aber als früh am Morgen ihre Tochter anruft, liegen sie immer noch so da.

Mama, wie geht's? Schläfst du noch?, fragt Apple. Du klingst verschlafen. Alles in Ordnung? Du klingst komisch.

Wieso?

Ich weiß auch nicht, irgendwie seltsam. Warum wisperst du so?

Der Mann an Ingrids Seite liegt völlig still da, als wäre er tot. Ingrid sieht jedoch seine Halsschlagader unter der Haut pulsieren wie eine kleine Schlange.

Ich hab nie mit einem schwarzen Mann geschlafen, denkt Ingrid. Es ist mir einfach nie einer begegnet.

Ich wispere nicht, sagt Ingrid, ich möchte nur nicht, dass alle mithören, die Wände sind hier dünn wie Papier.

Na und? Wir reden doch nichts, was nicht jeder hören könnte.

Ein schwarzer Mann liegt neben mir im Bett.

Na klar, Mama, sagt Apple und seufzt. Wie geht es deiner Hüfte?

O.k.

Pause. Die Pause, die immer zwischen ihnen entsteht, wenn die ersten Höflichkeiten erschöpft sind. Es hat gar keinen Zweck, Apple von der unschuldigen Präsenz des Afrikaners in Ingrids Bett überzeugen zu wollen, sie würde ihre Mutter auf jeden Fall für eine üble Sextouristin halten.

Die Salate sind gut, auch der Fisch am Buffet, sagt Ingrid. Gar nicht übel.

Da freu ich mich, sagt Apple trocken.

Wo bist du gerade?, fragt Ingrid, um von sich abzulenken.

Zu Hause, wo sonst?, sagt Apple.

Und was machst du?, fragt Ingrid, die bereits ein gefährliches Beben in Apples Stimme wahrgenommen hat und auf gar keinen Fall darauf eingehen möchte.

Ich kauf mir einen Hund, sagt Apple.

Georg ist also nicht wieder aufgetaucht, schließt Ingrid daraus. Sie ist nicht überrascht. Im Grunde genommen war sie erstaunt, dass Georg es so lange mit ihrer Tochter ausgehalten hat. Apple, sagt Ingrid leise, was soll das denn?

Ich bin einsam und kauf mir einen Hund.

Du warst noch nie ein Hundemensch.

Na und? Dann werde ich eben ein Hundemensch.

Überleg dir das. Ein Hund haart dir die ganze Wohnung voll, er übergibt sich, und manchmal scheißt er dir auch auf den Teppich.

Nicht viel anders als ein Mann, sagt Apple. Bis auf den Teppich.

Ingrid schweigt taktvoll. Wenn du meinst, sagt sie so sanft sie kann.

Ja, meine ich, sagt Apple scharf. Hör auf, mich zu kritisieren.

Ich sag ja gar nichts, erwidert Ingrid müde, ich hab nichts gesagt.

Wir hören jetzt besser auf, sagt Apple.

Ja, möchte Ingrid sagen, stattdessen fragt sie: Was für einen Hund?

Einen Mops. Sag jetzt nichts.

Ich sage nichts.

Ich halte mich an Loriot, fährt Apple fort. Ein Leben ohne Mops ist möglich, aber sinnlos.

Sie bekommen jede Menge Krankheiten, weil sie nicht richtig atmen können.

Du wolltest nichts sagen.

Beide seufzen lang und laut, als wäre das der Instrumentalteil ihres immergleichen Lieds.

Kannst du dich an dieses Gedicht mit dem Wunder erinnern?, fragt Ingrid.

Nee, sagt Apple schnell.

Dieses Gedicht. Das haben wir immer aufgesagt, wenn wir ein kleines Wunder gesucht haben.

Keine Ahnung, sagt Apple barsch.

Ingrid hat das Gefühl, dass sie es genau weiß, aber das Gedicht einfach nicht hergeben will, so wie ein letztes Stück Schokolade.

Ich wünsche dir einen schönen Tag, sagt Apple.

Ich dir auch. Und ganz rasch fügt Ingrid hinzu: Ich vermisse dich.

Apple reagiert nicht sofort, dann sagt sie leise: Tschüss Mama, bis morgen. Mach keinen Scheiß. Und legt auf.

Als Ingrid sich vom Telefon abwendet, sieht sie, wie der Afrikaner sie mit weit aufgerissenen Augen anstarrt.

Bonjour, hello, sagt sie vorsichtig. Vielleicht kann er sich an nichts erinnern. Sie vermeidet schnelle Bewegungen, um ihn nicht zu erschrecken, wie bei einem verletzten Vogel. Sie hört seinen Magen knurren.

Hunger. *Faim,* sagt sie, und er nickt langsam, starrt sie aber immer noch an, als sei er sich unsicher, ob er träumt.

Behutsam steht sie auf, versucht ihm zu erklären, dass sie kurz in den Frühstücksraum gehen und etwas zu essen holen wird, dass er die Tür nicht aufmachen soll, dass er sich keine Sorgen zu machen braucht. Er sagt keinen Ton, hebt sein Bein, betrachtet seinen Fuß, um den sie das Handtuch gewickelt hat.

Don't worry, sagt sie. *Not so bad. Pas mal.*

Ausdruckslos sieht er sie an. Wie hübsch er ist. Wie jung.

Ich geh dann mal, sagt sie. Keine Reaktion. Sie hängt das »Bitte nicht stören«-Schild draußen an die Tür und hofft, dass die rumänische Putzfrau sich daran halten wird. Die ist allerdings schon schlecht auf Ingrid zu sprechen, weil sie mehrfach bis mittags im Zimmer geblieben und damit ihre Putzroutine durcheinandergebracht hat.

Über die Flure eilen die Touristen mit ihren rot verbrannten Feriengesichtern zum Frühstück wie zu einem Pflichttermin. Stolz denkt Ingrid an den Mann in ihrem Bett. Sie hat ein Geheimnis, meint sie, und die anderen nicht.

Sie irrt durch den Frühstücksraum, belädt den Teller hoch mit Croissants, Käse, Obst, Kuchen. Auf einen zweiten schichtet sie gerade drei Spiegeleier, als Helmut aus Berlin sie anspricht: Hallo, hallo, schöne Frau. Wie ick sehe, haben Se's jetzt ooch begriffen: fress *all you can.* Det is ja det Schöne an *all inc.* Man hat so det permanente Schäppchenjefühl, wa?

Ingrid überlegt, ob sie ihn bitten soll, nach dem Fuß des Afrikaners zu sehen, aber sie kann ihn nicht einschätzen. Am Ende verpfeift er sie, weil er bei aller Freundlichkeit der Meinung ist, Europa *all inclusive* jibts nich für alle, die sollen schön draußen bleiben.

Wat kieken Se denn wie ne Flamencotänzerin, der se die Punkte vom Kleid jeklaut haben? Soll ick Ihnen wat abnehmen? Wo ham Se denn Ihre Krücken?

Danke, wehrt Ingrid ab, das geht schon. Ist ja nicht weit. Ich esse heute auf dem Zimmer.

Det is hier nich erlaubt, sagt Helmut bedauernd. Wenn Se erwischt werden, verlieren Se Ihr Bändchen. Ham Se nich beim Willkommensjespräch uffjepasst? Ingrid blickt zum Ausgang, wo tatsächlich zwei streng aussehende Hotelangestellte Wache stehen wie Polizisten.

Die Croissants können Se in Ihre Handtasche kippen, schlägt Helmut hilfsbereit vor. Die Eier vielleicht lieber nich, det jibt Rührei. Er lacht. Ingrid befolgt seinen Rat, eine Orange bringt sie noch unter, einen Joghurt. Helmut trägt ihr eine Schale mit Erdbeeren hinterher.

Die nennen se hier det rote Jold, die müssen Se probieren, sagt er und hält ihr eine Erdbeere vors Gesicht. Gehorsam macht Ingrid den Mund auf.

Ist det 'ne Erdbeere?, sagt Helmut, als habe er sie persönlich für Ingrid gepflanzt und geerntet. Er schlägt die Schale in seine *Bild*-Zeitung ein, die Schlagzeile: *Seit vier Wochen Regen. Deutschland – ein Sommeralptraum.*

Danke, sagt Ingrid höflich. Sie hat es eilig, in ihrem Zimmer verhungert ein Mensch.

Wenn Se sich so allein in den Ferien mopsen, sagen Se Bescheid. Helmut sieht sie treuherzig an, seine braune Haut hat die Textur einer alten Ledertasche angenommen. Ingrid erkennt seine Einsamkeit, seine Tapferkeit, seine Entschlossenheit, sich nicht unterkriegen zu lassen.

Sie lächelt. Apropos Mops: Meine Tochter kauft sich einen Mops.

Da braucht se ne Schnarchbox, sagt Helmut wie aus der Pistole geschossen. Der muss nachts in ne Schnarchbox und raus ausm Schlafzimmer. Die haben ja so enge Nasen, die Viecher, det is ja nich jesund.

Habe ich ihr auch gesagt, antwortet Ingrid. Aber sie will nicht hören … Ich geh dann mal. Guten Appetit. *Hasta luego.*

Hasta la vista, baby, sagt Helmut kühn, in der Meinung, dass er das nach diesem Gespräch und der Erdbeere, die er ihr in den Mund geschoben hat, sagen darf. Er schaut sie intensiv an.

Ingrid lächelt und weiß, dass er jetzt denkt, dass sie mal eine schöne Frau gewesen sein muss.

Und nich erwischen lassen!, ruft Helmut ihr hinterher.

Als Ingrid ins Zimmer zurückkommt, telefoniert der Afrikaner in einer fremden Sprache. Erschrocken legt er sofort auf.

Sschscht, macht Ingrid beruhigend, *it's o.k. O.k.*

Er verschlingt das Essen, als wolle er ein bodenloses Loch stopfen. Stolz sieht sie ihm zu. Warnt ihn: *Lentement, slowly!* Aber nach wenigen Minuten ist bereits alles verschwunden. Der Saft der Erdbeeren rinnt ihm über das Kinn. Wortlos reicht er Ingrid die Schale.

More?

Er nickt.

Abermals macht sie sich auf den Weg, nimmt nun jedoch ihre große Badetasche mit. Was soll sie Helmut erzählen, warum sie schon wieder am Frühstücksbuffet auftaucht? Aber so weit kommt sie gar nicht.

Im Foyer baut Tina gerade ihren kleinen Infostand zum Thema Fußpflege auf. *Danken Sie Ihren treuen Füßen! Gönnen Sie ihnen Pflege!*

Ingrid sieht sie zu spät, will zurück hinter die Säule humpeln, aber das wäre albern.

Guten Morgen, Tina, sagt sie und strahlt sie übertrieben an.

Tina, heute in einem ärmellosen roten Sommerkleid, das ihre sehnigen Männeroberarme betont, wieder makellos geschminkt, die Haare geföhnt, die Fingernägel passend lackiert. Zögerlich blickt sie Ingrid an, dann ringt sie sich zu einem knappen *Hola* durch. Weil Ingrid jedoch nicht weitergeht und auch nichts antwortet, sie nur komisch anstarrt, sagt sie schließlich schroff: Und? Wie geht's? Alles klar?

Später kann sich Ingrid nicht mehr recht erklären, wieso sie ausgerechnet zu Tina/Tim, dem Sohn ihres Exgeliebten, spontanes Vertrauen gefasst hat. Aber schließlich kennt Tina sich mit Füßen aus, und so erzählt Ingrid ihr in schnellen Sätzen von dem Afrikaner in ihrem Zimmer und seiner Verletzung. Tatsächlich versteht Tina sofort, kommt schnurstracks mit, und weil Ingrid ohne Krücken nicht vom Fleck kommt, hakt sie sie sogar unter.

Man könnte sie für Mutter und Tochter halten. Ingrid riecht Tinas Parfüm, spürt ihren starken Arm unter dem ihren, sieht Tinas große Füße in roten Pumps über den Flur schreiten. Ein Gedanke glüht in ihr auf: Dies ist die Tochter, mit der ich mich verstehen würde.

Elegant hockt Tina sich in ihrem engen Kleid vor das Bettende, fachmännisch säubert sie den Fuß des Afrikaners, als gäbe sie ihm gleich eine Pediküre. Er hat sich auf die Ellenbogen aufgestützt, verzieht das Gesicht vor Schmerz. Tina bläst sich eine Haarsträhne aus der Stirn. Wie oft hat sie diese kleine feminine Geste wohl geübt?

Ingrid reicht ihr Jodlösung und Verbandsmaterial aus der Notapotheke des Hotels.

Ist nicht schlimm, sagt Tina, noch nicht infiziert.

Es klopft an der Tür.

Muss ich machen sauber!, ruft die Putzfrau.

Später!, schreit Ingrid zurück, aber ein Schlüssel wird bereits von außen ins Schloss gesteckt.

Más tarde!, ruft nun Tina. Die Tür öffnet sich dennoch. Ingrid versucht, aufzustehen und den Blick ins Zimmer zu versperren, aber sie kommt nicht rechtzeitig hoch, da steht die junge Rumänin in ihrem hellblauen Kittel schon mitten im Zimmer, erfasst mit einem Blick den Afrikaner und die beiden Frauen und schüttet auf Spanisch einen Wortschwall über allen dreien aus wie eine Schüssel Abwaschwasser. Ingrid versteht *patanegra,* Schwarzfuß, *mierda,* Scheiße, dass sie es sofort der Hotelleitung melden wird und die beiden Frauen für *putas,* Huren, hält.

Tina lässt sie schimpfen, erhebt sich noch nicht einmal, tupft seelenruhig weiter den Fuß des Afrikaners ab und sagt zu Ingrid: Gib ihr 'n Zwanziger.

Es ist das erste Mal, dass sie Ingrid duzt, was Ingrid fast gerührt zur Kenntnis nimmt.

Ingrid gibt der Rumänin einen Zwanzig-Euro-Schein, den sie wortlos entgegennimmt und in ihren Kittel stopft. Morgen kostet fünfzig, sagt sie noch, dreht sich auf dem Absatz um und knallt die Tür hinter sich zu.

Ich versteh sie, sagt Tina gelassen. Sie ist mit Mann und Kindern von Rumänien nach Deutschland gekommen auf der Suche nach Arbeit, weiter nach Spanien, ihr Mann hatte 'nen Job auf den Erdbeerfeldern von Huelva. Dann kamen die Afrikaner, die waren billiger, kein Job mehr für ihren Mann, und wenn sie wegen dem Schwarzfuß hier ihre Arbeit im Hotel verliert, ist sie erledigt und bringt uns alle drei um.

Tina lächelt den Afrikaner an, der vorsichtig zurücklächelt, was Ingrid eifersüchtig registriert, da klingelt das Handy in der Plastiktüte um seinen Hals. Mit zitternden Händen holt er es heraus, sieht sie beide flehentlich an, es klingelt in seinen Händen weiter, aber er geht nicht dran.

O.k., sagt Tina, steht auf, gibt Ingrid ein Zeichen, sie solle mitkommen, und geht ins Bad.

Sie schließt hinter ihnen die Tür, kontrolliert ihr Make-up im Spiegel.

Der kann nur telefonieren, wenn wir nicht zuhören, sagt sie. Sie zündet sich eine Zigarette an und inhaliert tief. Er hat Schiss, dass wir kapieren, woher er kommt. Dann kann er dorthin zurückgeschickt werden. Nur wenn er die Klappe hält, hat er 'ne Chance, in Spanien zu bleiben. Sechzig Tage hier ohne Identitätsklärung, und er wird geduldet.

Sie atmet den Rauch aus, der sich wie ein Weichzeichner über ihr Spiegelbild legt. Ingrid setzt sich auf den Badewannenrand. In der Wanne liegt noch der Sand vom Strand. Sie fühlt sich mit einem Mal sehr erschöpft. Sie schweigen, der Rauch von Tinas Zigarette füllt langsam den Raum. Von nebenan hören sie das diffuse Gemurmel seiner Stimme. Ingrid blickt auf Tinas Männerwaden unterhalb ihres roten Kleids, ihren kleinen, strammen Po.

Ich hab dich all die Jahre gehasst, sagt Tina nüchtern, während sie Ingrid über den Spiegel betrachtet.

Das versteh ich, sagt Ingrid.

Aber mein Vater hat dir nie die Schuld gegeben.

Ich weiß.

Für mich seid ihr beide schuld an ihrem Tod, sagt Tina.

Ja, sagt Ingrid. Ihr ist leicht schwindlig. Sie hat Angst, auf dem Badewannenrand das Gleichgewicht zu verlieren.

Ich verzeihe euch nicht, sagt Tina.

Das musst du auch nicht. Ingrid hebt den Kopf, der ihr schwer vorkommt, und sieht Tina im Spiegel an. Tina schnippt die Asche ins Waschbecken und tupft sich den Lippenstift zurecht.

Meine Mutter hat damals versucht, so auszusehen wie du. Sie hat sich nicht mehr frisiert, ihre Haare lang runterhängen lassen, sich nicht mehr geschminkt. Keinen BH mehr angezogen. Hat ihr alles nix genützt.

Es ging doch gar nicht um mich, sagt Ingrid leise. Wir waren nur anders. Das war alles.

Ich hab gar nicht im Kopf gehabt, dass du jetzt eine alte Frau bist. Ich kann mich erinnern, wie du einmal zu uns nach Hause gekommen bist. Mit deiner Tochter.

Apple, sagt Ingrid.

Ja, genau. Apple. So'n Hippiename, sagt Tina spöttisch. Sie hat nicht mit mir geredet, das weiß ich noch. Meine Mutter war nicht zu Hause …

Ingrid betrachtet schweigend ihre Füße, den bröckelnden Nagellack auf ihren Zehennägeln, den Tina ihr vor einer Woche erst draufgepinselt hat.

Sie liegt hier, in Torremolinos begraben, sagt Tina.

Das wusste ich gar nicht. Ingrid ist ehrlich erschrocken. Wenn seine Frau hier begraben wurde, warum hat Karl ihr damals nicht Bescheid gesagt? Aber was hätte sie dann getan? Wie im Film, als Geliebte mit schwarzer Sonnenbrille, bei der Beerdigung versteckt im Gebüsch gestanden?

Erinnerst du dich überhaupt an sie?, fragt Tina.

Ingrid hat nur eine schwache Erinnerung an diese Frau. Sie weiß noch ihren Namen, Heike, und dass sie ein enges weißes Kleid trug, einen weißen Hut und eine passende Handtasche und schrecklich spießig auf sie wirkte. Aber sie sagt mit Nachdruck: Sie war hübsch.

Tina nickt. Und Ingrid fügt hinzu: Du siehst ihr ähnlich.

Das ist nicht wahr, aber vielleicht erfreut Tina dieser Gedanke, und tatsächlich lächelt sie jetzt ein wenig, fast dankbar. Dann wendet sie sich gleich ab, tut so, als wische sie die Asche aus dem Waschbecken.

Als sie ins Zimmer zurückkehren, ist der Afrikaner verschwunden. Deutlich ist noch die Vertiefung in der Decke zu sehen, wo er gelegen hat. Ingrid ist erst verletzt und beleidigt, als habe ein Liebhaber sie verlassen, dann erleichtert. Gleichzeitig bedauert sie sein Verschwinden wie das Ende eines unterhaltsamen Fernsehprogramms. Sie sieht sich in die Langeweile ihres Pauschalurlaubs zurückfallen, als müsse sie zu einer öden Arbeit zurückkehren.

Der ist weg, sagt Tina nüchtern und zündet sich eine neue Zigarette an. Ingrid würde ihr gern sagen, dass sie hier nicht rauchen soll.

Aber wohin geht er jetzt?

Tina zuckt die Schultern. Die meisten haben Verwandte und Bekannte hier, sagt sie. Der wird schon zurechtkommen. Ist ja gerade Erdbeerernte, da leben Tausende von Afrikanern bei Huelva im Wald. *Oro rojo,* das rote Gold. Ich hab 'ne Erdbeerallergie. Tina packt ihre Tasche.

Meine Handtasche ist weg, sagt Ingrid. Vor Schock kribbeln ihr die Hände. Meine blaue Handtasche. Pass, Geld, alles drin.

Mierda, bietet Tina an.

Scheiße, sagt Ingrid. Scheiße, Scheiße, Scheiße. Was ist sie nur für eine bescheuerte, treudoofe Tante! Sie muss Apple anrufen, sie um Hilfe bitten, sich von ihr Geld schicken, vom Konsulat einen provisorischen Pass ausstellen lassen, wahrscheinlich muss sie sogar länger hierbleiben. Oh Gott, stöhnt sie, wie kann man nur so bekloppt sein!

Schwer sinkt sie aufs Bett nieder, und überraschend kommen ihr die Tränen. Nicht heulen, sagt Tina. Sie verschränkt die Arme vor ihrem falschen Busen und sieht Ingrid hilflos an. Bitte nicht heulen.

Aber Ingrid kann nicht aufhören und versteht gar nicht, wie ihr geschieht, schluchzt wie zuvor am Strand, im Traum. Als wäre da etwas noch nicht fertig geheult und sie müsste es schnell zu Ende heulen. Immer tiefer gerät sie in den Strudel, alles dreht sich und wird in den großen Abfluss gespült: der Strand, der Felsen, sie selbst als junge und als alte Frau, ihre kleine, süße und ihre große, abweisende Tochter, Karl, dieser gutaussehende Mann, mit dem sie sich damals ein gemeinsames Leben erträumt hat, und der alte Karl im Altersheim, sein Sohn Tim, der jetzt Tina heißt, Heike, die sich im eigenen Pool ersäuft hat, der Afrikaner, die Handtasche, ihr Portemonnaie, in dem doch sowieso kaum noch Geld ist, weil sie eine Versagerin ist, immer war, immer geblieben ist, und nichts, nichts mehr hat.

Tina klopft ihr beruhigend auf den Rücken, ein bisschen zu stark, wie einem Pferd. Na, na, sagt sie. Und dann: Ich muss jetzt mal wieder runter, zu meinem Stand.

Ingrid nickt, schneuzt sich in ihren Rocksaum, kann immer noch nicht aufhören zu heulen, versucht zu lächeln. Ja, geh nur, und vielen Dank.

Zögernd steht Tina auf, zieht sich das Kleid zurecht, fährt

sich über die Haare, nimmt ihre Tasche, lächelt kurz. An der Tür dreht sie sich noch einmal um, geht ins Bad, kommt wieder hervor und fragt: Ist das deine?

Am ausgestreckten Arm hält sie eine blaue Handtasche.

Am Nachmittag geht Ingrid auf den Friedhof, ganz allein. Ein spanischer Friedhof mit riesigen Steinsarkophagen wie Schränken mit Schubladen, die Blumen sind aus Plastik, andere halten hier nicht, sie verwelken, bevor sie trösten können. Dennoch hat Ingrid eine echte Rose mitgebracht, eingewickelt in feuchte Tempo-Taschentücher, die ihr angenehm die Hand kühlen. Tina hat eine Zeichnung gemacht, und trotzdem dauert es ewig, bis sie sie gefunden hat: *Heike Birker, 12.5.1945–17.8.1976. Wir werden dich immer vermissen. Tim und Karl.*

Sie steckt die Rose in die kleine grüne Plastikvase, die an der Schublade angebracht ist, setzt sich auf einen Stein im Schatten, sieht der Rose beim Welken zu. Die Grillen arbeiten vor sich hin, die Toten summen gemeinsam ihr beruhigendes Lied aus Stille. Alles wird gut im Nichts. Oder so ähnlich. Die Vergangenheit stellt sich hier selbst in Frage. Gab es sie jemals? Ingrid kann sich nicht mehr vorstellen, jemals die junge Frau gewesen zu sein, die laut heulend in ihrem Zelt lag, während eine andere hier begraben wurde.

Sie fühlt sich ausgelaugt, als hätte man sie zu lange gewaschen. Vielleicht hat sie auch nur zu lange geheult.

In der Ferne glitzert lockend das Meer, das deutsche Sehnsuchtsmeer, das afrikanische Todesmeer. Tausende von Flüchtlingen liegen dort auf dem Meeresgrund.

Mein Afrikaner, denkt sie, ist hoffentlich auf seinem Weg.

Vielleicht wird er sich manchmal an diese seltsame weiße Frau erinnern, die ihn in ihr Zimmer geschleppt, ihn gewaschen und in ihr Bett gelegt hat. Die Erinnerung an sie wird unvermutet in seinem Gehirn aufblitzen, und dann wird er sich fragen: Was zum Teufel wollte sie von mir?

Sie zieht ihr Handy aus der Tasche, und ohne auch nur eine Sekunde zu überlegen, ruft sie Tina an. Kaum hat Tina ihren Namen mit tiefer Stimme ins Telefon gehaucht, sagt Ingrid: Nicht müde werden, sondern dem Wunder leise wie einem Vogel die Hand hinhalten.

Hä?, fragt Tina.

Das ist ein Gedicht von Hilde Domin, sagt Ingrid. Ist mir gerade wieder eingefallen.

Aha, sagt Tina.

Das haben Apple und ich früher ständig aufgesagt, aber ich hatte es völlig vergessen. Und jetzt ist es wieder da.

Mmm, macht Tina.

Und ich wollte dir nur sagen …

Was?

Du bist der Vogel.

O.k., sagt Tina nach einer langen Pause.

Die Wolle

Tina

Es wird ein Wunder geschehen, und ich werde ihn wiederfinden. Wie jede Woche werde ich das Stichwort *onnabe* bei YouTube eingeben, und auf einmal wird er da sein. Diego. Er steht in einer schummrigen Bar in Tokio, im schicken Anzug mit weißem Hemd, seine schwarzen Haare werden ein wenig länger sein und speckig über seine Ohren fallen, in jedem Arm wird er eine kleine Japanerin halten, die sich kichernd an seinen dicken, weichen Körper schmiegt und ihn vergöttert, weil er so viel besser ist als alle Männer, und er wird cool in die Kamera blicken, und nur ich werde wissen, dass er mich, seinen Zwilling, so schmerzlich vermisst, als hätte man ihm bei lebendigem Leib das Herz aus der Brust geschnitten.

Für mich ist er Diego, auch wenn er eine Vagina hat, die er bei Tageslicht schamhaft vor mir verbarg, und er sich jeden Morgen seinen Brustgurt umlegte, um seine Brüste zu verstecken. Für mich war und ist er der schöne Diego mit dem blauschwarzen Haar und der erdnussbraunen Haut. Er konnte mit seinem Lachen die Gläser auf dem Tisch zum Tanzen bringen. Wenn er sich öffnete, sah ich sein sanftes Wesen schimmern wie eine Perle.

Ich liebte sein mexikanisches Spanisch, seine klare Aussprache ohne Gelispel, seine altmodisch höflichen Wendungen wie Tanzfiguren auf glänzendem Parkett. Ich liebte alles an dir, du *pinche pendejo,* verfluchter Idiot, einfach alles. Er stand hinter der Theke im Morbos und sah mir aufmerksam zu, wenn ich vor braven schwulen Ehemännern und sämtlichen Tunten der Costa del Sol als Wencke Myhre, Gitte oder Nena auf der Bühne stand. Diego bediente die Kundschaft und wandte dennoch nicht die Augen von mir. Verliebt habe ich mich zuerst in diesen Blick. Bald sang ich nur noch für ihn: *Wunder geschehn* von Nena, zum Beispiel, und er sah mich an und nickte im Takt, obwohl er kein Wort verstand. *Ich hab's gesehn, Wunder geschehn.* Nach jeder Nummer hielt er inne, um lange zu klatschen, ganz gleich, wie ungeduldig die Kunden nach ihrem Bier verlangten. Und wenn ich fertig war mit meinem Auftritt, hielt er schon eine eiskalte Rumcola für mich bereit.

Du bist phantastisch, flüsterte er mir ins Ohr, und zehntausend Mal besser als Sati, die blöde Kuh. Sati aus Sevilla trat mit schwarzer Mähne und Goldkreolen in einem rotgepunkteten Flamencokleid auf, sang voller Pathos *Ay pena, penita, pena* von Lola Flores, was alle Spanier voller Inbrunst mitsangen. Danach erzählte sie versaute Witze, rückte ihre Silikonbrüste zurecht und drohte damit, auch ihre operierte Möse vorzuzeigen. Damit kam sie jedes Mal super an. Aber Diego bestand darauf, dass ich der eigentliche Star des Abends sei. Er lobte mich, strich mir das Haar aus der Stirn, drückte mich an seine weiche Brust. Wir wussten, dass wir nicht füreinander gemacht waren, denn er war lesbisch und ich schwul, aber eines Abends nahm er nach der Show meine Hand, und wir gingen zusammen nach Hause.

Zu ihm, in seine Wohnung, eine richtige Jungensbude mit

überquellenden Aschenbechern und leeren Bierflaschen, und zu unser beider Überraschung passte alles. Wir machten das Licht aus, und er war einfach nur Diego und ich Tina, und der Rest kümmerte uns nicht. Wer wo und wie was reinsteckt, ist am Ende doch völlig egal, Hauptsache, es passt. Es passte mit uns beiden so gut, dass ich Angst bekam. Irgendjemand da oben mag es nicht, wenn etwas zu gut läuft.

Wir liebten uns nachts im Dunkeln mit unseren unvollkommenen Körpern, aber unsere schönsten Stunden hatten wir am Morgen, meistens war es schon fast Mittag, wenn wir aufstanden und uns langsam in die verwandelten, die wir eigentlich waren. Ich schminkte mich sorgfältig, setzte meine Perücke auf, zog mir Korsage, Strumpfhalter und Strümpfe an, bis ich mir selbst gefiel. Dann kämmte ich ihm seine dicken Haare, rieb sie ein mit Pomade, denn wir mochten den Geruch und den etwas schmierigen Latin-Lover-Look, er legte seinen Brustgurt um, zog sich ein frisches Hemd an, seine weiten Hosen, und wurde vor meinen Augen zu meinem Mann, meinem Macho Man, meinem Diego. Mach mir was zu essen, *mujer,* sagte er, na, wird's bald? Kichernd lief ich auf Stöckelschuhen und im Negligé in die Küche und schlug ein paar Eier in die Pfanne. Ich war glücklich und zufrieden wie eine satte Katze in der Sonne.

Ich wusste, dass Diego davon träumte, nach Japan zu gehen und dort als *onnabe* zu arbeiten. Zusammen haben wir uns die Nachtclubs von Tokio im Internet angesehen, wo nur Frauen arbeiten, die als Männer leben. Ihre Kunden sind Frauen, die bessere Männer suchen als die, die sie zu Hause haben oder von denen sie enttäuscht worden sind. Die japanischen *onnabe* sahen zart und klein aus in ihren viel zu großen Anzügen, nicht wie mein Diego, der fast doppelt so viel wog wie ich. Wie sehr ich seinen Speck mochte, in den ich mich legen konnte wie in ein weiches Kissen. In Japan wäre ich mit meinem fetten Körper ein Star, sagte er oft, die Weiber dort stehen auf dicke Männer. Und ich lächelte, sagte: Ich steh auch drauf, vergiss das nicht! – und hielt das alles für eine Spinnerei.

Ich bräuchte nur ungefähr 5000 Euro für den Anfang, das sagte er auch ziemlich oft. Ich antwortete ja, ja, und dachte mir nichts dabei. Für ihn schien es kaum einen Unterschied zwischen Europa und Japan zu geben, sein Weg aus Mexiko war so weit gewesen, dass ihm der Rest der Welt klein und eingelaufen vorkam, wie zu heiß gewaschen. Er erzählte nicht viel von diesem Weg. Auf Frachtzügen war er in die USA gekommen wie viele Jungs, Mädchen schafften es fast nie. Auf den Dächern dieser Züge hatte er angefangen, sich als Junge auszugeben, um nicht vergewaltigt zu werden. Sein Bruder hatte vor ihm versucht, über die Grenze zu gelangen, und war in der Wüste Arizonas verdurstet. In einem hellblauen Sarg brachte man ihn zurück ins Dorf, und seine Mutter konnte sich vor Schmerz monatelang nicht bewegen. Diego kümmerte sich um die kleineren Geschwister, bis er ebenfalls abhaute, seine Mutter im Stich und sie gleichzeitig davon träumen ließ, mit seiner Hilfe irgendwann ein besseres Leben führen zu können. Er hielt Wort. Jede Woche überwies er die Hälfte seines Lohns nach Mexiko. Ich hätte mir ihre Adresse aufschreiben sollen, ich könnte sie kontaktieren, sie würde doch wissen, von wo aus Diego ihr jetzt Geld schickt.

Diego war ein Kümmerer, er kümmerte sich um alles, um

mich, meine Karriere, meine Garderobe. Er konnte nähen, stopfen und sticken, breitbeinig saß er auf dem einzigen Stuhl in seiner Bude, Zigarette im Mundwinkel, Nähnadel und Faden in der Hand, ich sah ihm vom Bett aus zu und lackierte meine Nägel. Es war seltsam sexy, einen Mann nähen und stopfen zu sehen. Er schimpfte über meine Nachlässigkeit. Du läufst mit einem abgerissenen Saum durch die Gegend wie eine Schlampe. Wie eine *cien peso puta. Chiquita,* so geht das nicht weiter! So lass ich dich nicht mehr aus dem Haus, *guapita.* Nie bekam ich genug von all seinen *mujercitas, tesoritos, amorcitos,* die er über mich ausschüttete wie Bonbons, seinen mexikanischen Verkleinerungen, die alles hübscher und erträglicher machten. Auch das Jetzt, egal wie es war, denn für Diego war es immer ein Jetztchen: *ahorita, ahoritita.* Und ich war seine Tinatita. Manchmal auch Tinateta, Tina mit den Titten. Meine waren zwar falsch, nichts weiter als ein bisschen Stoff im BH, weil ich es aufgegeben hatte, Hormone zu nehmen, die mich quengelig machten und sündhaft teuer waren. Dafür waren seine Brüste echt, und er hasste sie, fürchtete sich aber vor einer Operation und konnte sie sich auch nicht leisten. Wir akzeptierten unsere körperlichen Unzulänglichkeiten wie andere Menschen wahrscheinlich ihren Hüftspeck und ihre Krampfadern. Ich war als Mann die beste Frau für Diego und er als Frau der beste Mann für mich. Ein Wunder. Wir wussten, dass das nur ein Mal im Leben geschieht, diese Umkehrung der Dinge, die alles plötzlich richtig macht, so als hätte man die ganze Zeit sein Hemd verkehrt herum getragen und es jetzt endlich gemerkt und auf die richtige Seite gedreht.

Wir sind die göttlichen Zwillinge, flüsterte er nachts im

Dunkeln in mein Ohr, wir sind Quetzalcoatl und Xolotl, der Schlangen- und der Hundegott. Ich bin die gefiederte Schlange und du der Hund, *amorcito,* und wenn du wieder deine Hormone nimmst, wirst du auch ein Xoloitzcuintle, der haarlose Hund der Azteken.

Er zog mich an den Haaren auf meinen Unterarmen.

Wie gemein du bist, jammerte ich.

Beklag dich nicht, sagte er, Xolotl ist der Gott des Todes und des Unglücks, wer könnte mächtiger sein?

Ich will aber nicht der Gott des Todes und des Unglücks sein, sagte ich.

Schscht, Xolotl, Platz! Aus!, zischte er und lachte, dass sein Speck neben mir nur so hüpfte.

Und haben die Azteken nicht ihren Opfern bei lebendigem Leib das Herz aus der Brust geschnitten? Wann also reißt du mir das Herz heraus?, fragte ich und lachte dabei.

Er legte sich auf mich mit all seinem Gewicht, er wusste, dass ich es liebte, wenn er mich unter sich begrub. Er presste seine Hand auf mein Herz. Xolotl, flüsterte er, dein Herz ist mein Herz, wir sind Götter und wir sind Zwillinge, vergiss das nicht.

Wir lagen stundenlang so im Dunkeln, bis unsere Körper verschmolzen, wir nicht mehr sagen konnten, wo wir anfingen und aufhörten, und alles hatten, Brüste, Hintern, Penis, Vagina, alles, was man so braucht. Ich bekam kaum noch Luft unter ihm, und mein Herz klopfte schneller. Manchmal schlief er auf mir ein, und wenn ich ihn dann vorsichtig zur Seite rollte, sich mein Brustkorb ausdehnte und ich wieder zu Atem kam, fühlte ich mich seltsam verlassen, ärmlich und schmal.

Diego war kein netter Mann. Ein Macho war er, und schrecklich eifersüchtig. Mit niemand anders durfte ich mehr sprechen, auf jeden Kellner wurde er böse, der mich ein paar Sekunden zu lang ansah. Jeder Fan, der mich im Morbos schüchtern anzufassen oder zu küssen versuchte, bekam sofort Ärger und manchmal sogar Schläge von ihm. Aber ich genoss Diegos Besitzansprüche wie ein Hündchen die strengen Befehle seines Herrn. Xolotl, der Hund, das war ich tatsächlich. Ich gehorchte ihm so gern, unter seiner Herrschaft blühte ich auf, wurde lustig, verspielt und leichtfüßig, wie ich nie zuvor gewesen war.

Diego mochte es nicht, dass ich als Fußpflegerin arbeitete, er fand, es sei unter meiner Würde, aber von den paar Auftritten im Morbos konnte ich nun mal nicht leben. Manchmal, selten genug, bekam ich noch einen Gig in einem der großen Hotels, und Diego schleppte meine Koffer und half mir, mich in kleinen Kabuffs hinter der Bühne umzuziehen und zu schminken. Meistens nahm ich nur Gitte mit, die kam bei den Rentnerinnen am besten an, und ich hing an ihr, denn meine Mutter hatte sie verehrt. Ich kannte bereits als Kind alle Texte. *So schön kann doch kein Mann sein,* hatte meine Mutter geträllert und damit meinen Vater, gemeint, der ihr grinsend und kopfschüttelnd zuschaute, wie sie durch die Wohnung tanzte. Mir war es peinlich, ich spürte die Verzweiflung hinter ihrer Überdrehtheit.

Ihre Kleider habe ich aufgehoben, jedes Mal wieder die alten Kartons verteidigt, wenn mein Vater sie endgültig wegwerfen wollte. Für meinen Auftritt als Gitte trug ich ihr enges weißes Kleid, klebte mir falsche Wimpern an und malte mir ihren dicken Lidstrich mit dem kleinen Aufwärtsschwung im Augenwinkel. Wenn ich fertig war, spuckte mir Diego über die Schulter, wünschte mir *mierda, mierda, mierda,* schickte mich auf die Bühne wie ein alter Impresario und zog eigenhändig den Vorhang auf. Vor mir lag das immergleiche Meer von stummen alten Ehepaaren mit Sonnenbrand und Drinks in der Hand, am Handgelenk ihre bunten *all-inclusive*-Bändchen, hinter ihnen der Beton, vor ihnen wie ein nie eingelöstes Versprechen der türkisblau schimmernde Pool. Diego startete das Playback, und ich öffnete meine perlrosa geschminkten Lippen: *Ich will alles! Nie mehr bescheiden und stumm, nie mehr betrogen und dumm. Nein – Ich will alles, ich will alles – und zwar sofort, eh' der letzte Traum in mir zu Staub verdorrt.* Spätestens beim zweiten Refrain klatschten die Frauen mit, bei der dritten Strophe standen sie bereits auf den Stühlen und grölten aus voller Kehle: *Zu lang hab ich verzichtet und mich selber klein gemacht. Ich will alles – ich will alles! Sperr mich nicht ein, ich will nie mehr zu früh zufrieden sein!* Die Ehemänner betrachteten ihre entfesselten Ehefrauen mit zunehmender Besorgnis, während Diego mir aus einer Ecke hinter der Bühne aufmerksam zuschaute. Sein Blick beschützte mich, und zum ersten Mal im Leben fühlte ich mich aufgehoben und sicher. Ich hätte nichts dagegen gehabt, mit ihm eines Tages als altes Ehepaar am Pool in so einem Hotel zu sitzen und Campari zu schlürfen, die *all-inclusive*-Bändchen um unsere Handgelenke geschlungen wie Eheringe.

Nach der Show zählte Diego die lächerlichen paar Penunzen, die man mir bezahlte. Die Krise, die Krise, jammerten die Hotelmanager mit Grabesstimme, weitere Auftritte könne man leider nicht fest buchen.

Aber die Frau ist der Hit!, rief Diego dann erbost, das haben Sie doch gerade gesehen! Daraufhin nickte man und schwieg betreten.

Wir gingen zu Fuß nach Hause, um Geld zu sparen. Diego schleppte meinen Koffer mit den Kostümen und fluchte vor sich hin. Verdammte Scheiße, wir brauchen einfach mehr Geld. Er nannte es *lana,* Wolle.

Eines Tages sagte er: Ich habe eine Idee, wie wir Wolle machen können. Viel Wolle! Er grinste von einem Ohr bis zum anderen. Alles hatte er bereits geplant, und der Plan gefiel mir, bis auf ein Detail.

Nein, sagte ich, das kannst du nicht von mir verlangen. So mag ich nicht den ganzen Tag rumrennen.

Tesorito, Schätzchen, sagte Diego, es ist doch nicht der ganze Tag. Nur ein paar Stündchen. Ich bitte dich! Das wirst du doch aushalten, nur ein paar Stündchen als Mann!

Das war nicht das Problem, ich ging tagsüber öfter ohne Make-up, Busen und Perücke aus dem Haus, wenn Diego nicht dabei war und ich keine Zeit hatte, mich zurechtzumachen. Aber dann fühlte ich mich immer, als müsste ich eine Rolle spielen, ich war nicht wirklich ich selbst, und mit Diego wollte ich niemand anders sein als Tina, seine Tina.

Amorcito, was ändert das schon, du bist und bleibst doch meine *mujercita,* schnurrte Diego.

Nein! Ich will nicht den ganzen Tag in so einer Scheiß-Uniform als Gasmann durch die Gegend fahren!

Ich habe mir solche Mühe gegeben, sagte er beleidigt. Es sind keine Scheiß-Uniformen, sondern schneeweiße Overalls mit eingestickten roten Logos, für zweiundfünfzig Euro das Stück.

Ich mag aber nicht.

Diego fuhr mir durch mein falsches Haar. Du blödes, stures Weibsstück, du, sagte er, denk an das Geld! Denk doch einfach mal an die viele Wolle, die wir verdienen werden, und was wir dann alles machen können!

Wenn es funktioniert, sagte ich.

Wird es. Du wirst sehen.

Fuerza y Luz, Kraft und Licht, mit einem Blitz davor und einem danach – das stand auf unserem Auto, auf unseren Overalls, auf unseren Formularen. Diego hatte diesen Namen gewählt, weil früher die Elektrizitätswerke in Mexiko so hießen. Es hatte etwas Biblisches, und als Kind hatte er geglaubt, der Strom käme von Gott wie Donner und Blitz. *Fuerza y Luz,* das mochte ich, denn das war Diego für mich: Kraft und Licht.

Unsere Kunden suchten wir nach den Kennzeichen der Autos aus, die vor den Toren ihrer Ferienhäuser standen. Spanier besuchten wir nie, das war uns zu gefährlich, sondern nur Deutsche. Weil ich verstand, was sie über uns sagten, und notfalls zum Rückzug blasen konnte.

Schneidig fuhren wir vor, sprangen aus dem Auto, lächelnd standen wir vor der Tür. Immer waren wir höflich, begrüßten die Dame mit einer kleinen Verbeugung, den Herrn mit festem Handschlag und sagten unser Sprüchlein auf Spanisch auf. Verunsichert glotzten sie uns dann an, beide oft in Badehose und Bikini und mit tropfenden Haaren, weil wir sie vom Pool geholt hatten. Wir kamen immer in der Siesta-Zeit, weil dann die Spanier schliefen, die Deutschen jedoch nie.

Spatzi, hast du verstanden, was die wollen?, fragte der Mann dann regelmäßig seine Frau, die fast immer ein paar Brocken Spanisch mehr konnte als er.

Die sind von den Gas- und Elektrizitätswerken und müssen irgendwas reparieren, sagte sie, aber was genau, hab ich nicht verstanden.

Frag, was das kosten soll, Spatzi, sagte er.

Cuánto cuesta? Diese Frage konnte jeder fließend. Was kostet die Sonne? Was kostet das Glück? Was kostet ein Ferienhaus am Meer?

Wir zückten unsere Formulare, zeigten ihnen fingierte Posten, schrieben Zahlen auf ein Stück Papier, holten den Taschenrechner raus und kamen immer auf genau 399 Euro.

Darauf verstummten alle erst einmal, und wir warteten geduldig. Wenn es sehr heiß war, baten wir um ein Glas Wasser, das uns immer gegeben wurde, oft auch Obst, deutscher Kuchen und deutscher Kaffee, den besonders ich genoss. Nach einigem Zucken und Zögern willigten alle, wirklich alle ein, denn wir halfen mit gestischen Darstellungen von Explosionen und durch mehrfaches Wiederholen des Wortes *peligroso,* gefährlich, nach. Sie schlossen daraus messerscharf, dass es sehr gefährlich sei, die Leitungen nicht überprüfen und reparieren zu lassen, unterschrieben brav unsere Formulare und führten uns schließlich zu ihren Gasflaschen. Wir öffneten unseren Werkzeugkasten, oft stellte sich der Mann mit untergeschlagenen Armen daneben und schaute uns misstrauisch zu, dann schraubten wir erst einmal alles ab, bis ihm langweilig wurde und er verschwand. Dann schraubten wir alles wieder an und präsentierten die Rechnung, die bar bezahlt werden musste.

Wieso wollen die das in bar, Spatzi? Heißt *en efectivo* wirklich in bar?

Sie blätterte nervös im Wörterbuch. Doch, heißt es, sagte sie.

Und warum können wir es nicht überweisen?

Weiß ich auch nicht, antwortete sie hilflos, die sagen, das geht nur bar, und das hätten wir unterschrieben.

Deutsche glauben an Verträge und halten sich an sie, das ist das Rührende an ihnen. Maulend und meckernd, dass das sehr unüblich sei und man sonst doch auch immer alles überwiesen habe, holte man dann das Portemonnaie und zahlte uns aus. Immer wieder überraschte uns, dass die Deutschen so viel Bargeld im Haus hatten. Hatten sie aber alle.

Zu Hause warfen wir unsere Overalls ab, Diego machte sich ein Bier auf, wir zählten die Scheine und freuten uns wie die Pinguine.

Was machen wir mit dem ganzen Geld?, fragte ich.

Wenn du einen Busen willst, kaufen wir dir einen Busen, wenn du ein Auto haben willst, kaufen wir dir ein Auto, wenn du einen Brillantring willst, kaufen wir dir einen Brillantring, *mi amor*, sagte Diego. Und jetzt geh und zieh dir was Anständiges an!

Gehorsam ging ich ins Bad, schminkte mich, zog mir ein hübsches Kleid an und atmete auf.

Wenn wir als Gasmänner unterwegs waren, ließ Diego keinerlei Zärtlichkeiten zu. Er war dann hart, abweisend und kalt. Ein echter Kerl. Er meinte, dass genau dieses Verhalten von einem *onnabe* erwartet würde.

Es ist ein Spiel, sagte er, die Weiber wollen schlecht behandelt werden, das lieben sie. Pack sie wie eine Katze im

Genick, schüttle sie, und wirf sie weit weg – und sie kommen angekrochen und schlecken dir die Füße.

Woher hast du diese bekloppte Vorstellung?, fragte ich ihn.

Er zuckte die Schultern. Meine Mutter ist so, sagte er. Mein Vater hat sie verprügelt und misshandelt, und sie hat gewinselt. Ekelhaft.

Hat er dich auch verprügelt?

Diego sah mich nicht an. Ich hab nie geflennt und bin nicht danach wieder zu ihm gekrochen. Kein einziges Mal. Nie. Ich hab ihn verflucht, und er hat gewusst, dass ich ihn hasse. Aber meine Mutter hat ihm sogar noch mit gebrochenen Rippen sein Lieblingsessen gekocht. Dummes Weibsstück. Ich verachte die Weiber.

Du bist ein widerlicher Macho, und zum Glück bin ich keine Frau, sagte ich.

Zum Glück, *amorcito,* sagte er ernst, zum Glück.

Verlass mich nicht, sagte ich dummes, dämliches Weibsstück.

Er sah mich mit seinen nachtschwarzen Augen an und strich mir mit dem Finger über die Lippen. Wie dumm ist meine Tinatita? Wo finde ich auf der ganzen Welt noch einmal jemanden wie dich?, flüsterte er.

Er wird keine wie mich mehr finden, aber ich auch niemanden wie ihn.

Nach vier Wochen hatten wir über sechstausend Euro zusammen. Wir bedeckten unser Bett mit den Scheinen, standen andächtig davor wie vor einem Altar und nahmen uns feierlich an den Händen.

Wie lange wollen wir das noch machen?, fragte ich. Irgendwann kommen sie uns auf die Schliche. Diego legte sich aufs Bett, auf die Scheine, und zog mich an sich.

Noch ein bisschen, sagte er, nur noch ein kleines bisschen. Dann haben wir genug.

Genug wofür?, fragte ich.

Genug für alles. Küss mich, und halt die Klappe, sagte er.

Wir hielten vor unserem ehemaligen Haus, und mein Körper fing an zu zittern, als hätte ich in einen Stromstecker gefasst. Ein roter vw-Passat stand vor der Tür, mit Hamburger Kennzeichen und Kindersitz hinten.

Das ist gut, Deutsche mit kleinen Kindern, sagte Diego. Jetzt komm schon. Oder was ist los?

Mit einem Mal war meine alte Geschichte so müde, dass sie sich nicht aufraffen konnte, mir über die Lippen zu kommen. Also schwieg ich und stieg aus.

Lächeln, sagte Diego, lächeln. Du siehst aus wie ein alter, verbitterter Gasmann.

Er schüttelte mich, um mich zu lockern, und klingelte. Eine junge Frau öffnete, sie hatte Sommersprossen und blonde, lockige Haare, ein schmales Gesicht, auf dem Arm hielt sie ein Kleinkind, das mit einem Suppenlöffel spielte. Sie lächelte so frisch und arglos, dass ich am liebsten wieder gegangen wäre.

Hola, sagte sie, und damit war ihr Spanisch bereits am Ende.

Wir sagten unser Sprüchlein auf, sie blickte uns hilflos aus blassen Augen an und lächelte weiter nett. Das Kind gab mir seinen Löffel wie ein Zepter und strahlte mich ebenfalls an, da konnte ich nicht anders: Ich öffnete den Mund und sprach deutsch. Wir sind von den Gaswerken und müssen Ihre Gasleitungen überprüfen.

Diego funkelte mich böse an. Dass ich deutsch sprach, verstieß gegen unsere Abmachungen, und eigentlich war jetzt schon klar, dass wir hier keinen Stich machen würden.

Ach so, sagte sie. Ich hole nur schnell meinen Mann, er hält eine spanische Siesta, das liebt er. Sie kicherte, das Kind hielt sich die Ohren zu.

Und dann saßen wir an unserem alten Frühstückstisch, er stand an demselben Platz neben dem Pool. Sie waren zu dritt, Vater, Mutter, Kind, wie wir zu dritt gewesen waren. Ich sah uns dort sitzen, wir wirkten blass und erschöpft und winkten aus weiter Entfernung, als wollten wir in Ruhe gelassen werden.

Schönes Haus, sagte ich schwach.

Ja, sagte sie stolz, und ihr Mann seufzte. Er war smart und gutaussehend, sein Gesicht attraktiv zerknautscht vom Schlaf.

Dieses Haus frisst uns auf, sagte er, ständig ist irgendwas kaputt.

Nein, nein, sagte ich, unser Service ist natürlich kostenlos.

Diego sah mich misstrauisch an, der Mann zog die Augenbrauen hoch. Das ist ja mal was Neues, sagte er.

Ja, sagte ich. Das ist der jährliche Service der Gaswerke.

Diego trat mir unterm Tisch auf den Fuß, er verstand kein Wort und wurde ungeduldig.

Wir kommen ja nur Ostern und in den großen Ferien her, sagte die Frau, als würde das etwas Wichtiges erklären.

Meine Frau wollte unbedingt ein Haus in Spanien haben, ergänzte ihr Mann, und jetzt haben wir den Salat.

Aber dieser Service ist doch kostenlos, Liebling, sagte sie und nahm seine Hand.

Eine Idee stieg mir in den Kopf wie zu schnell getrunkener Alkohol und machte mich schwindlig.

Sie könnten versuchen, einen Zwischenmieter zu finden für die übrige Zeit im Jahr, sagte ich.

Beide nickten eifrig.

Ich könnte Ihnen bei Interesse behilflich sein … Ich kenne hier einige Leute …

Diego stand auf und klatschte in die Hände.

Tja, sagte ich, dann zeigen Sie uns doch bitte Ihre Gasflaschen, und dann sind wir auch schon bald wieder weg.

Sie führte uns in die Küche, öffnete den kleinen Verschlag unter der Spüle, und als ich mich dort hineinzwängte und sinnlos mit dem Schraubenzieher an die Gasleitungen klopfte, erinnerte ich mich mit einem Mal an mein altes Versteck. Ich sah von dort unten die langen nackten Beine meiner Mutter und die Hosenbeine meines Vaters, ihre Köpfe schwebten ganz weit oben, wo sie in einer unverständlichen Sprache schrien und diskutierten, und mich packte das alte Gefühl der Hilflosigkeit und der Angst.

Ich saß dort unten, bis das Kind in die Küche kam und mich unbewegt anstarrte. Es gab mir einen weiteren Löffel in die Hand.

Danke, sagte ich.

Bitte, sagte das Kind.

Diego schrie im Wagen wie am Spieß vor Wut.

Aber *mi amor*, beruhige dich, sagte ich, es ist doch nichts passiert. Wir könnten vielleicht in das Haus ziehen, sie kommen doch nur zweimal im Jahr, Ostern und im August. Stell dir vor, wir hätten dann sogar einen Pool!

Du Trottel hast deine Identität preisgegeben, du hast deutsch gesprochen!

Die waren nett, die haben keine Ahnung, und außerdem haben wir ja kein Geld genommen.

Pinche puta, sagte Diego und sah mich nicht mehr an, bis wir zu Hause waren. Er warf sich aufs Bett, machte den Fernseher an und würdigte mich weiterhin keines Blickes.

Ich kniete mich auf den Teppich und schaute zu ihm hoch wie ein bettelnder Hund. Er drehte sich zur Wand. Ich blieb auf dem Teppich sitzen. Drei Stunden lang.

Um acht Uhr stand er auf, nahm seine Schlüssel, ging ins Morbos zur Arbeit.

Ich setzte mich an den Küchentisch und übersetzte Gittes Lied *Lass mich heute nicht allein* Wort für Wort ins Spanische. Ich wählte die blonde Perücke, schminkte mich, zog mein weißes Kleid an und fuhr ins Morbos. Ich ging über die Küche hinein, so dass Diego mich nicht sehen würde, vereinbarte mit Sati, dass sie mir eine Nummer abtrat, was sie für 200 Euro tat, das raffgierige Biest. Aber dafür ließ sie sich auch herab, Diego meinen Brief zu überreichen. Ich kam auf die Bühne, und mit zitternder Stimme brachte ich hervor: Dieses Lied ist für den besten Mann, den ich kenne. Ein Mann, wie es keinen anderen gibt auf der Welt. Mein Mann.

Diego sah nicht auf, er zapfte Bier, er kassierte, er sah mich nicht an. Ich ließ das Playback abfahren, beobachtete, wie Sati Diego meinen Brief gab, wie er ihn las, wegschaute. Erst bei der allerletzten Strophe sah er mich an: *Lass mich heute nicht allein, denn die Liebe lädt uns ein, verschenk nicht einen Augenblick, denn nicht einer kommt zurück.* Ich sang das Lied nicht zu Ende, ich sprang von der Bühne, nahm seine Hand, und wir gingen zusammen nach Hause.

Der nächste Tag war ein Sonntag, wir gingen wie immer in die Kirche, weil Diego darauf bestand. Er kniete und betete lange, ich wurde ungeduldig und wartete draußen auf ihn. Als er herauskam, sah er so gut aus wie nie zuvor, ein stattlicher, schöner Mann. Er stand auf den Stufen und suchte nach mir, und als er mich gefunden hatte, küsste er mich mit seltsamem Nachdruck, daran erinnere ich mich noch genau. Wir aßen ein Eis am Strand, es war ein glücklicher, langweiliger Tag, und am nächsten Morgen wachte ich auf, und er war weg. Und mit ihm das Geld. Die Wolle, *la lana.*

Freud und Leid

Apple

Ich durfte nie ein Haustier haben. Nie. Wir können das keinem Tier antun, hat meine Mutter immer gesagt. Wir sind zu viel umgezogen.

Da hatte Ihre Mutter wahrscheinlich recht, sagte Dr. Fellborn, während er meinen Hund mit geübtem Handgriff auf den Rücken warf und seine Gelenke abtastete. Tiere sind von Grund auf Spießer, sie wollen, dass sich nichts verändert und alles immer gleich bleibt.

Mein Hund grunzte wohlig. Er ging gern zum Arzt. Er liebte die Aufmerksamkeit. Seit ein paar Wochen tat er so, als könnte er nicht mehr richtig laufen, er zog das eine Bein nach und weigerte sich, die Treppen hinauf- oder hinunterzugehen, so dass ich ihn tragen musste.

Das einzige Haustier, das ich jemals haben durfte, war eine Grille. Sie hatte ihren eigenen kleinen Metallkäfig, aus Vietnam, dort gehört es anscheinend zum guten Ton, eine Grille zu haben.

Dr. Fellborn sah mich abwesend an. Er war wohl um die vierzig, sah aber jünger aus. Er hatte hellbraune, lockige Haare, die von hinten aussahen wie die Dauerwelle von Tante Else, aber von vorn war er sehr hübsch. Er hatte eine stämmige Figur und kräftige Hände, die ich auf Anhieb mochte. Ich weiß, ich muss vorsichtig sein, wenn Männer schöne

Hände haben, da bin ich anfällig und vergesse gern den Rest.

Die Grille fing immer an zu zirpen, wenn ich das Radio anmachte, fügte ich hinzu. Aber nach einer Woche war sie tot. Sie hatte kein einziges der Blätter, die ich ihr in den Käfig legte, angerührt.

Dr. Fellborn grinste, er hatte ein nettes, breites Grinsen, das mir fast so gut gefiel wie seine Hände. Warum sind Sie so oft umgezogen?, fragte er und knetete weiter an meinem grunzenden Hund herum.

Eine simple Frage. Keine Ahnung, warum ich etwas tat, was ich schon länger nicht mehr gemacht hatte. Ich log über meine Familie. Mein Vater war Theaterregisseur, sagte ich. Er hat überall auf der Welt inszeniert. Auch in Vietnam.

Mein Hund sah mich naserümpfend an, während Dr. Fellborn seine Hüftgelenke abtastete. Er wusste es genau, wenn ich log.

Wie aufregend, sagte Dr. Fellborn. Ich geh leider nicht oft ins Theater.

Ich auch nicht, behauptete ich.

Fellborn grinste. Ich fürchte, Ihr Hund braucht neue Hüftgelenke, sagte er. So jung, und die Gelenke schon komplett im Eimer. Überzüchtet, das arme Tier. Ich kann ihn auch einschläfern … aber ich denke mir, das möchten Sie nicht.

Nein, sagte ich leise. Ich hänge sehr an ihm.

Dr. Fellborn nickte. Immer dasselbe Problem.

Was jetzt genau?

Das, woran man hängt, macht einem früher oder später Kummer. Ist doch so.

Er gab meinem Hund einen Klaps, der drehte sich daraufhin schnaufend auf den Bauch, blieb aber auf dem Untersuchungstisch liegen, als erhoffe er sich eine weitere Behandlung. Fellborn hielt die Röntgenbilder von den Hüftgelenken meines Hundes gegen das Licht, und zu dritt betrachteten wir sie wie ein indonesisches Schattentheater.

Fellborn seufzte. Beidseitige Hüftdysplasie und Spondylose, das ist eine Verknöcherung der Wirbelsäule, beginnende Arthrose der Kniegelenke. Armes Schwein.

Ich fing an zu weinen. Hund und Fellborn beobachteten mich besorgt.

Erst machen wir die eine Hüfte, danach Reha, dann die andere, sagte Dr. Fellborn energisch und schlug die Arme unter.

Ich hörte auf zu weinen. Meine Mutter hatte vor einem Jahr auch eine Hüftoperation, sagte ich, aber sie brauchte nur eine künstliche Hüfte und keine Reha, und sie ist weit über sechzig.

Und sie ist versichert, fuhr Dr. Fellborn fort.

Von einer Hundekrankenversicherung hat man mir abgeraten, sagte ich. Die Versicherung sei zu teuer und viele Krankheiten bei bestimmten Rassen sowieso ausgeschlossen.

Tja, sagte Fellborn sorgenvoll, als ginge es ebenso sehr um meine Gesundheit wie um die meines Hundes. Jetzt wird's teuer. Außer eben, wie gesagt, ich könnte ihn auch …

Nein, widersprach ich schnell.

Ist ja auch ein Netter, sagte er lahm, wie auf einer Party, wenn einem der Gesprächsstoff ausgeht.

Ich kann nicht ohne ihn, er ist mein Therapeut, lag mir auf der Zunge, aber ich hielt mich gerade noch zurück. Wobei sich Dr. Fellborn wahrscheinlich nicht weiter gewundert hätte. Die meisten Hundebesitzer haben einen Knall. Den Namen meines Hundes hatte ich ihm dennoch verschwiegen.

Wie viel wird das denn ungefähr kosten?

Fellborn sah mich skeptisch an, als habe er Angst, dass ich gleich wieder in Tränen ausbrechen würde. Mit ungefähr 3500 inklusive Reha müssen Sie schon rechnen. Aber wie gesagt, es gibt auch eine andere Alternative.

Es gibt nur die Alternative, nicht eine andere, dachte ich wütend. »Alter« heißt »der, das andere« auf Lateinisch, Sie müssen als Mediziner doch Latein gehabt haben, Mensch.

Mein Hund hob den Kopf. Sein Blick war flehentlich. Bitte, jetzt keine Korinthenkackerei. Es geht um mein Leben.

Wir machen alles, was möglich ist, sagte ich entschlossen.

Möglich ist vieles, sagte Dr. Fellborn, nahm Freud vom Tisch und drückte ihn mir wie ein Baby in den Arm. Er ist gesund, jung, die Prognose ist gut. Und nebenbei hasse ich nichts so sehr, wie Tiere einschläfern zu müssen. Man fühlt sich wie Gott und gleichzeitig so mies.

Vielleicht fühlt Gott sich auch meistens mies, sagte ich. Mein Hund schleckte mir das Ohr.

Könnte sein, sagte Dr. Fellborn und sah mich so süß an, dass ich ihn am liebsten auch geschleckt hätte. Am Ohr.

Am 1. September 2010 werde ich der Hund einer Dame von Anfang vierzig, Fräulein A., deren Leiden wie deren Persönlichkeit mir so viel Interesse einflößen, dass ich ihr einen großen Teil meiner Zeit widme und mir ihre Herstellung zur

Aufgabe mache. Ich finde eine noch jugendlich aussehende Frau mit feinen Gesichtszügen auf dem Diwan liegend, sie spricht zusammenhängend und offensichtlich gebildet. Ihre Hauptklage bezieht sich auf Männerbeziehungen in der Vergangenheit und ihre Mutter. Sie sagt, sie leide unter allgemeiner Lebensangst und der Unfähigkeit, Entscheidungen zu treffen. Ich ordne lange Spaziergänge mit mir und weniger Telefongespräche mit der Mutter an. Fräulein A. ist Hysterika, mit größter Leichtigkeit in Hypnose zu versetzen. Ich brauche sie lediglich anzusehen, und schon sinkt sie mit einem Ausdruck kindlicher Freude vor mir zusammen und ruft aus: Wie gut, dass ich Sie gefunden habe, Herr Dr. Freud!

Wie gut, dass ich ihn gefunden hatte, diesen seltsamen Hund, der mich von der ersten Minute an mit seinen braunen Knopfaugen angeschaut hatte, als kenne er mich. Er war noch ein Welpe und kam auf mich zugetorkelt wie betrunken, aber zielsicher hatte er mich ausgesucht, davon war ich überzeugt.

Ja mei, an dem werden's Ihre Freud haben, rief die Züchterin, und wegen seines intensiven, wissenden Blicks machte es bei mir klick. Er war Freud, Dr. Sigmund Freud, er würde mir zuhören, wie mir noch niemand zugehört hatte, mir Aufmerksamkeit schenken, wie sie mir sonst niemand gewährte.

Ganz selbstverständlich legte er sich schon als Welpe neben mich ins Bett, heftete seine leicht unterlaufenen Augen auf mich und starrte mich so lange an, bis ich wie unter Hypnose anfing zu reden. Ich erzählte ihm alles von mir, und er hörte verständnisvoll zu. Ich wusste natürlich, dass das nicht wirklich so war. Ich bin nicht bescheuert, aber mit meinem Menschenhirn konnte ich mit einem Hund nicht anders kommunizieren als eben menschlich, und er mit seinem Hundehirn sah in mir wahrscheinlich einen sehr groß geratenen und reichlich neurotischen Hund, auf jeden Fall einen Artgenossen – denn warum sollte er von seiner eigenen Spezies absehen können, wenn ich es nicht konnte?

Und selbst wenn Freud kein Wort meines Geplappers verstand, er blickte mir auf seine Weise tief ins Gemüt; aufmerksam und geduldig betrachtete er mich, keine meiner Schwächen und Fehler wurden ihm jemals zu viel.

Er tat sein Bestes, um mich zu Gleichmut und zum Leben im Augenblick zu erziehen. Immer wieder zeigte er mir, dass es nichts Schöneres gab, als an einem Regenmorgen durch die mit dicken Tropfen beladenen Gräser zu streifen, sich vor Freude zu schütteln, in der nassen Erde zu scharren und die Nase tief hineinzustecken. Ich legte mich mit ihm platt auf eine Wiese und schnüffelte am Gras. Rieb meinen Rücken an einem Baumstamm. Wälzte mich auf dem Parkettboden meiner Wohnung. Balgte mich mit ihm um seinen Gummiknochen.

Keine Sekunde lang vermisste ich einen Mann. Auf einen Streich hatte ich plötzlich ein Baby, einen Gefährten und einen Therapeuten.

Auf Anraten der Züchterin kaufte ich in den ersten Monaten Pampers-Windeln und fühlte mich im Drogeriemarkt all den jungen und gestressten Müttern verbunden, die mich erst dann abfällig anblickten, wenn sie an der Kasse Freud in meiner Tasche entdeckten.

Spätnachts ging ich mit ihm durch die Straßen und fühlte

mich sicher, obwohl er lächerlich klein war und bestimmt niemanden in die Flucht geschlagen hätte.

Und wenn wir ins Bett gingen, setzte er sich an das Kopfende und hypnotisierte mich mit seinem tiefen Hundeblick.

Was wollen Sie denn von mir, Herr Dr. Freud, seufzte ich dann und zierte mich. Aber er sah mich einfach so lange an, bis ich anfing zu reden, und redete und redete, was den Sturm in meinem Kopf, in dem immer noch der untreue Georg herumwirbelte, merkwürdig beruhigte. Ich kam mir noch nicht mal besonders meschugge vor, es sah und hörte mich ja niemand – außer Dr. Freud.

In der Hypnose frage ich Fräulein A., welches Ereignis ihres Lebens die nachhaltigste Wirkung auf sie ausgeübt habe und am öftesten als Erinnerung bei ihr auftauche. Stockend erzählt sie, wie sie mit ihrer Mutter an einem Strand in Spanien in einem Zelt gelebt, und die Mutter eines Tages die Augen nicht geöffnet habe, nicht zu wecken gewesen sei, steif und leblos dagelegen habe. Niemand sei in der Nähe gewesen, der hätte helfen können. Fräulein A. habe mit einem Schmerz, der unbeschreiblich gewesen sei, neben ihrer vermeintlich toten Frau Mutter gesessen und gewusst, dass sie nie mehr im Leben würde glücklich sein können. Als nach ewig langer Zeit, die sie nicht genau bemessen konnte, die Mutter die Augen aufschlug und sagte, sie wolle sterben, habe sie geglaubt, eine Tote spreche zu ihr. Die Mutter habe wohl Liebeskummer gehabt und beträchtliche Mengen an Drogen genommen, um ihr Leid zu betäuben, aber das habe sie erst später verstanden. Jedes Mal, wenn die Mutter schwimmen gegangen sei, habe sie geglaubt, sie wolle sich ertränken und käme nie mehr zurück. Von da an habe Fräulein A. ständig auf ihre Mutter aufgepasst und schreckliche Ängste ausgestanden, die Mutter dafür gehasst und sich sehnlichst fortgewünscht. Da das nicht möglich war, wollte sie wenigstens einen Kameraden in ihrem Unglück haben, ein Tier. Ein Haustier. Das verbot die Mutter, weil sie wie Nomaden lebten und man das keinem Tier zumuten könne. Außerdem habe die Tochter doch Angst vor Tieren, sie sei einfach kein Tiermensch. Ja, bestätigte die Patientin, sie habe große Angst vor vielen Tieren, besonders vor Würmern. Einmal, als Kind, habe sie ein Kissen von ihrer Mutter bekommen, und eines Morgens seien Hunderte von kleinen Würmern aus dem Kissen gekrochen – vermutlich war die Buchweizenfüllung nicht ganz trocken gewesen. Die Mutter habe nur gelacht. Die Mutter schildert die Patientin insgesamt als ironisch und wenig mitfühlend. Ein andermal habe Fräulein A. ein kleines Spielzeugpony mit einer langen Mähne gehabt, das sie sehr liebte, hegte und pflegte, und eine Möwe sei gekommen und habe das kleine Pony gepackt und sei mit ihm davongeflogen, weil sie es anscheinend für etwas Essbares hielt. Fräulein A. habe geheult und geschrien, aber die Mutter habe das lustig gefunden und sogar ein Foto gemacht von der Möwe mit dem Pony im Schnabel.

Seitdem fürchte sie sich vor Möwen. Auch Kröten seien ihr zuwider, Schlangen und besonders Eidechsen, die sie immer so feindlich angestarrt hätten.

Es habe Zeiten gegeben, da habe sie niemandem die Hand reichen können aus Furcht, diese verwandle sich in ein scheußliches Tier. Oft habe die Mutter amüsiert zu völlig Fremden gesagt, ihre Tochter sei komplett hysterisch. Dumm und stumm habe sie dann neben der Mutter gestanden, unfähig, darauf etwas zu erwidern.

Sie habe sich nur immer heftiger fortgewünscht, und als die Mutter sich dann in einen Holländer verliebte, Fräulein A. aber in Deutschland in die Schule gehen musste, sei sie einige Zeit bei einer Lehrerfamilie untergebracht gewesen. Dort sei sie glücklich gewesen, und ihr habe nur vor dem Tag gegraut, an dem ihre Mutter sie wieder abholen würde.

Um Punkt acht Uhr kam Freud auf den OP-Tisch, Dr. Fellborn drückte mir fest die Hand, sagte: Wird schon, und schickte mich vor die Tür. Bei der Operation meiner Mutter war ich ruhiger. Bei ihr hatte ich mir auch nicht den ganzen Tag im Funk freigenommen. Statt Kaffee trinken zu gehen oder mich sonst abzulenken, blieb ich vier Stunden lang auf dem Flur sitzen, sah dicken alten Damen mit geschwollenen Füßen und ihren dicken Hunden zu, wie sie nervös auf und ab tippelten und ihre Diagnose abwarteten, ihre Röntgenbilder betrachteten, gemeinsam vor sich hin ächzten, stöhnten und seufzten. Fellborn hatte mir mit Bitterkeit in der Stimme erzählt, dass immer mehr Hunde unter Diabetes, Bluthochdruck und Übergewicht litten wie ihre undisziplinierten Halter, sich überhaupt Mensch und Hund immer mehr annäherten, auch in den Behandlungsmethoden. Er habe kürzlich einem Papagei eine künstliche Kniescheibe eingesetzt, denn ein Papagei mit kaputtem Knie könne nicht mehr stehen, er falle um wie ein Steiff-Tier und sei nicht lebensfähig. Und da es machbar sei, so Fellborn, habe er es eben gemacht.

Ich kam mir zwar alt und lächerlich vor – jetzt war ich auch so eine Hundefrau, die mit ihrem Hundchen lebte wie mit einem Kind oder Mann –, aber ich musste mir eingestehen, dass es mir mit Freud besser ging als je zuvor. Von ihm erfuhr ich etwas, das sich anfühlte wie Liebe, auch wenn ich genau wusste, dass es dieses Gefühl in seinem Hundehirn nicht gab. Die Selbsttäuschung war mit ihm leichter als mit einem Mann, vielleicht war es nur das. Aber es führte auch dazu, dass ich große Angst hatte, ihn zu verlieren. Ganz so, wie Fellborn es bei unserem ersten Termin vorausgesagt hatte: Das, woran man hängt, macht einem irgendwann Kummer.

Wegen Freuds Operation musste ich beim Funk meinen Jahresurlaub nehmen und würde nicht in die Ferien fahren können. Meine Mutter hatte mich nach Torremolinos eingeladen, wo sie zu ihren neuen »besten Freunden« gezogen war, ihrem Exgeliebten und seinem Sohn. Dieser Sohn war in meinem Alter, ich hatte ihn als Kind einmal kurz kennengelernt, inzwischen war er allerdings eine Frau. Alles, was meine Mutter tat, war unglaublicher als meine Lügen über sie.

Dass ich Fellborn gegenüber behauptet hatte, mein Vater sei Theaterregisseur gewesen, bereute ich zutiefst, denn immer wieder kam er darauf zu sprechen, wie interessant meine Kindheit doch gewesen sein müsse, und dann sah er mich erwartungsvoll an. Um ihn nicht zu enttäuschen, machte ich aus meiner Mutter eine erfolgreiche Balletttänzerin, die deshalb im Alter Probleme mit ihren Hüften bekommen habe.

Ja, ja, nickte er sofort, während er Freud Kortison spritzte und ich seine Pfoten hielt. Das passiert bei Spitzensportlern oft. Haben Sie Abend für Abend hinter dem Vorhang gestanden und Ihrer Mutter zugeschaut, wie sie den sterbenden Schwan tanzt? So kennt man das doch aus Filmen.

Er sah mich bewundernd an, aber er bewunderte an mir nur die Biographie meiner Mutter. Diesen Blick war ich gewohnt, da machte meine kleine Lüge doch gar keinen Unterschied. Was fehlte, war nur das diffuse Mitleid, das sich sonst immer zu der Bewunderung gesellte, wenn ich die Wahrheit erzählte: Deine Mutter war ein echter Hippie? Und ihr habt in einem Zelt gelebt? Und alle waren nackt und haben ständig Drogen eingeworfen?

Nein, sagte ich, eigentlich habe ich immer nur in der Garderobe gesessen und meine Hausaufgaben gemacht. Ich bin eher so der Garderobentyp.

Fellborn lächelte breit, was ihn sehr jung aussehen ließ.

Dann kann ich es ja gestehen, sagte er. Ich war in meinem ganzen Leben nur einmal im Theater, mit der Schule, in *Der gute Mensch von Sezuan.* Und da bin ich auch noch eingeschlafen.

Die Operation verlief ohne Komplikationen, und Freud schien dankbar, dass ich mich dazu entschieden hatte, denn als ich ihn nach Hause brachte, leckte er mir unablässig die Hand. Von nun an hatte ich einen Pflegefall im Haus. Ich zog ihm wieder Windeln an, aber für größere Geschäfte musste ich ihn vier Stockwerke hinuntertragen, in den kleinen Park um die Ecke, ihn dort ins Gras setzen, ihm die Hinterbeine auseinanderschieben und ihm dann mit zärtlichen Worten zureden, doch bitte, bitte endlich vorwärts zu machen, bevor entweder Passanten sich über uns entrüsteten oder ich vom Regen durchgeweicht war. Es regnete immer, wenn wir auf die Straße mussten.

Freud sah mich hilflos und zutiefst erniedrigt an, und es klappte besser, wenn ich mich ebenfalls hinkniete und vor mich hin grunzte, als drückte ich. Ich gebe zu, dass ich dann meist darauf verzichtete, das Ergebnis auch noch mit der Plastiktüte aufzuheben und in meine Manteltasche zu stecken. Oft genug hatte ich es dort schon vergessen, um dann nach meinem Hausschlüssel zu suchen und hineinzufassen.

Danach trug ich ihn wieder vier Stockwerke nach oben. Meine Arme schmerzten vom ewigen Geschleppe, aber er konnte sich keinen Zentimeter selbst bewegen. Wenn er mit seinem Hüftverband platt auf dem Boden lag, bekam er noch nicht einmal den Kopf hoch, um an den Futternapf zu kommen. Also nahm ich ihn auf den Schoß und fütterte ihn mit einem Löffel. Das Fleisch war für mich so ekelhaft, dass ich würgen musste. Aber alle Versuche, auf vegetarisches Futter umzustellen, waren schon früh gescheitert. Das hatte ich einfach nicht bedacht, dass ich mit einem Hund zwangsläufig Fleisch würde anfassen, zerteilen, riechen müssen. Um es besser zu ertragen, hatte ich mir anfangs von meiner Zahnärztin Atemschutzmasken geben lassen, aber festgestellt, dass der Anblick von Fleisch fast schlimmer war als der Geruch. So viel Freud auch für mich tat, Vegetarier wollte er partout nicht werden, sondern lieber verhungern.

Nach dem Frühstück massierte ich ihn mit einem Massagestab (380 Euro) eine Stunde lang den Rücken, wie die Physiotherapeutin in der Tierklinik es mir gezeigt hatte. Danach Streckübungen, die er gar nicht mochte. Mittags fuhr ich mit ihm zur Schwimmtherapie (70 Euro die Stunde), wo er im Wasser auf einem Laufband gehen sollte, und ich in einem lauwarmen Becken stand, in dem massenhaft Hundehaare herumschwammen. Nachmittags kam er zur Infrarotlichttherapie (35 Euro für 30 Minuten), wo er ein kleines Nickerchen hielt und ich meist ebenfalls einschlief. Zweimal in der Woche gönnte ich ihm eine Slumber-Touch-Massage (90 Euro die Stunde), bei der eine sehr barsche und spargeldünne Therapeutin ihm von Kopf bis Fuß die Verspannungen wegstrich, was sehr beruhigend auf die Therapeutin wirkte, denn danach war sie jedes Mal freundlicher und friedlicher. Freud schien es zu genießen, also zahlte ich.

Abends wieder füttern, runter in den Park, auf die Knie, ihn anflehen, schneller zu machen, ein letztes Mal die Übungen, mit denen ich jedes Mal seine schlechte Laune riskierte. Dann fielen wir beide erschöpft ins Bett, und unsere gemütlichen »Therapiesitzungen« fielen meist aus.

Fräulein A. wirkt erschöpft. Sie vernachlässigt ihre Sitzungen, und als ich sie darauf anspreche, sagt sie, sie sei nervös und leide wieder sehr unter dem Sturm in ihrem Kopf, wie sie es nennt. Bilder ihrer Kindheit brächten sie ganz durcheinander, sie erinnere sich beispielsweise mit einem Mal wieder daran, dass ihr Aufenthalt in der Lehrerfamilie nicht nur angenehm gewesen sei. Zum Beispiel sei es nicht geduldet worden, dass sie kein Fleisch essen wollte. Die Mutter der Familie, Tante Gabi, sei sehr streng gewesen und habe sie so lange vor ihrem Teller sitzen lassen, bis das Fleisch ganz kalt geworden war und das Fett weiß und starr. Sie sehe die Gabel noch vor sich, die eine Zinke war etwas verbogen, ganz allein saß sie dann da, während die anderen Kinder draußen im Garten spielten. Sie konnte es einfach nicht herunterbringen und verstand auch nicht, warum sie es unbedingt essen sollte. Sie vermisste in diesen Momenten ihre Mutter und deren seltsame Freunde, ihr improvisiertes Leben, in dem es keinerlei Regeln gab. Die Mutter habe sie niemals zu etwas gezwungen. Im Gegenteil, ihre Mutter habe Fräulein A. unentwegt gefragt, was sie denn wolle. Aber wenn sie etwas anderes gewollt habe als die Mutter, sei diese beleidigt gewesen. Fräulein A. habe sich immer fundamental anders gefühlt als ihre Mutter, aber bei der Lehrerfamilie war sie auch wieder anders als alle anderen. Sie war unglücklich hier wie dort. Während sie so allein am Tisch saß vor ihrem Teller, wünschte sie sich, einfach aufzuhören zu existieren. Sich in Luft aufzulösen, als kleine Rauchsäule aufzusteigen und davonzuschweben wie Zigarettenrauch. Sie stellte sich vor, wie Tante Gabi ins Zimmer kommen und sie nicht dort finden würde, wie sie wütend im Garten nachschauen und die anderen Kinder nach ihr fragen würde, wie sie sie dann suchten, und Fräulein A. einfach verschwunden bliebe, während der Teller mit dem ekligen Fleisch in seinem erstarrten Fett immer noch auf dem Tisch stand. – Ich mache mir Sorgen um meine Patientin, eine Besserung scheint nicht in Sicht.

Als mein Urlaub nach drei Wochen zu Ende ging, hatte sich Freuds Zustand kein bisschen gebessert. Ich konnte ihn nicht allein lassen und kannte niemanden, der acht Stunden am Tag auf einen schwerbehinderten Hund aufgepasst hätte.

Ich musste ihn ins Funkhaus mitnehmen. Der Redaktionsleiter hatte generell verboten, Hunde ins Büro mitzubringen, also schob ich Freud tief unter meinen Schnittplatz, verbot ihm zu grunzen und hoffte, dass mich niemand verpfiff.

Ich schleppte eine Babymatratze mit, sein Kuscheltuch, seine Schlafpuppe, die er schon als Welpe hatte und auf die er nicht verzichten wollte, sein Futter, seine Windeln, schwer bepackt fuhren wir jeden Tag mit dem Taxi, denn ich konnte all das ja gar nicht in der U-Bahn befördern.

Verzweifelt versuchte ich, Freud wenigstens zu ein paar Schritten zu bewegen. Ich lehnte ihn an die Wand in meinem Flur, hielt ihm Leckerli vor die Nase und rutschte vor ihm her, aber nach drei, vier winzigen Trippelschritten glitt er auf dem Parkett aus, seine Hinterläufe brachen ein, er klatschte auf den Bauch und sah mich tieftraurig an. Er hätte mir so gern eine Freude gemacht, mein Freud. Ich bemühte mich, meine Stimme weder ärgerlich noch enttäuscht klingen zu lassen, legte den Flur zur Rutschhemmung mit Badematten aus, aber auch das brachte keine Fortschritte.

Geduld, Geduld, sagte Fellborn, denken Sie mal an Ihre Mutter und wie lange sie gebraucht hat nach ihrer Hüft-OP.

Ich möchte jetzt eigentlich lieber nicht an meine Mutter denken, sagte ich wütend. Denn wenn sie hier wäre wie andere Mütter in ihrem Alter, könnte sie ab und zu mal auf Freud aufpassen, stattdessen treibt sie sich in Spanien rum. Und einen Hundesitter kann ich mir einfach nicht leisten, das geht alles so ins Geld!

Er lächelte und nickte verständnisvoll. Sein rundes Gesicht mit der Stupsnase und seine lockigen Haare erinnerten mich an einen in die Jahre gekommenen Cherub. Überraschend stiegen mir die Tränen in die Augen.

Na, na, sagte er und klopfte mir ungeschickt auf die Schulter. Freud sah irritiert von einem zum anderen. Sie brauchen mal eine Pause, scheint mir, fügte Fellborn hinzu und klopfte noch ein bisschen weiter, unsicher, wann er damit aufhören sollte. Ich könnte Sie ja mal zum Essen einladen.

Auch das klang so unsicher und unentschieden, dass ich eigentlich sofort hätte ablehnen sollen, aber ich starrte auf seine schöne Hand auf meiner Schulter und sagte sofort ja.

Aber ich koche. Denn sonst weiß ich ja wieder nicht, wohin mit Freud.

Vielleicht lag es daran, dass mir das Essen nicht geglückt war. Ich wollte so phantastisch vegetarisch kochen, dass Fellborn gar kein Fleisch vermissen würde – ich hielt ihn für einen unbelehrbaren Fleischesser –, aber alles ging schief. Der Tofuauflauf war zäh und schmeckte fad wie Packpapier, die Sauce, die ich stundenlang komponiert hatte, war bitter, der Reis matschig.

Er aß tapfer, aber ich konnte sehen, dass es ihm nicht schmeckte. In seinem karierten Flanellhemd sah er jung und kuschelig aus. Seine Haare waren frisch gewaschen, und die Locken standen wirr zu Berge, seine Wangen färbten sich rot, weil er mehr Wein trank als aß. Ich tat es ihm nach und hoffte, er würde die fehlenden Möbelstücke und die Lücken im Bücherregal, die ganz offensichtlich von Georgs Auszug kündeten, nicht bemerken.

Freud lag in seinem Korb und betrachtete uns pikiert. Ich hatte ihn zu einer ungewohnten Zeit in den Park getragen, das nahm er mir übel. Ganz offensichtlich gefiel ihm auch die Anwesenheit seines Arztes in unserer Wohnung nicht.

Ihr Hund ist ein Hypochonder, sagte Fellborn.

Das glaube ich nicht, wehrte ich ab. Er hat immer noch große Schmerzen.

Nein, sagte Fellborn, er gefällt sich in der Rolle des Patienten. Sie kümmern sich zu viel um ihn.

Er bringt auf jeden Fall Ordnung in mein Leben, sagte ich lächelnd. Ohne ihn kam mir das Leben manchmal so verheddert vor wie ein riesiger Knoten in einem Seil, den man nicht aufdröseln kann. Und wenn man es versucht, sieht das Seil plötzlich aus wie eine Schlange, und dann mag man es noch nicht mal mehr anfassen.

Fellborn sah mich verwirrt an und schenkte sich nach. Die meisten Schlangen sind ungiftig, sagte er langsam. Und dann fiel uns nichts mehr ein.

Entschuldigung, sagte ich.

Wofür?, fragte er erstaunt.

Das Essen. Es schmeckt nicht.

Hab ich geahnt, sagte er und grinste frech. Sie sehen einfach nicht aus wie 'ne Köchin. Ich hab zur Sicherheit vorher ein Leberwurstbrot gegessen.

Er legte seine schöne Hand auf meine. Ich betrachtete die Hand und versuchte, ihr zu widerstehen.

Freud lag vor der geschlossenen Schlafzimmertür und jaulte. Fellborn lag auf mir und grunzte. Er gab ähnliche Töne von sich wie Freud im Schlaf, Grunzschnarchlaute. Sie hängen mit Atemproblemen zusammen, die viele Möpse wegen ihrer kurzen Nasen quälen. Mopsbesitzer empfehlen deshalb eine Schnarchbox, in die man die Hunde nachts legt, um nicht zu sehr gestört zu werden. Ich dagegen hatte den schnarchenden Freud gern neben mir im Bett, weil er mich im Halbschlaf an die beruhigende Anwesenheit eines Mannes erinnerte. Jetzt allerdings lauschte ich auf das Jaulen von Freud vor der Tür und die Grunzlaute von Fellborn über mir und konnte mich auf den Rest nicht konzentrieren. Ich drehte den Kopf zur Seite, weil ich Leberwurst aus Fellborns Mund roch, gleichzeitig versuchte ich, ihn eng an mich zu ziehen, damit er meinen Bauchspeck nicht sehen konnte. Er hatte jedoch die meiste Zeit die Augen geschlossen, was ich wiederum als Beleidigung empfand. Ich wusste, dass ich einen Fehler beging. Ich lag mit dem Tierarzt meines Hundes im Bett, und jeder weitere Besuch bei ihm würde von nun an ein Problem darstellen. Ich atmete schneller, um ihn zu ermutigen, zum Ende zu kommen. Sein Grunzschnarchen wurde prompt heftiger, ich murmelte ja, ja, ja, er gab ein kurzes Knurren von sich und ließ sich dann schwer auf mich fallen. Ich spürte sein hämmerndes Herz auf meiner Brust und konnte mir kurz ein wenig Nähe einbilden.

Er hob den Kopf, grinste mich entschuldigend an, als habe er sich im Supermarkt an der Kasse vorgedrängelt, und rollte sich von mir ab. Freud jaulte vor der Tür wie ein Wolf bei Vollmond.

Kann ich ihn reinlassen?, fragte ich.

Fellborn zuckte die Schultern. Kann ich eine rauchen?, fragte er.

Ich nickte, weil es wie die Bedingung dafür klang, dass ich Freud hereinlassen durfte. Er zündete sich eine Zigarette an, ich stand auf und ging seitwärts zur Tür, damit er meinen Po nicht sah. Ich befürchtete, Zellulitis zu haben, von der ich nichts wusste. Ein schrecklicher Gedanke, der mich oft befiel, wenn ich auf der Straße hinter Frauen in Miniröcken mit wellblechartigen Oberschenkeln ging: Wisst ihr denn nicht, wie ihr von hinten ausseht?

Freud kam auf dem Bauch hereingekrochen, hielt die Schnauze in die Luft, schnüffelte und musterte mich dann tadelnd.

Er braucht einen Rollwagen, sagte Fellborn, sonst wird das nix mehr.

In Augenblicken größten Wohlbefindens befallen Fräulein A. regelmäßig böse Ahnungen, die sich dann mit hoher Wahrscheinlichkeit bewahrheiten. Wie gut, dass mich in der Redaktion bisher niemand angeschwärzt hat – wenn ich gefeuert werde, häng ich mich auf, sagte sie am Montag fröhlich zu mir, und am Dienstag wurde ihr fristlos gekündigt. Es ist jedes Mal ein Durchschimmern dessen, was im Unbewussten bereits fertig vorgebildet war. Sie meint, man solle sich keines Glückes rühmen und auch den Teufel nicht an die Wand malen, sonst komme er. Eigentlich rühmt man sich des Glückes erst dann, wenn das Unglück schon lauert, und man fasst die Ahnung in die Form des Rühmens.

Aufgehängt hat sie sich zwar noch nicht (mir ist bang: was geschähe dann mit mir?), aber sie wird von heftiger Lebensangst gequält, und alle meine Versuche, den »Sturm« in ihrem Kopf durch Routine, Pflichten und die Bewegung an der frischen Luft zu besänftigen, sind vergebens. Ich glaube, sie nimmt meine Lehre nicht besser auf als ein asketischer Mönch des Mittelalters, der den Finger des Teufels und die Versuchung Gottes in jedem kleinsten Erlebnis sieht und der nicht imstande ist, sich die Welt nur für eine kurze Weile und in irgendeiner kleinen Ecke ohne Beziehung auf seine Person vorzustellen. Fräulein A. schläft unruhig und träumt schrecklich, erzählt von Stuhlbeinen und Sessellehnen, die zu Schlangen werden. Ein Ungeheuer mit Geierschnabel habe auf sie eingehackt und ihr Fetzen aus dem Körper gerissen, eine riesige Kröte habe sie angesprungen und geschrien, sie sei ein verfluchter Hypochonder und eine Versagerin, und habe dann ihre Kreditkarte zerschnitten.

Freud bekam seinen Rollwagen, den ich nur bezahlen konnte, weil ich auf dem Flohmarkt alle Metallica- und Motörhead-CDs von Georg verkaufte, die er immer abholen wollte und derentwegen ich weiter auf einen Besuch von ihm gehofft hatte. Als er mich dann kürzlich auf Facebook als Freundin löschte, hätte ich am liebsten den Kopf in die Kloschüssel gehängt und mich ertränkt. Zum Glück konnte ich Dr. Freud in einer langen Sitzung all meinen Gram, meine Verletzungen und meine Wut im Detail schildern, was sich sonst schon lange niemand mehr anhören wollte, selbst meine treue Freundin Susi nicht.

Die CDs brachten fast 260 Euro ein, den Rollwagen bestellte ich im Internet bei einer Firma, der Brigitte Bardot einen Dankesbrief geschrieben hatte, weil sie ihrer Hündin Dolly geholfen hatte. An dem Tag, als er geliefert wurde und ich glücklich und voller Stolz mit Freud zur Arbeit ging, der mit seinem Wägelchen die Passanten dazu brachte, wechselweise verzückte Schreie auszustoßen oder sich wütend darüber auszulassen, wie degeneriert die Welt doch sei, wurde mir gekündigt.

Wahrscheinlich nicht nur wegen Freud unter meinem Tisch, sondern weil ich nicht interessant genug war, nicht lustig genug, nicht inspirierend. Freud war nur ein willkommener Vorwand, mich loszuwerden und gegen jemanden auszutauschen, der allen in der Redaktion mehr Spaß versprach.

Ich war also arbeitslos, zum ersten Mal in meinem Leben, und traute mich kaum, es vor mir selbst zuzugeben, geschweige denn vor meiner Mutter. Alles geriet ins Rutschen, nirgendwo gab es mehr festen Halt. Ich hatte Gleichgewichtsprobleme und Schwindelanfälle, nur die Pflege meines Hundes gab mir einen Anschein von Realität und meinem Tag eine Struktur. Wir hielten die Therapiesitzungen nun täglich, denn wenn ich nicht redete, bekam ich Angst, mich aufzulösen und zu verschwinden. Geduldig hörte Freud mir zu, wandte nicht den Blick von mir und dachte sich seinen Teil. Hysterikerin. Psychopathin. Angstneurotikerin, irre Schnepfe. Hätte ich meine Monologe allein vor mich hin gebrabbelt, hätte ich das Gefühl gehabt, längst in die Klapse zu gehören. So aber waren sie nur Gespräche mit meinem Hund – jeder redet schließlich mit seinem Hund! –, einem pflegebedürftigen Hund noch dazu, der die menschliche Stimme brauchte, um sich geborgen zu fühlen.

Ganz eindeutig mochte er es nicht, wenn ich schwieg. Dann legte er den Kopf schief, sah mir noch tiefer in die Augen, tappste mich mit der Pfote an, bis ich weiterredete.

Seine zweite Hüfte hätte endlich operiert werden müssen, aber ich brachte es nicht über mich, zu Fellborn zu gehen, ich hätte sein blödes Grinsen und sein Wissen um die Unzulänglichkeiten meines nackten Körpers nicht ertragen. Mir hatte auch nicht gefallen, dass er Freud als Hypochonder tituliert hatte, wo er doch so offensichtlich Schmerzen litt und sie stoisch erduldete. Freud kam mir stärker, weiser und freundlicher vor als die meisten Menschen. Eigentlich als alle, mich eingeschlossen. Er ertrug sein Schicksal, während ich fortwährend rebellierte, greinte und jammerte und keinerlei Entscheidungen traf aus Angst, es könnten doch nur wieder die falschen sein. War ja alles immer nur schiefgegangen. Ich war in meinem Leben auf der ganzen Linie gescheitert, alle Männer hatten mich betrogen, ausgenutzt, verlassen, ich hatte meine Arbeit verloren und verbrachte meine Zeit nun ausschließlich mit einem Mops, dem ich den Namen des Erfinders der Psychoanalyse gegeben hatte, um ihm Dinge zu erzählen, die ich sonst niemandem erzählen konnte. Ich sah ganz klar, dass ich ein Problem hatte, aber ich fühlte mich nicht unwohl mit diesem Problem, oder zumindest wohler als mit allen Problemen, die ich in der Vergangenheit hatte.

Das Geld wurde knapp. Meine Kreditkarte wurde gesperrt. Ich aß weniger, um mir das Futter für Freud leisten zu können und erreichte in wenigen Wochen mein Traumgewicht, das ich seit meinem achtzehnten Lebensjahr nicht mehr gehabt hatte. Manchmal stellte ich mich jetzt im Bikini vor den Schlafzimmerspiegel und freute mich an mir. Eine völlig neue Erfahrung.

Um mir einen neuen Job zu suchen oder zum Arbeitsamt zu gehen, fehlte mir die Zeit. Ich sah niemanden mehr, ich telefonierte noch nicht einmal mit Susi in Ibiza, weil ich Angst hatte, sie würde mich auslachen oder mir eine Therapie empfehlen.

Stattdessen suchte ich einen Tierheilpraktiker auf, Tillman Westfal, der mir beziehungsweise Freud Globuli und regelmäßige Gelenkübungen nach Feldenkrais verschrieb und uns an eine Tierpsychologin überwies, weil er der Meinung war, Freud habe eine Blockade. Außerdem wies er mich darauf hin, dass ich sehr erschöpft aussähe und vielleicht selbst zum Arzt gehen solle.

Tatsächlich stellte der Hausarzt meiner Mutter, der sie wegen einer Affäre vor ewigen Zeiten ohne Krankenschein behandelte, bei mir ein Erschöpfungssyndrom und eine Vitamin-B-Mangelerscheinung fest und ließ meine Mutter in Spanien herzlich grüßen, die er sehr beneide um ihr neues Leben, wie er sich ausdrückte. Du bräuchtest auch mal eine Auszeit, stellte er mitfühlend fest.

Um den Heilpraktiker und die Tierpsychologin zu bezahlen, verkaufte ich mein Klavier, auf dem ich sowieso kaum spielte und das ich mir nur angeschafft hatte, weil es einen so hübsch bürgerlichen Eindruck in der Wohnung machte.

Die Tierpsychologin, Frau Steidle, hatte schlecht gefärbte rote Haare und eine bunte Brille, war um die fünfzig und wirkte deprimiert. Sie nahm Freuds Pfote in die eine und meine Hand in ihre andere Hand, hielt beide fest und blickte zu Boden. Freud und ich sahen uns an und versuchten, nicht zu kichern.

Sie leiden beide an einer sich ergänzenden Störung, sagte Frau Steidle schließlich und ließ meine Hand, aber nicht Freuds Pfote los. Der eine kann vom anderen nicht lassen. Sie müssen sich fragen: Welches Leben möchte ich für mich? Und welches Leben möchte ich für meinen Hund?

Ein glückliches für beide, sagte ich wie aus der Pistole

geschossen. Frau Steidle seufzte und sah mich mitleidig an. Was ist das, Glück?, fragte sie mit belegter Stimme. Ein Tier leidet Schmerz, aber ein Mensch leidet unter seinen negativen Gefühlen. Der Feind des Menschen ist er selbst, der Feind des Tiers ist der Mensch.

Aber manchmal doch auch ein anderes Tier, wandte ich störrisch ein.

Frau Steidle schüttelte den Kopf.

Tiere behandeln andere Tiere nicht schlecht. Sie töten sie, weil es ihre Natur ist, aber sie behandeln sie nie schlecht.

Ich behandle meinen Hund sehr gut.

Ihr Hund behandelt Sie gut, sagte Frau Steidle scharf. Er gibt Sie nicht auf.

In der Hypnose komme ich an die Wurzel von Fräulein A.s beständiger Furcht vor Unglück, als sie berichtet, was ihre Mutter ihr von ihrem Vater erzählte, den Fräulein A. nie kennengelernt hat. Er sei mit Freunden auf dem Weg nach Indien gewesen, aber an der Grenze zu Afghanistan seien sie wegen ihrer langen Haare abgewiesen worden, und statt sie sich abzuschneiden, hätten sie umgedreht, und dann sei der Fahrer am Steuer eingeschlafen und das Auto einen Abhang hinuntergestürzt und alle Insassen und der Vater seien getötet worden.

Die Patientin berichtet weiter, dass sie immer das Gefühl hatte, der Mutter könne ebenfalls etwas zustoßen, und ihr die ganze Welt »so wacklig« erschien und wie sie dann eines Nachmittags aus dem Haus und die Straße hinuntergegangen sei, immer weiter, bis sie eine alte, sehbehinderte Frau mit ihrem kleinen Hund entdeckt habe, die so nett und ver-

lässlich ausgesehen habe, so drückt sie sich aus. Sie sei dieser Frau gefolgt und habe an ihrer Tür geklingelt und vorgegeben, die Enkelin zu sein, und die Mutter käme bald nach. Die alte Frau habe das nach einigem Zögern auch wirklich geglaubt, denn sie habe eine Enkelin im gleichen Alter wie Fräulein A. gehabt, die sie, seit diese ein Säugling war, nicht mehr gesehen hatte. Den ganzen Nachmittag und Abend habe sie bei der alten Frau verbracht, auf dem Sofa gesessen und ferngesehen, und der Hund habe ihr die Füße geleckt, und sie hätten gelacht und geschwatzt, und die alte Frau habe Kartoffelbrei mit Apfelmus für sie gekocht und ihr ein Bett auf dem Sofa gemacht. Erst als die Frau vorm Schlafengehen ins Badezimmer ging, habe Fräulein A. widerstrebend das Haus verlassen und sei zu ihrer Mutter zurückgekehrt, die sie zur Begrüßung geohrfeigt habe, weil sie sich solche Sorgen gemacht hatte.

Erinnerst du dich, wie ich mal fast einen ganzen Tag lang verschwunden war und dir nie gesagt habe, wo ich eigentlich gewesen bin?, fragte ich meine Mutter am Telefon.

Sie besaß neuerdings ein Handy, weil sie einen Job in einer Transvestitenbar gefunden hatte, und rief mich öfters an, beklagte sich dann aber nur darüber, dass ich mich nie mehr bei ihr meldete. Ich gestand ihr nicht, dass ich mir Telefonate nach Spanien nicht mehr leisten konnte.

Wann bist du verschwunden?, fragte sie zerstreut.

Ich bin einmal einfach weg gewesen, als wir in Braunschweig gewohnt haben und du mit Ewald zusammen warst. Den ganzen Nachmittag und Abend war ich fort, und du hast dir riesige Sorgen gemacht.

An Ewald habe ich schon ewig nicht mehr gedacht, sagte sie. Er lebt jetzt in Brasilien, hab ich gehört, und ist fett geworden. Ausgerechnet Ewald, der so dünn war, dass manche dachten, er ist gerade im Hungerstreik für irgendwelche Ungerechtigkeiten auf der Welt. Was macht dein Hund?

Dem geht's ganz gut, seufzte ich.

Warum seufzt du?

Nur so.

Aber es geht dir gut?

Ja, Mama. Und dir?

Prächtig. Wann kommst du endlich?

Ich weiß nicht. Es ist jetzt so heiß in Spanien.

Was soll das denn heißen?

Ich vertrage neuerdings die Hitze nicht mehr so gut.

Wieso klingst du immer so, als wärst du älter als ich?

Weil ich das immer war, Mama.

Sie lachte, und ich lachte ein wenig mit.

Wenn du mich anrufst, dann bitte erst am Nachmittag, sagte sie. Ich steh bis um vier Uhr früh in der Kneipe. Ich brauche meinen Schlaf. Wieso rufst du mich nie an?

Weil du in der Kneipe bist oder schläfst.

Jetzt seufzte sie. Ach Äpfelchen, komm einfach her. Es ist schön hier. Wirklich.

Ich muss jetzt los.

O.k. Was wolltest du wissen? Ob ich weiß, wo du warst, als du mal verschwunden bist? Du bist doch dauernd verschwunden, weil ich dir so peinlich war, dass du es kaum mit mir ausgehalten hast.

Ich muss los. Tschüss, Mama.

Ich schirrte Freud in sein Rollwägelchen, und wir zogen los ins Euro-Shopping-Center, um Gewinnspiele zu suchen und auszufüllen. Dazu hatte ich mir extra einen Adressstempel zugelegt und Glitzersterne gekauft. Jeden Tag füllte ich zwischen fünfzig und siebzig Postkarten aus. Im Internet hatte ich gelesen, dass eine zerknitterte und mit einem Glitzerstern beklebte Postkarte größere Gewinnchancen hat als eine glatte und unauffällige, weil sie bei der Verlosung eher herausgegriffen wird, und dass viele Firmen mehr Preise ausloben, als es eingesandte Karten gibt. Mit Eifer, Fleiß und Disziplin hatten wir es letzten Monat auf fast zweitausend Euro gebracht, die die gewonnenen Preise auf eBay eingebracht hatten. Dazu kamen ein Messerset, das ich behalten hatte, ein neuer Fernseher, ein Fahrrad und ein Putzdienst, der ein halbes Jahr jede Woche meine Wohnung reinigen würde. Das war nett und brachte ein bisschen Abwechslung, war aber eigentlich nicht nötig, denn ich war inzwischen in eine Einzimmerwohnung umgezogen, weil ich mir die alte Wohnung nicht mehr leisten konnte. Da sich dort die Erinnerungen an Georg in den Ritzen eingenistet hatten wie Ungeziefer, fiel mir der Abschied nicht schwer. In der neuen Wohnung fühlte ich mich jünger und frei. Es war erstaunlich leicht, mit Gewinnspielen seinen Lebensunterhalt zu bestreiten, und so waren Freud und ich tagtäglich in den Kaufhäusern und Einkaufscentern unterwegs. Schon früh am Morgen zogen wir los, denn wir waren nicht die Einzigen, und manche Gewinnspiele waren sehr begehrt. Ich hatte schon mal besser ausgesehen, aber Freud und dem Rest der Welt war es schließlich egal. Ich schminkte mich nicht mehr, ging nicht mehr zum Friseur, um Geld zu sparen, und trug fast immer dieselben Klamotten. Bequeme Jogginghosen, T- Shirt, Hoodie. Dass ich jetzt so schlank war, hob mein Selbstbewusstsein ungemein, dennoch erschrak ich, wenn ich mein Spiegelbild in einer Schaufensterscheibe erblickte und Zweifel bekam, ob ich nicht langsam zu der Sorte Menschen gehörte, die ich früher im Nachmittagsprogramm der Privatsender bestaunt hatte. Aber ich würde kaum mehr einen Job finden, mit dem ich nicht nur mein Leben, sondern auch das von Freud und seinen Krankheiten bezahlen konnte.

Ich hatte einen Akupunkteur für ihn aufgestöbert, der seine Schmerzen linderte, eine Shiatsu-Masseurin, die seine Blockaden löste, und wir gingen weiterhin regelmäßig zur Schwimm- und Infrarottherapie. In Essen hatte ich eine ganzheitlich ausgerichtete Tierklinik ausfindig gemacht, die die zweite Hüftoperation und auch die Rückenoperation wagen wollte. Dafür musste ich eine Woche im Hotel wohnen, die Unternehmung würde über viertausend Euro verschlingen.

Zügig gingen Freud in seinem Rollwagen und ich durch das Einkaufscenter. Ich hatte mir angewöhnt, unseren Bewunderern und Kritikern gnädig wie eine Königin zuzunicken und auf gar keinen Fall stehen zu bleiben. Als wir aus einem vietnamesischen Nagelstudio herauskamen, wo wir gleich zwanzig Coupons eines Gewinnspiels für eine Urlaubreise nach Vietnam ausgefüllt hatten, stand Dr. Fellborn vor der Tür, als habe er schon lange auf uns gewartet.

Na, so was, sagte er beleidigt und strich sich über die Locken.

Tut mir leid, sagte ich schnell.

Wenigstens zur Kontrolluntersuchung hättest du kommen können. Laufen kann dein Hund ja immer noch nicht.

Aber er hat keine Schmerzen mehr, sagte ich.

Freud schaute in der Gegend umher, als ginge ihn das alles nichts an.

Fellborn strich sich immer noch die Locken glatt. Ich wüsste nicht, was ich falsch gemacht hätte.

Nichts, sagte ich.

Ja, eben. Deshalb frage ich mich, warum ihr nicht mehr kommt.

Ich schwieg.

Und, wie geht's so?, fragte er schließlich.

Gut, sagte ich lächelnd, gut. Ich mache es jetzt wie die Schweine. Die sind Optimisten, hat man rausgefunden. Positive Erfahrungen führen bei ihnen dazu, dass sie auch für die Zukunft nur mit dem Besten rechnen.

Glücksschwein, sagte er und starrte mich unfreundlich an.

Ja, ich sehe mich jetzt eher als Glücksschwein, sagte ich, immer noch lächelnd.

Er zwinkerte nervös. Und was sind so die positiven Erfahrungen bei dir, wenn ich fragen darf?

Mir fiel auf, dass sein Gesicht eigentlich zu klein war für seinen Körper und dass seine Locken ihm etwas Weibisches gaben. Ach, sagte ich, so dies und das. Ich finde sie neuerdings in Kleinigkeiten.

Oha, sagte er. Das klingt ein bisschen alt, wenn du mich fragst.

Ich zuckte mit den Schultern.

Er musterte mich, dann Freud. Schau dir mal deinen

Hund an, sagte er. Er imitiert dich. Er legt den Kopf schief, wenn du ihn schief legst.

Ja, sagte ich, und ich lege ihn schief, wenn er ihn schief legt. So ergänzen wir uns aufs Schönste.

Na, dann wünsche ich euch alles Gute, sagte er kühl und lief einfach davon.

Freud und ich sahen ihm noch ein Weilchen nach, dann füllten wir weiter Gewinnspiele aus, und als wir damit fertig waren, gingen wir in den Park, warfen uns bäuchlings ins frische, nasse Gras, rochen die feuchte Erde und atmeten tief ein, bis der Geruch uns vollends überwältigte und wir nur noch mit dem Besten rechneten.

Johannisnacht

Susi

Um sie aufzuheitern, lese ich Apple auf dem Flug nach Málaga aus dem Bordmagazin vor: Auf keinen Fall während des Urlaubs in Spanien *la noche de San Juan* am 23. Juni verpassen!

Johannisnacht ist nicht am 23., sondern am 21. Juni, sagt Apple barsch.

Da ist nichts zu machen: Je näher wir Spanien und ihrer Mutter kommen, umso mehr sinkt ihre Laune. Dabei ist die Reise ihre Idee gewesen, sie hat in einem Gewinnspiel einen Flug für zwei Personen nach Málaga gewonnen, und da ich keine Lust habe, weiter zuzuschauen, wie Ralf seine neue Niere in die Clubs von Ibiza trägt, während ich mich um ein keimfreies Haus bemühe und ihm regelmäßig seine Immunsuppressiva verabreiche, habe ich Apples Einladung angenommen.

Ich bin nach München geflogen, um meine Zähne kontrollieren zu lassen und Apple abzuholen. Sie hat stark abgenommen, was ihr gut steht. Sie sah mir sofort an, dass ich nicht glücklich war, sagte aber dankenswerterweise nichts. Auf dem Arm hielt sie ihren Mops im Gipskorsett, und darüber verlor ich kein Wort, also waren wir quitt.

Ich erzählte ihr nicht, wie wütend und traurig ich bin, wie verlassen ich mich fühle und wie mich die Sorge quält, Ralf könnte sich anstecken. Er geht neuerdings in Darkrooms. Er schwört, dass er sich schützt. Ich will nicht wissen, wer er in den Darkrooms ist, ein Fremder, den ich nicht erkennen würde. Manchmal wünsche ich mir, er würde mich im Dunkeln suchen, wir würden uns vorsichtig betasten und uns langsam erkennen und wieder finden. Ich verstehe ihn sogar. Jeder braucht vielleicht einen dunklen Raum in seinem Leben, in den er hineingehen und wo er etwas erleben kann, von dem er noch nicht einmal zu träumen vermocht hat. Eine abgrundtiefe Finsternis, die einen von der Person befreit, die man sonst mit sich herumschleppt, und die man draußen vor der Tür einfach stehen und warten lässt, während man im Dunkeln jemand anders wird. Ich hätte auch gern so ein dunkles Zimmer.

Da Apple offenbar ziemlich knapp bei Kasse ist, zahle ich den Aufpreis für den blöden Hund. Das sündhaft teure Frühstück vorm Abflug, die Zeitungen und die Kopfhörer ebenfalls. Was Apple eigentlich seit ihrem Rausschmiss beim Rundfunk macht, erzählt sie mir nicht. Ihre Mutter habe für uns beide eine Ferienwohnung organisiert, sagt sie, ganz umsonst könnten wir dort wohnen. Das hätte mich misstrauisch machen sollen.

Die Johannisnacht ist am 21. Juni, nicht am 23., wiederholt Apple mürrisch.

In Spanien aber am 23., sage ich.

Das ist falsch. Es stimmt einfach nicht.

Dem Spanier ist das aber wurscht, sage ich und lese mit sanfter Stimme weiter vor: Diese Nacht markiert den Augenblick des Gleichgewichts zwischen Wachsen und Vergehen, von jetzt an werden die Tage kürzer und die Nächte länger. Diese Nacht ist der perfekte Augenblick, dem Kreislauf der Natur zu vertrauen und sich etwas zu wünschen.

Ein wenig muss Apple jetzt doch grinsen, weil ich mir Mühe gebe, wie ein abgehalfterter Guru in der Mitternachtssendung eines Privatkanals zu klingen: eine magische Nacht, in der alles, was man tut, eine enorme Kraft hat. Ein großes Feuer, das die Sonne repräsentiert und alle negativen Gedanken und Erfahrungen verbrennt, um neue Kraft zu schöpfen und von vorn anzufangen. Spring durchs Feuer, und du wirst Glück haben. Freu dich an deiner Lebenskraft, und sei dir bewusst, dass nichts für immer ist.

Ja, sagt Apple trocken, ich freue mich, dass die Ferien mit meiner Mutter nicht für immer sind. Aber vielleicht habe ich nicht mitgekriegt, dass ich bereits tot bin und diese Ferien mit ihr mein Fegefeuer sind.

Ich liebe deine positive Art, sage ich und trinke ihren Tomatensaft aus. Niemand außer Apple bestellt noch Tomatensaft im Flugzeug. Warum besuchen wir sie dann?

Apple schweigt und fährt sich mit beiden Händen über das Gesicht, als wasche sie es. Ich bin eine gute Tochter. Und ich habe nur diese eine Mutter.

Du hast ja auch noch mich, sage ich und tätschle ihr den Arm.

Apples Mutter hat gelogen, und Apple wird bleich wie Quark, als sie das herausfindet, aber das kommt erst später. Zu spät, um noch umdrehen und ins nächste Flugzeug zurück nach Deutschland steigen zu können.

Ihre Mutter holt uns in Málaga ab, braungebrannt und

immer noch gutaussehend. Ihre grauen langen Haare trägt sie offen, nur daran und an ihrer indischen Glöckchenfußkette erkenne ich den Hippie, der sie laut Apple mal gewesen ist. Ansonsten wirkt sie elegant in einem schokoladenbraunen, gutgeschnittenen Leinenkleid. Sie hat einen offenen Blick, ausdrucksvolle Augen, die Apple von ihr geerbt hat, einen sinnlichen Mund. Sie umarmt Apple fest, und ich bekomme die gleiche Umarmung und zwei geschmatzte Küsse. Ich rieche ihr Parfüm, Chanel N° 5 – klassisch, altmodisch –, und nicht Patchouli, was mich seltsam erleichtert.

Ich bin Ingrid, sagt Apples Mutter zu mir, und wenn du mich ein einziges Mal siezt, musst du Strafe zahlen.

Apple stöhnt in meinem Rücken. Ich bin Susi, sage ich.

Weiß ich doch, sagt Ingrid, so vergesslich bin ich noch nicht. Sie gähnt mit weit offenem Mund. Musstet ihr unbedingt so früh ankommen? Ich bin noch gar nicht ganz bei mir, und heute früh im Dunkeln konnte ich meine Unterwäsche nicht finden.

Na, toll, sagt Apple.

Ich betrachte Ingrids Kleid genauer und entdecke amüsiert tatsächlich keinerlei Abdrücke von BH oder Slip.

Entschuldige, dass wir unsere Ankunft nicht passender für dich gestalten konnten, sagt Apple bissig.

Das kann ja heiter werden, denke ich, aber Ingrid lacht nur, nimmt ihrer Tochter resolut den Koffer ab und sagt: Aber dein Tier trägst du schön selbst!

Apple hätte den Plastikcontainer mit ihrem Mops sowieso nicht in fremde Hände gegeben. Er durfte mit in die Kabine, und den ganzen Flug über hat er vor sich hin gegrunzt und gefurzt, aber ich gebe mir Mühe, nicht über ihn zu lästern. Er sieht mich verletzt an, als wisse er genau, was ich über ihn denke. Apple behauptet, er kenne sie besser als jeder Mensch. Sie hat ihn Freud getauft, was ich als Beleidigung für seinen Namensgeber empfinde, und ich weigere mich, ihn so anzureden. Apple siezt ihn sogar, behandelt ihn höflich, fast unterwürfig, doch das Vieh scheint ihr gutzutun. Sie ist ruhiger geworden, einen Hauch lässiger, und der Hund hält sie wohl auch von neuen, fatalen Männerbekanntschaften ab. In Ingrid habe ich nun eine Verbündete gegen das grässliche Tier gefunden, sie will ihn in den Kofferraum ihres alten Renault Twingo verbannen, und ich frohlocke bereits, aber Apple weist das empört zurück. Er darf auf ihrem Schoß auf dem Beifahrersitz Platz nehmen, und triumphierend starrt er mich über Apples Schulter hinweg an.

Freud, sagt Ingrid kopfschüttelnd. Dein Hund kommt mir in seinem Gipskorsett eher vor wie Frida Kahlo.

Apple schnauft beleidigt und sieht aus dem Seitenfenster.

Ingrid fährt zu schnell, während sie heiter vor sich hin plappert und Apple stur schweigt. Also wendet sich Ingrid bald an mich, wobei sie sich immer wieder vollständig zu mir umdreht und erst, wenn ich schon überzeugt bin, dass wir den nächsten Moment nicht überleben werden, den Blick wieder auf die Fahrbahn richtet. Meine Handflächen schwitzen so stark vor Angst, dass sie tropfen.

Ist natürlich kein Vergleich zu Ibiza, sagt Ingrid fröhlich zu mir, wir sind hier das Prekariat! Wir verjuxen unsere Hartz-IV-Bezüge für Sonnenmilch und Sangría.

Sie lacht und biegt auf die Autobahn ab, die gesäumt ist von den Hotelbetonburgen der Costa del Sol, halb fertiggestellten *urbanizaciones,* die sich weit über die Hügel ins Inland erstrecken, Bauruinen von Einkaufszentren und Apartmenthäusern.

Mein Gott, murmelt Apple entsetzt, ich erkenne nichts wieder!

Abwarten, sagt Ingrid.

In Torremolinos verlassen wir die Autobahn und zuckeln in einem Endlosstau von einem Zebrastreifen zum nächsten. Ströme von Touristen mit Zeitungen und Schwimmtieren unter dem Arm ergießen sich an die Strände wie Brei, der über die vielen Jahre in alle Ritzen geflossen ist und jedes spanische Leben erstickt hat. Überall nur Pilsstuben, Pizzaläden, deutsche Bäckereien und Bratwurstbuden.

Scheiße, murmelt Apple. Und das erträgst du?

Manchmal bekomme ich schreckliche Lust auf eine Butterbrezn oder auf Leberwurst, sagt Ingrid, stell dir vor. Ich geh sogar manchmal ins Alpenstüberl da vorn an der Ecke und zisch ein Weißbier.

Wo ist denn das Dorf geblieben?, ruft Apple entgeistert. Das war doch ein kleines Fischerdorf!

Ingrid lacht nur.

Schließlich biegen wir ab in eine Siedlung und fahren Richtung Meer. Kleine Villen und ältere Ferienhäuser säumen jetzt die Straßen, Kiefern und mannshohe Oleanderbüsche. Ingrid schaut Apple von der Seite an. Ich kann vom Rücksitz aus sehen, wie Apple die Schultern hochzieht und angespannt aus dem Fenster blickt.

Wo fahren wir hin?, fragt sie mit ängstlicher Stimme.

Ingrid antwortet nicht, lacht jetzt aber auch nicht mehr. Sie biegt um mehrere Ecken und hält schließlich vor einem weißgekalkten Bungalow mit einer lila lodernden Bougainvillea am Eingang.

Wir sind da, sagt sie laut wie eine Touristenführerin.

Nein, murmelt Apple. Das ist nicht dein Ernst.

Doch, sagt Ingrid fröhlich, und jetzt steigen wir aus.

Gehorsam steige ich aus. Apple bleibt sitzen. Sie umarmt ihren Mops und steckt den Kopf in sein Fell.

Sie braucht einen Moment, sagt Ingrid. Wir gehen am besten schon mal rein.

Wir laden das Gepäck aus. Ich klopfe noch einmal gegen die Scheibe, aber Apple blickt nicht auf.

Ein älterer Herr in einem weißen Sommeranzug kommt im Haus mit ausgestreckter Hand auf mich zu. Apple, sagt er, sichtlich bewegt, wie schön, dich nach so langer Zeit wiederzusehen.

Nein, nein, wehre ich ab, aber Ingrid fällt mir ins Wort. Erkennst du sie wieder?

Er legt den Kopf schief und schaut mich unsicher an.

Ich bin gar nicht Apple, erkläre ich, sie wartet noch im Auto.

Er zieht seine Hand schnell zurück, als hätte er sich verbrannt.

Das ist Susi, eine Freundin von Apple. Karl, stellt Ingrid uns vor. Karl gibt mir abermals seine schmale, weiche Hand.

Aber warum kommt Apple denn nicht rein?, ruft er laut.

Zu sensibel, mein Kind, sagt Ingrid. Für diese Welt einfach zu sensibel.

Was hat sie gegen dieses Haus?, frage ich verwirrt und verstehe nicht, wer jetzt eigentlich hier wohnt.

Karl und Ingrid sehen mich an, als dächten sie nach.

Komm, sagt Ingrid dann zu mir, ich zeig's dir.

Es ist relativ abgewohnt, wie es Ferienhäuser oft sind, weil sich das ganze Jahr über niemand kümmert, das Mobiliar ist karg und hässlich. Wir stehen im Garten. Wie am Eingang geben sich auch hier gewaltige Bougainvillea-Büsche alle Mühe, das Haus zu verschönern.

Tina, ruft Ingrid hinauf zu einem geöffneten Fenster, komm runter! Sie sind da!

Ich schlafe!, schreit eine tiefe Stimme zurück. Von Apple weiß ich, dass Tina früher Tim geheißen hat.

Ingrid zuckt mit den Schultern. Alles Verrückte hier, sagt sie. Karl, leiste du uns wenigstens Gesellschaft.

Karl steht ein wenig verloren zwischen dem Pool und der weit geöffneten Terrassentür, schließlich geht er mit unsicheren Schritten auf uns zu, macht aber einen großen Bogen um das Becken, als hätte er Angst, hineinzufallen. Ingrid bietet ihm die Liege an, auf der ein verschossenes rotes Kissen ruht. Vorsichtig setzt er sich.

Ich wohne eigentlich gar nicht hier, sagt er mir wie zur Entschuldigung.

Du wohnst meistens hier, sagt Ingrid und tätschelt ihm das Knie.

So lange ich sie aushalte. Er zwinkert mir zu.

So lange ich dich aushalte, korrigiert Ingrid.

Er seufzt gespielt und sieht auf die Spitzen seiner ausgelatschten Stoffschuhe.

Der Pool schmatzt wie ein gefräßiges Tier. Er ist veralgt, das erkenne ich mit einem Blick. Ein Vogel piepst einfallslos in der Kiefer über uns. Ingrid schlägt die Beine übereinander, ihr indisches Fußkettchen klingelt schwach.

Tja, sagt Ingrid, so ist es hier.

Schön, sage ich und meine es nicht.

Auf einmal steht Apple mit ihrem Mops in der Tür und blinzelt in die Sonne. Ihr Gesicht ist quarkweiß. Wieso hast du mich angelogen, herrscht sie Ingrid an, warum?

Wir essen am besten erst mal was, sagt Ingrid und lächelt so versonnen vor sich hin, dass ich mich frage, ob sie was geraucht hat.

Karl bringt Brot und Tomaten heraus, Ingrid stellt eine Tortilla auf den Tisch, schenkt Wein in kleine Gläser. Apple füttert ihren Hund mit Brekkies aus einer Tupperware-Schale und sieht niemanden von uns an. Er trägt die Gipshose, um sein frisch operiertes Hüftgelenk in der richtigen Stellung zu halten, wie mir Apple ernsthaft erklärt hat. Meine Frage, wie viel dieses neue Hüftgelenk gekostet habe, hat sie nicht beantwortet.

Wir haben das Haus von den neuen Besitzern nur vorübergehend gemietet, sagt Ingrid.

Im August, wenn sie kommen, müssen wir wieder raus, ergänzt Tina und schnippt die Asche ihrer Zigarette in den Pool. Er ist nicht geschminkt und sieht aus wie ein ganz normaler Mann mit Bartstoppeln und beginnender Glatze, außer dass er ein altmodisches rosa Unterkleid über seiner Männerbrust trägt. Ich finde es schwierig, ihn mit Tina anzusprechen.

Und ich geh dann im August zurück ins Altersheim, sagt Karl fein lächelnd, und bekomme endlich wieder meine Kohlrouladen und Schwarzwälder Kirschtorte. Du sollst nicht in den Pool aschen, Mensch!

Tina lacht. Ach, Paps, reg dich ab. Du musst es mir doch nicht jedes Mal sagen.

Ich sage es jedes Mal, weil du es jedes Mal wieder machst.

Du könntest es auch einfach mal lassen, sagt Ingrid zu Tina.

Könnte ich, erwidert Tina träge.

Apple versteckt ihr Gesicht hinter ihren Haaren.

Es ist ein Experiment, hier zusammen zu wohnen, ruft Ingrid ein wenig zu laut. Apple, du bist die Einzige, die sich aufregt. Deshalb hab ich es dir nicht erzählt. Ich wusste, du würdest dich aufregen. Wir sind hier, um die Gespenster zu vertreiben, verstehst du das denn nicht?

Ingrid fasst Apple am Oberarm. Der Mops auf Apples Schoß knurrt, erschrocken lässt Ingrid ihren Arm los, daraufhin schleckt der Hund Apples Hand, als habe er eine besondere Leistung vollbracht. Sie krault ihm sein verknautschtes Gesicht.

Ich esse das dritte Stück Tortilla.

Meine Mutter ist kein Gespenst, sagt Tina scharf.

Entschuldige, so hab ich das natürlich nicht gemeint, erwidert Ingrid. Ich wollte nur sagen, dass wir uns der Vergangenheit stellen und dass es uns allen guttut.

Ach Quatsch, es ist einfach billiger hier, und wir haben jetzt einen Pool, in dem niemand schwimmt. Tina räkelt sich. Seine Achselhöhlen sind sorgfältig rasiert. Zu Apple sagt er: Und im Übrigen: Was hast du überhaupt damit zu tun?

Apple hebt langsam den Kopf. Ihre Augen sehen verheult aus, obwohl sie nicht geweint hat, das hätten wir doch bemerkt. Die ganze Zeit über hast du mich angelogen, sagt sie zu Ingrid. Und ich Idiotin hab dir, so lange ich konnte, Miete überwiesen für ein Apartment, das es überhaupt nicht gibt!

Damit hab ich meinen Mietanteil fürs Haus gezahlt, sagt Ingrid trocken. Und außerdem hab ich ja jetzt meinen Job in der Bar.

Du bist jetzt im Morbos, und mich lassen sie nicht mehr auftreten, sagt Tina bitter.

Ach, Süße, sagt Ingrid, aber dafür kann ich doch nichts! Sie beugt sich über den Tisch und küsst Tina auf den Kopf, was Apple sehr genau verfolgt.

Ich glaube, wir fahren wieder, sagt Apple zu ihrem Hund, mir ist das hier alles *too much.*

Und ich?, denke ich empört. Was mache ich dann?

Und mir ist das alles ein bisschen zu zickig, sagt Tina und steht auf. Er kratzt sich durch das rosa Unterkleid am Sack und freut sich, dass Karl augenblicklich beschämt wegsieht. Das Kräuterweiblein Tina geht jetzt Kräuter sammeln für die Johannisnacht, und falls jemand mitwill …

Ich!, rufe ich schnell, und alle sehen mich erstaunt an.

Sieben Kräuter sollen es sein. Margeriten klauen wir aus dem Beet einer Verkehrsinsel, Eisenkraut kaufen wir als Verbena-Tee im Supermarkt, Lavendel rupfen wir in der Zufahrt eines teuren Hotels im Vorbeigehen ab, Basilikum erstehen wir auf dem Markt, und Kamille wächst staubig am Straßenrand. Wie auf einer Schnitzeljagd rennen wir lachend durch den Ort. Tina trägt jetzt Jeans und T-Shirt und ist noch mehr Mann als zuvor. Ein recht attraktiver Mann, gut gebaut, groß, schlank, mit kleinem, festem Hintern. Er nimmt mich an der Hand wie eine Freundin, ich fühle mich jünger und lebendiger als mit Ralf auf Ibiza.

Rosmarin haben wir in der Küche, sagt Tina, jetzt fehlt uns nur noch Johanniskraut. Aber wo zum Teufel wächst Johanniskraut?

Ich weiß noch nicht mal, wie es aussieht.

Ich auch nicht, sagt Tina, aber dieses Jahr werde ich alles genau nach Vorschrift machen, um einen neuen Kerl zu finden. Er zählt die Kräuter an den Fingern ab: Margerite, Eisenkraut, Lavendel, Basilikum, Kamille, Rosmarin und Johanniskraut, diese sieben Kräuter kommen in ein kleines Leinenkissen, mit einem roten Band wird es verschnürt, unters Kissen gelegt, und im Traum erscheint dir der Mann deiner Zukunft. In der Johannisnacht, also heute Nacht, wirfst du das Kissen dann ins Feuer, und im nächsten Jahr taucht er auf, dieser Mann.

Da mach ich auf jeden Fall mit, sage ich. Wir brauchen also unbedingt noch Johanniskraut.

Du kannst auch versuchen, dass der alte zurückkommt, sagt Tina, aber dazu brauchst du fünf Rosen.

Ich weiß nicht, erwidere ich, mit dem alten habe ich, glaube ich, schlechte Karten.

Tina nickt, als verstünde er meinen Kummer. Mein Ex hat mich belogen und am Ende auch noch bestohlen, sagt er, aber ich würde ihn trotzdem sofort zurücknehmen. Er seufzt und riecht an dem staubigen Kamillesträußlein.

Also brauchen wir fünf Rosen für dich, sage ich.

Hat keinen Zweck. Tina schüttelt heftig den Kopf und fängt auf einmal an zu weinen.

Eine schwitzende Familie in Strandkleidung zieht an uns

vorbei, ein kleines Mädchen mit roten Schwimmflügeln bleibt stehen und sieht Tina neugierig zu, bis Tina es anzischt wie eine Schlange. Das Mädchen zuckt zusammen und rennt schreiend hinter seinen Eltern her.

Joder. Tina nimmt den Saum meines T-Shirts und wischt sich die Augen trocken. Langsam und schlapp gehen wir weiter. Unsere Energie ist entwichen wie Luft aus einem Luftballon.

Mein Mann war sieben Jahre lang nierenkrank, sage ich möglichst beiläufig. Sterbenskrank. Und als er endlich eine neue Niere hatte, wurde er plötzlich schwul.

Tina bleibt stehen und lacht laut. Ist nicht dein Ernst!

Doch. Oder er ist immer schwul gewesen und hat sich nicht getraut. Er liebt mich über alles, aber Sex will er keinen mehr mit mir haben. Das macht mich traurig, und gleichzeitig denke ich, dumme Kuh, sei froh, dass dich jemand liebt. Das bisschen Sex, darauf kannst du doch verzichten! Sex ist doch im Prinzip nicht viel anders, als in der Nase zu bohren. Aber ich vermisse es und fühle mich so abgelehnt und alt und traurig.

Tina sieht mich mitfühlender an, als ich es gewohnt bin.

Seit Monaten nehme ich gegen meine Depressionen Johanniskrauttabletten, füge ich hinzu, das wollte ich eigentlich nur damit sagen.

Super, sagt Tina, dann haben wir ja alle sieben Kräuter beisammen. In einer überraschenden Geste zieht er mich an sich und drückt mich fest. Wir kennen uns nicht, und doch wiegt der Trost dieses Fremden mehr als der von Freunden. In seiner Umarmung falle ich in meine Trauer wie in einen tiefen Brunnen, und zuverlässig holt er mich, als es Zeit ist, wieder hinauf. Mit beiden Händen klatscht er mir auf die Wangen, wie um mich aufzuwecken.

So, sagt er, und jetzt brauchst du eine Pediküre. Das ist genau das, was du jetzt brauchst.

Neben mir sitzen ältere spanische Damen, die gelangweilt in den Zeitschriften blättern, während Tina in einem weißen Kittel hingebungsvoll meine Zehennägel feilt, poliert und verschönert. Die Mädchen des Salons, mit denen er bestens bekannt ist, weil er hier offenbar ab und an als Aushilfe arbeitet – so ganz verstehe ich das Arrangement nicht –, schwatzen aufgeregt über die bevorstehende *Noche de San Juan* und über die korrekte Prozedur, um einen Ehemann, der eine Affäre hat, zurückzugewinnen.

Meine Nachbarin, eine dickliche Dame mit frisch betonierter graurosa Dauerwelle, sagt, ohne von ihrer Zeitschrift aufzublicken: *Necesitas cinco rosas. Deja una rosa debajo de un árbol con un nido de pájaro*. Du brauchst fünf Rosen, leg eine unter einen Baum mit einem Vogelnest.

Aufgeregt fährt ihre junge Maniküristin fort, als erinnere sie sich an ein Kinderlied oder ein Gebet. *La segunda rosa la dejas en las puertas de una iglesia.* Die zweite Rose legst du auf eine Kirchenschwelle, die dritte auf eine Straßenkreuzung, und die vierte? Wohin kommt noch mal die vierte?

La cuarta cerca de un agua en movimiento, die vierte in die Nähe von fließendem Wasser, sagt meine Nachbarin seelenruhig.

Welche Farbe möchtest du?, sagt Tina.

Ich weiß nicht, ich finde rote Fußnägel vulgär, rosa spießig, blaue retro – was bleibt mir?

Ein zartes Silber, sagt Tina fachmännisch, sehr angesagt und sehr fein. Er hat das Nagellackfläschchen bereits in der Hand, meine Meinung war also gar nicht gefragt.

Ich möchte meinen Mann zurück, sage ich, aber so wie er war, als er noch gesund war, und nicht so, wie er jetzt ist. Was mache ich da? Nehme ich fünf Rosen oder sieben Kräuter?

Oder versuchst du einfach, dich für ihn zu freuen? Tina sieht von seiner Pinselarbeit auf. Als schwuler Mann ist er doch jetzt glücklich, oder nicht?

Er versucht, seine Schadenfreude zu verbergen, was ihm nicht recht gelingt, und ich bereue, ihm von Ralf erzählt zu haben.

Mit mir war er vorher auch glücklich, sage ich wütend.

Und wohin legt man die fünfte Rose?, fragt meine Nachbarin wie eine Lehrerin in die Runde, und als sie keine Antwort bekommt, rattert sie herunter: *La ultima la dejas debajo de tu almohada,* die letzte kommt unter das Kopfkissen. Beeilt euch, meine Lieben. Beeilt euch, sonst ist es für dieses Jahr zu spät!

Mierda, sagt die junge Maniküristin und bläst ihrer Kundin die Nägel trocken.

Ich hab's gemacht, sagt die alte Dame, ich hab alles nach Vorschrift gemacht wie jedes Jahr, aber der, den ich zurückhaben will, ist schon fünf Jahre tot. Sie lacht bitter auf und betrachtet gleichzeitig zufrieden ihre Nägel.

Als wir mit Rosensträußen und Kräutern im Arm ins Haus zurückkommen, ist der Hund tot. In den Pool gefallen und ersoffen, weil er wegen seines Gipskorsetts nicht schwimmen kann. Er liegt auf dem Rücken auf einem roten Badehandtuch, alle vier Beine in die Luft gestreckt, als stemme er den Himmel. Stumm und blass sitzt Apple im Schneidersitz neben ihm.

Ingrid eilt aufgeregt auf uns zu und nimmt Tina am Arm: Bitte, Tina, reg dich nicht auf. Ich weiß, es ist makaber. Karl verkraftet es überhaupt nicht. Er musste sich hinlegen. Bitte, reg dich nicht auf!

Tina schüttelt sie ab, lässt die Blumen fallen und geht geradewegs auf Apple und den Mops zu.

Du Scheißvieh, ruft er, fällt auf die Knie, schüttelt ihn, und als keine Reaktion kommt, drückt er ihm mit der einen Hand auf den Brustkorb, greift mit der anderen nach seiner Schnauze und drückt den Mund auf seine Lefzen. Um nicht zu kichern, beiße ich mir auf die Lippen. Apple sieht unsicher zu uns, steht auf und umkreist Tina und den Mops in kleinen Schritten. Tina pustet mit solcher Kraft in den Mops, als wolle er ihn aufblasen wie ein Schwimmtier. Entschlossen führt er seine Mund-zu-Mund-Beatmung fort, obwohl der Mops weiterhin steif alle viere von sich streckt. Ingrid berührt Tina sanft am Rücken, um ihn zu stoppen, aber ohne Erfolg. Bis auf Tinas Atemzüge ist es ganz still, nur Ingrids Fußkettchen klingelt leise.

Atme, du Arsch, schreit Tina keuchend.

Apple greift nach meiner Hand. Er ist tot, flüstert sie. Er ist total tot. Da kann man nichts mehr machen.

Sie verbirgt ihren Kopf an meiner Schulter. Tina beatmet nach wie vor den Mops.

Ich sehe es zuerst und glaube es nicht. Aber dann zuckt das linke Hinterbein erneut, und Ingrid stößt einen gellenden Schrei aus, der uns alle zusammenfahren lässt. Apple kapiert es als Letzte. Wie eine Schlafwandlerin geht sie auf ihren Hund zu, während Tina aufsteht und sich angewidert über den Mund wischt.

Ich erlaube einfach keinen Selbstmord in diesem Pool, sagt er in die Runde. Er nimmt einen großen Schluck aus einer Mineralwasserflasche, die auf dem Tisch steht, spült sich den Mund aus, spuckt das Wasser in den Pool, und dann lacht er. Er lacht so sehr, dass er sich auf die Sonnenliege legen und sich den Bauch halten muss.

Dr. Sigmund Freud hat *einen* Blick auf uns geworfen und daraufhin beschlossen, sich umzubringen, wiehert er. Bei uns ist nichts zu machen, einfach nichts zu machen! Der Hund gefällt mir, er hat's kapiert! Nichts zu machen!

Oben, im ersten Stock des Hauses, gehen die Fensterläden auf, und Karl beugt sich heraus. Seine Haare stehen zu Berge, verwirrt sieht er unter sich Apple, die ihren grunzenden, schnaufenden Mops wie ein Baby im Arm hält und ihm etwas ins Ohr flüstert. Tina, der auf der Liege liegt und sich vor Lachen wälzt. Ingrid und mich, die hilflos in der Mitte stehen und nach oben sehen. Alles in Ordnung, ruft Ingrid Karl zu, Tina hat ihn wiederbelebt!

Karl schüttelt ungläubig den Kopf. Theatralisch streckt Ingrid die Arme in den Himmel. Alles wieder gut, jubiliert sie, alles ist wieder gut!

Am Küchentisch schlagen Tina und ich die sechs Kräuter in zwei leicht stockige, alte Servietten ein, mit dem eingestickten Monogramm HB. Ich lege je eine Johanniskrauttablette dazu.

Oh, ich möchte auch so ein Päckchen, sagt Ingrid, die uns zusieht, ich hab die Hoffnung noch nicht aufgegeben. Irgendwo wartet ein Kerl auf mich, der nur noch nichts weiß von seinem Glück. Bitte!

Sie schlingt von hinten die Arme um Tina und küsst ihn auf die Glatze. Seufzend gibt er ihr sechs Kräuter, und ich ihr eine Tablette.

Da ist Johanniskraut drin, erkläre ich.

Oh, sagt sie, die kenne ich, die funktionieren gut. Hast du mehr davon? Die sollten wir Apple ins Müsli mischen.

Sie setzt sich und wickelt alles sorgfältig in eine Serviette, streicht mit dem Zeigefinger über das Monogramm.

Das sind die Servietten deiner Mutter, sagt sie zu Tina. Wo hast du die denn gefunden?

Im Schrank in der Speisekammer, sagt Tina. Unfassbar, aber die hat sie tatsächlich bis nach Spanien geschleppt, damit hier alles genau so war wie zu Hause. Einmal alles wie immer, bitte, nur mit Sonne.

Es entsteht eine Pause, in der die Zikaden draußen an Lautstärke zulegen, bis sie alle anderen Geräusche übertönen. Urplötzlich hören sie wieder auf, als hätte jemand einen Schalter umgelegt.

Ingrid lächelt auf ihre leicht bekifft wirkende Art vor sich hin. Ich kenne es so, sagt sie: In der Johannisnacht geht man kurz vor Mitternacht ans Meer, dreht ihm den Rücken zu und wirft eine Rose für die Liebe, einen Apfel für Gesundheit und eine Münze für Reichtum über die linke Schulter ins Wasser.

Dann machen wir das auch, sagt Tina, wir machen einfach alles.

Als ich klein war, sagt Ingrid, konnte man in der Johannisnacht überall auf den Bergen die Feuer sehen. Die ersten Glühwürmchen kamen, wir nannten sie Johanniskäfer.

Ich wünschte, ich bräuchte im Dunkeln auch nur ein bisschen vor mich hin zu glühen, um einen Liebhaber zu finden, seufzt Tina.

Luciferin, Luciferase und Adenosintriphosphat, murmele ich.

Was?

Das sind die Stoffe, die das Glühwürmchen zum Leuchten bringen.

Wie romantisch, sagt Tina.

Ich habe mal in einer Wissenschaftsredaktion gearbeitet.

Ingrid hebt eine Augenbraue. Und jetzt glaubst du an Kräuter, die man sich unters Kissen legt?

Ich zucke mit den Schultern. Schaden kann's ja nicht.

Meine Mutter hat am Johannistag Holunderküchlein gebacken, erzählt Ingrid weiter, weil der Holunder in dieser Nacht besondere Heilkraft haben soll. Sie hat an so was geglaubt. Und im August bekamen wir blauschwarzen Holundersaft, um für den Winter unsere Lungen zu stärken. Ich war als Kind auch fast nie krank. Ich habe den Geruch plötzlich wieder in der Nase, Holunderblüten riechen ein bisschen nach Schweißfüßen. Mir fehlen die deutschen Bäume und Blumen.

Mein Gott, sagt Tina, immer dieselbe Leier, warum redet ihr alle ständig über das, was ihr vermisst?

Ingrid türmt ihre langen grauen Haare auf ihrem Kopf zu einem Nest. Ich kann erkennen, wie schön sie gewesen ist.

Weil wir immer nur in der Vergangenheit oder in der Zukunft leben, sagt sie. Wir haben nichts dazugelernt. Blöd wie eh und je. Sie lässt die Haare herunterfallen und wird wieder alt. Mein Gott, bin ich froh, dass du diesen blöden Hund von den Toten auferweckt hast!, flüstert sie. Apple hätte es nicht verwunden.

Tja, sagt Tina kalt und zündet sich eine Zigarette an. Für manche ist der Tod eines Köters das Schlimmste auf der Welt.

Schmerz darf man nicht vergleichen, sagt Ingrid. Sorgfältig verschnürt sie ihre Serviette mit einem Stück Bindfaden.

Darf ich nicht?, fragt Tina.

Nein, darfst du nicht, sagt Ingrid und steht auf. Du kannst es idiotisch finden, lächerlich und unangemessen, aber vergleichen darfst du es nicht. So, und jetzt legen wir die Kräuter unter unsere Kissen und machen schnell eine Siesta. Gilt die Siesta überhaupt? Muss es nicht die ganze Nacht sein? Ich glaube jetzt einfach dran, und wenn es nicht klappt, gebe ich dir die Schuld. Kichernd geht sie aus der Küche.

Meine Mutter ist hier im Pool ertrunken, sagt Tina.

Das wusste ich nicht, sage ich erschrocken. Hilflos suche ich nach geeigneten Worten.

Tina bläst mir den Rauch ins Gesicht. Sie hat sich umgebracht. Mein Vater hatte eine Affäre mit Ingrid. Und jetzt legt Ingrid die Serviette meiner Mutter unter ihr Kopfkissen und hofft auf einen anderen Mann. Tina steht ebenfalls auf. So, jetzt weißt du, wie bekloppt hier alle sind. Bis später.

Im Vorbeigehen gibt er mir einen Kuss. Du bist die einzig Normale hier, sagt er.

Die Hitze stülpt sich wie eine Käseglocke über das Haus und seine schlafenden Bewohner. Ich betrachte den Pool und habe nicht das geringste Verlangen, in ihm zu schwimmen.

Auf der Couch im Wohnzimmer schläft Apple mit ihrem Mops im Arm. Beide haben tiefe Sorgenfalten auf der Stirn.

Ich gehe die Treppe hinauf zu meinem kleinen Zimmer unter dem Dach, in dem die Luft steht. Ich setze mich aufs Bett und atme so schwer, als wäre ich krank. Nach wenigen Minuten laufe ich wieder hinunter, nehme fünf Rosen aus der Vase und verlasse das Haus.

Kein Mensch auf der Straße. Die Hitze trommelt mir auf den Kopf, den Rücken und die Brust. Ich gehe weiter bis zur nächsten Kreuzung, lege eine Rose in die Mitte der Straße und komme mir dumm vor.

Dennoch wandere ich so lange weiter, bis ich endlich eine Kirche finde.

Ein Clown mit roter Nase und blauer Plastikperücke sitzt auf der Kirchentreppe im Schatten, im Arm trägt er einen Korb.

Mögen Sie Brezel?, fragt er mit osteuropäischem Akzent und schlägt ein rotkariertes Handtuch über dem Korb zurück. Backe ich deutsche Brezel nach Vorschrift.

Was ist denn die Vorschrift?, frage ich.

Muss schwimmen in Lauge, sonst nicht deutsche Brezel nach Vorschrift.

Er zuckt müde die Achseln.

Ich kaufe ihm vier Brezn ab, mehr Geld habe ich nicht dabei, denn sie sind überraschend teuer.

Warum tragen Sie ein Clownskostüm?

Mit Clown kostet Brezel 2 Euro, ohne 1 Euro, antwortet er mürrisch.

Dann nehme ich lieber vier Brezn ohne Clown, sage ich rasch.

Er wendet sich seufzend von mir ab und steckt mein Geld ein. Ich habe schon als Kind Clowns nicht ausstehen können. Wenn sie im Zirkus auftraten, habe ich geschrien wie am Spieß und musste rausgetragen werden.

In der Kirche ist es kühl und still. Der Geruch von Weihrauch hängt wie ein altes Versprechen in der Luft, wie immer wünsche ich mir, ich könnte an den blutüberströmten Mann am Kreuz, an sein Opfer für mich und das ewige Leben glauben. Was für eine komplizierte und wenig einleuchtende Geschichte. Und wenn wir wirklich alle am Ende wiederauferstehen, vermisst der Organspender dann schmerzlich seine Niere, kommt er dann zu Ralf und verlangt sie energisch zurück? Von den orthodoxen Juden weiß ich, dass sie keine Organspenden zulassen, um für den Tag der Wiederauferstehung intakt zu sein.

Was du dir für Gedanken machst, würde Ralf kopfschüttelnd sagen, darüber könnte ich gar nicht nachdenken, selbst wenn ich wollte.

Die zweite Rose lege ich auf die abgetretene Kirchenschwelle. Der Clown ist verschwunden. Ich knabbere an einer Brezn, die natürlich nicht resch ist, sondern altbacken, und bekomme Sehnsucht nach meinem Land, in dem alle so hingebungsvoll schlecht drauf sind und man sich nicht dafür entschuldigen muss wie in Spanien. Hier heißt miese Laune *mala leche,* schlechte Milch, die man am besten sofort ausspuckt.

Ich überlege, wo ich für die dritte Rose ein fließendes Gewässer finde, und kehre schließlich schweißgebadet nach Hause zurück. Ich werfe sie ins Klo, ziehe die Spülung. Das muss reichen. Die vierte lege ich unter ein Kissen, und die fünfte? Wohin mit der fünften? Es will mir nicht mehr einfallen. Aber es hat ja sowieso keinen Zweck, meinen Ralf von früher werde ich nicht zurückbekommen. Ich lege mich auf den kühlen Fliesenboden neben die Couch, auf der Apple immer noch schläft, halte die fünfte Rose mit ihren großen Dornen vorsichtig in den Händen und bin neidisch auf all jene, die Zauber, Beschwörungen und Aberglauben in sich hineinlöffeln können wie eine tröstende Speise. Es ist so, wie es ist, und deshalb ist es nicht so schlimm, versuche ich mir einzureden. Doch es hilft nicht. Ich finde es schlimm, so wie es ist, ich will nicht nur Ralf, sondern mich selbst zurückhaben, wie ich vor langer Zeit einmal war, leichtfüßig und ohne Angst.

Der Mops beugt sich über mich und starrt mich feindselig an. Ich starre zurück, bis er blinzelt und indigniert wegsieht. Meine Serviette mit den sieben Kräutern schiebe ich Apple unters Kissen, auf dass sie einen Mann findet, der sie so gut versteht wie ihr dämlicher Hund.

Eine Weile stehe ich sinnlos im Garten herum, strecke mich dann auf der Liege am Pool aus und sehe hinauf in die vertrocknete alte Palme, bis mir wieder einfällt, wohin die letzte Rose gehört: unter einen Baum mit einem Vogelnest. Ein Baum ist da, aber kein Nest weit und breit. Es erscheint mir typisch für mich.

Am Nachmittag beauftragt Ingrid Apple und mich, für das Picknick abends am Strand einzukaufen. Mir ist klar, dass ich es bezahlen soll. Niemand in dieser Familie scheint auch nur einen Cent in der Tasche zu haben.

Für die Pediküre hat mir Tina am Ende dreißig Euro abgeknöpft. Ich bemühe mich, nicht beleidigt zu sein, ich habe Geld, Ralfs Geld, mit dem ich zu Hause sparsam umgehe, obwohl ich der Meinung bin, dass es mir zusteht, denn seinetwegen habe ich nahezu aufgehört, als Journalistin zu arbeiten. Und jetzt, wo er mich nicht mehr braucht, will mich niemand mehr haben. In den Augen der Redaktionen bin ich zu einer dieser verwitterten, immerbraunen Ibizatussen geworden, die als Hobby bloggen, malen oder gärtnern und sich ansonsten die Nächte im Amnesia oder Pacha um die Ohren schlagen. Niemand hat eine Vorstellung davon, wie es sich anfühlt, endlose Wintermonate auf einer stürmischen Insel zu verbringen, die von November bis März praktisch geschlossen hat.

Vor dem Regal mit Pasta überlege ich im Ernst, ob ich dem kapriziösen Schicksal eine Packung Nudelnester von Barilla anstelle des Vogelnestes unterjubeln könnte. Apple häuft derweil die teuersten Steaks in den Wagen, direkt vor die Nase des Hundes, der etwas benommen dreinblickt, vielleicht eher wegen seiner gewaltsamen Rückkehr unter die Lebenden als wegen des überwältigenden Fleischgeruchs.

Warum hast du mir nichts von dem Selbstmord von Tinas Mutter erzählt?, frage ich und tausche hinter Apples Rücken die T-Bone-Steaks gegen Putenschnitzel aus. Auf die Nudelnester verzichte ich, es ist alles schon albern genug.

Ich möchte echt nicht drüber reden, sagt Apple knapp.

Dieses ganze Haus saugt einen wie ein Staubsauger in die Vergangenheit.

Sie nimmt die Putenschnitzel wieder aus dem Wagen und tauscht sie zurück. Von Putenfleisch wird man unruhig, sagt sie sanft. Puten sind sehr stressanfällig, wenn sie geschlachtet werden sollen, bekommen sie Todesangst.

Bekäme ich auch, sage ich trocken.

Da ist so viel Adrenalin im Fleisch, fährt Apple unbeirrt fort. Ihren ganzen Stress isst du mit. Freud bekommt auch kein Putenfleisch.

Ihr überzogener Anspruch, gepaart mit ihrem kompletten ökonomischen Versagen, macht mich so wütend, dass ich kurz davor bin zu platzen.

Sie wedelt mit den Rindersteaks. Der Hund beobachtet sie aufmerksam.

Ich weiß wirklich nicht, ob es das Beste für Freud war, ihn wiederzubeleben, sagt sie nachdenklich. Ich muss ihn loslassen, das habe ich begriffen, als ich ihn im Pool treiben sah. Es hat doch keinen Sinn, er wird nie mehr gesund. Ich hätte reinspringen und ihn retten können, aber ich hab's nicht getan. Ich hab einfach nur dagestanden und ihm alles Gute gewünscht, während er langsam und friedlich unterging. Ich habe ihn erst aus dem Pool geholt, als ich sicher war, er sei tot. Und ich glaube auch nicht, dass er jetzt besonders froh ist. Schau mal, wie traurig er guckt.

Ich weiß nicht, sage ich, ich finde, alle Möpse sehen traurig aus wegen der vielen Falten.

Oh, nein, widerspricht Apple heftig, er kann auch lachen. Er hat früher viel gelacht.

Ja, natürlich, sage ich, ganz bestimmt. Brauchen wir Holzkohle? Ich schiebe den Einkaufswagen heftig an, so dass Freud gegen das Gitter fällt und sich in seinem Gipskorsett nur mühsam wieder aufrappelt.

Apple überholt mich, packt den Wagen, bremst ihn und stellt sich mir in den Weg.

Du hältst mich für komplett bescheuert, oder?

Nein, sage ich, nur für ein bisschen verwirrt und immer noch nicht ganz erwachsen.

Und du bist erwachsen, ja? Wann ist man denn deiner Meinung nach erwachsen? Böse funkelt sie mich an.

Kurz bevor man stirbt, will ich sagen, aber ich möchte sie nicht noch mehr deprimieren, also beschließe ich zu lachen. Wenn alle Pflanzen, die man zu Hause hat, noch am Leben sind, aber man sie nicht rauchen kann, sage ich. Apple sieht mich mitleidig an.

Oder wenn man regelmäßig frühstückt. Die Wettervorhersage sieht und dann einen Schirm mitnimmt. Plötzlich für Blumen und Vögel schwärmt.

Wenn man Rosenkataloge bestellt, ist man alt, sagt Apple, nicht erwachsen. Und du versuchst, dich mit blöden Witzen aus der Affäre zu ziehen. Wie immer. Aber das rettet dich auch nicht.

Nein, sage ich leise.

Ich war gerade noch jung, und kaum werde ich erwachsen, bin ich schon alt, sagt Apple. Sie setzt sich auf den Sockel des Milchregals und lässt den Kopf hängen. Freud und ich betrachten sie mit einer Mischung aus Neugier und Sorge.

Ich finde es so unfair, sagt sie, dass meine Mutter hier glücklich herumspringt und ihre alten Katastrophen überhaupt keine Rolle mehr spielen, während ich …

Sie bricht ab, Freud und ich warten geduldig. Spanische Familien ziehen an uns vorbei und mustern uns neugierig. Ein alter Mann greift an Apple vorbei, holt hinter ihr eine Tüte Milch hervor und tätschelt ihr die Schulter.

Als sie endlich den Kopf hebt, sieht sie uns an mit ihrem kindlich staunenden Blick, der einem schier das Herz brechen kann. Unruhig tritt Freud im Einkaufswagen von einer Vorderpfote auf die andere.

Wenn ich an meine Zukunft denke, bekomme ich Panik, sagt sie leise.

Darfst du nicht, sage ich mit Nachdruck. Einfach nicht dran denken! Am Ende ist sowieso alles anders, als du es dir in deinen schlimmsten Fantasien ausgemalt hast. Nicht unbedingt besser, aber anders. Ich stelle immer mehr fest, es ist angenehmer zuzugeben, dass man nichts kontrollieren kann, als ständig Angst vor dem Kontrollverlust zu haben. Manchmal ist es sogar lustiger.

Sie greift nach meiner Hand und hält sie fest.

Hier, bei der Milch, ist es so schön kühl, sagt sie. Lass uns noch ein bisschen hierbleiben, nur noch einen Moment.

Und so bleiben wir vor der Kühltheke stehen, Freud, Apple und ich, und versuchen, nicht an unsere Zukunft zu denken, während eine frische Brise wie eine tröstende Hand über unsere Stirn streicht.

Der ganze Strand ist gesäumt von zuckenden Feuern. Hunderte von Menschen drängen sich im Wasser, als wäre es der Ganges. Alte stapfen in voller Kleidung in die Brandung, Kinder reiten ihre Schwimmtiere, junge Frauen und Männer knutschen in den Wellen. Neben mir steht Tina. Er hat sich in Schale geworfen und geschminkt, sie trägt eine kupferrote Perücke und ein weißes, wehendes Chiffonkleid. Mein Gehirn hat bereits auf das weibliche Geschlecht umgeschaltet, bevor ich es bemerkt habe. Tina ist jetzt eine Frau, eine elegante Dame, und unsere Freundschaft vom Nachmittag nicht mehr ganz wahr. Sie sieht fremd aus, wie eine entfernte Bekannte, an die ich mich nur vage erinnern kann. Ihr Kleid weht wie ein Segel, vorsichtig betupft sie sich das Gesicht mit Wasser, sieben Mal. Wir waschen uns mit dem Meerwasser, um uns zu reinigen und alle schlechten Gefühle und Erfahrungen des vergangenen Jahres von uns abzuwaschen. Ich weiß, ich bin undankbar. Ralf lebt. Ich schrubbe mir das Gesicht und versuche, Neid, Eifersucht und Einsamkeit hinter mir zu lassen.

Ingrid und Karl kommen ins Meer getapst und stützen sich gegenseitig, Apple steht nur bis zu den Knöcheln im Wasser, sie hat Angst vor Quallen, aber sie benetzt sich und auch Freud das Gesicht.

Wir lachen und johlen wie alle anderen um uns herum. Ich gehe weiter ins Meer hinein, bis der Lichtschein der flackernden Feuer hinter mir abebbt und die Dunkelheit sich vor mir ausbreitet wie ein unbekannter Raum. Eine Welle überspült mich, und als ich wieder auftauche, bin ich ein Stück weiter hinausgetrieben. Die Feuer und der Qualm in der Entfernung erinnern an die Ghats von Varanasi. Das Geschrei könnte auch eine Totenklage sein.

Ich drehe mich wieder zur Dunkelheit und schwimme schwerelos und seltsam glücklich in sie hinein. Ich lege mich auf den Rücken, toter Mann, so nannte man das, als ich klein war. Die Sterne sehen kühl und unbeteiligt auf mich herab, ihre Ferne und die Tatsache, dass sie längst verglüht sind, während ich ihre Vergangenheit betrachte, unfassbar.

Eigentlich, denke ich, ist jede Vorstellung von der Zukunft nur eine Annahme aus Erfahrungen in der Vergangenheit. Das Wasser trägt und schaukelt mich wie ein Baby. Es will mir einen Trick beibringen und wartet geduldig darauf, dass ich ihn endlich kapiere. Aber was war er noch gleich? Ach ja, Vertrauen darauf, dass es mich trägt. O.k., sage ich laut, ganz allein im dunklen Mittelmeer, o.k. und danke.

Ich drehe mich auf den Bauch und schwimme zurück, und wie immer fühlt sich der Rückweg länger und langweiliger an als der Hinweg.

Plastiktüten umspülen mich, aufgeweichtes Brot, Tang, leere Colaflaschen und unidentifizierbare Klumpen, die hoffentlich keine Hundescheiße sind. Ich höre jetzt immer deutlicher das Mitternachtsgeläut der Kirchen. Wer jetzt noch nicht fertig ist mit seinen Johannisnachtritualen, muss sich sputen. Immer mehr Leute rennen ins Wasser, kreischen und planschen, lachen und singen. Es sind kaum Touristen zu sehen, die liegen in ihren Hotelburgen bereits im Bett oder lauschen ihren Animateuren. Dies ist eine rein spanische Angelegenheit, heute Nacht gehört der Strand von Torremolinos wieder den Einheimischen. Äpfel, Rosen und Geldstücke fliegen ins Wasser, ein Apfel trifft mich mitten auf die Brust.

Ich kehre zu unserem Feuer zurück. Die Steaks sind gegessen, der Wein getrunken. Tina liegt in ihrer weißen Robe wie in einem Hochzeitskleid im Sand, ein schöner, junger Mann in Badehose ist aufgetaucht und tauscht lange Küsse mit ihr.

Karl hat sich in seinem Anzug im Schneidersitz niedergelassen und blickt ruhig aufs Wasser. Apple wälzt sich mit dem Hund in ihren nassen Klamotten im Sand.

Paniertes Schnitzel, sagt Ingrid zu ihr.

Stimmt, sagt Apple, das hast du früher immer zu mir gesagt. Auf allen vieren kriecht sie auf ihre Mutter zu und gibt ihr einen Kuss. Ingrid lächelt überrascht. Freud knurrt.

Wir müssen springen!, ruft Apple. Schnell! Wir müssen doch noch durchs Feuer springen!

Ingrid winkt ab. Tina ist ins Küssen vertieft.

Kommt, jetzt kommt doch! Wenigstens du, Susi!

Apple zieht mich aus dem Sand, und wir springen beide durch das stiebende Feuer, erst hintereinander, dann Hand in Hand. Freud bellt sich die Kehle wund, Ingrid legt ihren Kopf an Karls Rücken und reicht ihm einen Joint. Hinter den beiden ragt ein großer Felsen wie der dunkle Rücken eines Wals aus dem Wasser in den Himmel.

Mein Handy klingelt irgendwo. Als ich es endlich finde und drangehe, sagt Ralf, er sei gerade aufgewacht. Mariloli, unsere Putzfrau, habe ihm einen Strauß stinkender Johanniskräuter unter das Kopfkissen gelegt, und prompt habe er wild geträumt.

Und?, frage ich. War's schön mit Mariloli? Hattet ihr altmodischen Heterosex? Oder hast du von knackigen, jungen Männern mit rasierten Oberkörpern geträumt?

Du bist doof, sagt er, ich hab von dir geträumt. Nur von dir.

Danksagung

Ich bedanke mich von Herzen

für lange Zusammenarbeit, heftige Unterstützung, ewige Ermunterung und treue Freundschaft bei Ruth Stadler, Jeannette Ischinger, Gunda Borgeest, Alina Teodorescu, Stefanie Sycholt und Maya Reichert;

bei meinen Studenten der HFF München für gemeinsame Reisen an fremde Orte;

bei meiner Lektorin Margaux de Weck für Kritik, Anregung und Genauigkeit;

und bei Kerstin Greiner, deren wunderbarer Artikel *Die neuen Leiden des jungen B.* mich zu der Geschichte von Dr. Freud inspiriert hat.

Doris Dörrie

Das Diogenes Hörbuch zum Buch

Doris Dörrie
Alles inklusive

Ungekürzte Lesung

Gelesen von Maria Schrader,
Maren Kroymann, Petra Zieser,
Pierre Sanoussi-Bliss

5 CD, Spieldauer 377 Min.

Doris Dörrie im Diogenes Verlag

»Doris Dörrie ist als Erzählerin Spezialistin in diffizilen Angelegenheiten der kleinen Rache und gezielten Ohrfeigen zum Zwecke der Unterstützung des eigenen Selbstwertgefühles. Sie ist eine sehr gute Kurzgeschichten-Schreiberin mit der erforderlichen Prise Selbstironie und mit stilistischer Eleganz.«
Annemarie Stoltenberg/Die Zeit, Hamburg

»Es ist vollkommen gleichgültig, ob Sie Doris Dörrie in der Badewanne, im Intercity-Großraumwagen, im Lehnstuhl oder in der Straßenbahn lesen, nur: Lesen Sie sie!« *Deutschlandfunk, Köln*

Liebe, Schmerz und das ganze verdammte Zeug
Vier Geschichten
Daraus die Geschichte *Männer* auch als Diogenes Hörbuch erschienen, gelesen von Anna König

»Was wollen Sie von mir?«
Erzählungen. Mit Fotos von Helge Weindler

Der Mann meiner Träume
Erzählung
Auch als Diogenes Hörbuch erschienen, gelesen von Heike Makatsch

Für immer und ewig
Eine Art Reigen

Bin ich schön?
Erzählungen

Samsara
Erzählungen

Was machen wir jetzt?
Roman

Happy
Ein Drama

Das blaue Kleid
Roman

Mitten ins Herz
und andere Geschichten. Ausgewählt von Daniel Keel. Mit einem Nachwort der Autorin

Und was wird aus mir?
Roman
Auch als Diogenes Hörbuch erschienen, gelesen von Doris Dörrie

Kirschblüten – Hanami
Ein Filmbuch

Alles inklusive
Roman
Auch als Diogenes Hörbuch erschienen, gelesen von Maria Schrader, Petra Zieser, Maren Kroymann und Pierre Sanoussi-Bliss

Kinderbücher:

Mimi
Mit Bildern von Julia Kaergel

Mimi und Mozart
Mit Bildern von Julia Kaergel

Bernhard Schlink im Diogenes Verlag

»Makellos-schlichte Prosa. Schlink ist ein Meister der deutschen Sprache. Er schreibt verständlich, durchsichtig, intelligent. Wie beiläufig gelingt es ihm, Komplexität der Figuren, der Handlungskonstellation und des moralischen Diskurses zu erzeugen.«
Eckhard Fuhr / Die Welt, Berlin

»Bernhard Schlink gelingt das in der deutschen Literatur seltene Kunststück, so behutsam wie möglich, vor allem ohne moralische Bevormundung des Lesers, zu verfahren und dennoch durch die suggestive Präzision seiner Sprache ein Höchstmaß an Anschaulichkeit zu erreichen.« *Werner Fuld / Focus, München*

Die gordische Schleife
Roman

Selbs Betrug
Roman

Der Vorleser
Roman
Auch als Diogenes Hörbuch erschienen, gelesen von Hans Korte

Liebesfluchten
Geschichten
Sämtliche Geschichten unter dem Titel *Liebesfluchten* auch als Diogenes Hörbuch erschienen, gelesen von Charles Brauer; außerdem die Geschichte *Seitensprung* als Diogenes Hörbuch, gelesen von Charles Brauer

Selbs Mord
Roman

Vergewisserungen
Über Politik, Recht, Schreiben und Glauben

Die Heimkehr
Roman
Auch als Diogenes Hörbuch erschienen, gelesen von Hans Korte

Vergangenheitsschuld
Beiträge zu einem deutschen Thema

Das Wochenende
Roman
Auch als Diogenes Hörbuch erschienen, gelesen von Hans Korte

Sommerlügen
Geschichten
Auch als Diogenes Hörbuch erschienen, gelesen von Hans Korte

Gedanken über das Schreiben
Heidelberger Poetikvorlesungen

Selb-Trilogie
Selbs Justiz · Selbs Betrug · Selbs Mord
Drei Bände im Schuber

Außerdem erschienen:

Bernhard Schlink & Walter Popp
Selbs Justiz
Roman
Auch als Diogenes Hörbuch erschienen, gelesen von Hans Korte

Viktorija Tokarjewa im Diogenes Verlag

Viktorija Tokarjewa, 1937 in Leningrad geboren, studierte nach kurzer Zeit als Musikpädagogin an der Moskauer Filmhochschule das Drehbuchfach. 15 Filme sind nach ihren Drehbüchern entstanden. 1964 veröffentlichte sie ihre erste Erzählung und widmete sich ab da ganz der Literatur. Sie lebt heute in Moskau.

»Ihre Geschichten sind seit jeher von großer Anmut, allesamt Kunst-Stückchen, die einem die Vorstellung von Leichthändigkeit suggerieren. Nicht jedoch von Leichtgewichtigkeit. Wenn sie uns ein Schmunzeln entlocken, dann liegt das daran, dass Viktorija Tokarjewa über einen ausgeprägten Humor verfügt und diese Gabe durchweg einsetzt. Es ist kein Humor der satirischen Art, eher eine sanfte Ironie, gewürzt mit einer Prise Traurigkeit und einem vollen Maß an mitmenschlichem Erbarmen.«
Frankfurter Allgemeine Zeitung

Zickzack der Liebe
Erzählungen. Aus dem Russischen von Monika Tantzscher

Mara
Erzählung. Deutsch von Angelika Schneider

Happy-End
Erzählung. Deutsch von Angelika Schneider

Lebenskünstler
und andere Erzählungen. Deutsch von Ingrid Gloede

Der Pianist
Erzählungen. Deutsch von Angelika Schneider

Glücksvogel
Roman. Deutsch von Angelika Schneider

Liebesterror
und andere Erzählungen. Deutsch von Angelika Schneider

Der Baum auf dem Dach
Roman. Deutsch von Angelika Schneider

Alle meine Feinde
und andere Erzählungen. Deutsch von Angelika Schneider